流人《るにん》道中記 上

浅田次郎

中央公論新社

流人道中記　上

序

万延元年庚申《かのえさる》夏、糠雨《ぬかあめ》の降る夜更亥《い》の下刻である。

和田倉御門《わだくらごもん》外評定所の門がいまだ開いている。庇《ひさし》屋根の下に雨を凌《しの》いで待つ御駕籠《おかご》が二挺《ちょう》、さらに石畳の先の御玄関にも、また一挺が寄っている。

光といえば生籬《いけがき》に宿る迷い蛍《ぼたる》と、式台に座る侍の膝元に置かれた、かそけき手燭《てしょく》のみである。

よほど評定が長引いているのか、御供衆は囁《ささめ》き合うことも忘れて、降りしきる夜雨《よさめ》をぼんやりと見上げるか、さもなくば腕組みをしたまま睡《まど》んでいる。

御玄関からは廊下が延びる。戸は閉《た》て切ってあるゆえ漆黒の闇である。床板の軋《きし》みに用心しいしい角を折れれば、ようやく奥向の広敷から蠟燭《ろうそく》の光が耀《かがよ》い出ていた。廊下は畳敷の御入側《おいりがわ》となり、貴《たっと》き役人の溜間《たまりのま》であると知れる。

障子は開け放たれているが風の抜けようはずもなく、隅に座った茶坊主が団扇《うちわ》を煽《あお》っている。

ほかには文机に向いて背を伸ばし、しきりに筆を動かす留役《とめやく》。

灯火を囲んで座る三人の武士はいずれも肩衣半袴《かたぎぬはんばかま》の出で立ちで、表情も神妙である。

まず上座にあるは、寺社奉行水野《みずの》左近《さこんの》将監《しょうげん》殿御齢二十九歳。出羽《でわ》山形五万石の大名にして、前《さき》の御老中水野越前守忠邦《えちぜんのかみただくに》が息である。

「どうしても腹は切らぬと申すのであれば致し方ない。引っ捕えて首を打つのみ」

ヤヤッと声を上げてとどめたるは、勘定奉行松平出雲守《まつだいらいずものかみ》殿四十歳。交代寄合表御礼衆《こうたいよりあいおもておんれい》三千石の旗本である。

「ヤヤッ、しばらく。すでに御老中へ伺書《うかがいしょ》も上げ、御裁可たまわりましたる案件を、切腹せぬゆえ打首では通りますすまい」

「切腹せずに乱心して刃向こうたゆえ、斬り捨てたということでよかろう」

「いや、それではなお悪い。御定書《おさだめがき》も武士の面目もそっちのけで、死ねばよいというものでもござりますすまい」

しかりと肯《うなず》いたるは、町奉行池田播磨守《いけだはりまのかみ》殿六十歳。かの遠山左衛門尉《とおやまさえもんのじょう》が後任として補職した辣腕《らつわん》である。

「短腹《たんぱら》はなりませぬぞ。いかな破廉恥漢《はれんちかん》であれ、あの者は天下の御旗本にござる」

町奉行の一言で、寺社奉行も勘定奉行も押し黙った。茶坊主の団扇も、留役の筆先も止まってしまった。

もとは家禄三千石の旗本寄合ながら、池田播磨守がつごう八年も町奉行の要職にあるは、吟味が確かで、かつ仕置に容赦がないからであった。すなわち、時節がらその豪腕は余人を以て代えがたい。

たとえば、誰も正面切って文句をつけられぬ水戸斉昭《なりあき》公に、井伊掃部頭《いいかもんのかみ》の命を受けて「不時登城の咎《とが》により謹慎」の沙汰を申し渡した。あるいは、世に言う安政の大獄に際し、まるで反幕勢力を根絶やしにするような大鉈《おおなた》をふるった。そして今は、三月三日の上巳《じようし》の朝に井伊大老を弑《しい》した、水戸の浪士どもを吟味中である。どれもこれも、ほかの奉行では調べにならぬ論客ぞろいだが、池田播磨守の吟味にはなぜかみな神妙であるという。

そもそもが掃部頭に引き立てられてきた人であるから、およそ公事《くじ》の公正を欠くのではないかと危惧されていたにもかかわらず、播磨守は誰よりも沈着であった。

「乱心して刃向こうたゆえ斬り捨てた、と。なるほど、あってもよかりそうな筋書ではございまするな」

池田播磨守は閉て切った戸を透かして雨を見るように、遠い目をした。

鬢《びん》は白く、髱《たぶさ》は細い。やや太り肉《じし》の福相は閑《のど》かな隠居と見えて、よもやこれが南町奉行の鬼播磨とは思えぬ。

「ならばそれでよいではないか。今や御公辺《ごこうへん》は大わらわじゃ。そこもとて桜田騒動の公事のみで手いっぱいであろう。旗本の犯したる破廉恥罪に、いつまでもかかずろうているわけにはゆくまい」

いかにも御大名らしい細面を引き攣《つ》らせて、水野左近将監が語気も強く言うた。

「たしかに、明日も早朝より吟味がござりまする。夜遅くまであのような者に振り回されていると思えば、腹も立ちまするな」

「よし。ではさよう取計らえ。勘定奉行も異存はないの」

松平出雲守はちらりと町奉行に目を向けてから、無言のままひとつ肯いた。留役は筆を擱《お》いている。書き物に残せる話ではなかった。

「嘘はなりませぬ」

播磨守は顎《おとがい》を引いて、静かに叱った。

「何と申す」

「嘘はならぬと申しました。事実の真偽、罪の軽重につきましては、御上座にあらせられる左近将監様のご意向を尊重いたしまする。よって、旗本の面目をかけて切腹申し付くるとするお裁きにも同意いたしました。しかるに、切腹せぬゆえ乱心者として成敗した、とするは嘘にござりまする。いやしくも有徳院《はちだい》様の御定書を奉じて法に携る者、こればかりは了簡いたしかねまする。

嘘はなりませぬ」

イヤ、と抗《あらが》いかけて水野左近将監は口を噤《つぐ》んだ。

評定の席で池田播磨守が持論を開陳することは少い。もともと無口な人であるうえに、町奉行の分《ぶ》を弁《わきま》えているからである。だがその人格識見は誰もが認めるところで、ゆえにたまの発言には千鈞《せんきん》の重みがあった。しかも、定めて正論なのである。

黙りこくる二人の奉行に膝を向け、播磨守は子らを説諭する父のように続けた。

「不義密通は天下の大罪にござりまする。御定書百箇条の四十八、密通御仕置之事。ひとつ、密通いたし候妻、密通の男、ともに前例に従い死罪とあるを、姦婦は剃髪のうえ処断を夫に任せ、姦夫は死罪を免じて切腹とするが、われら三手掛《さんてがかり》評定の結論にござりました。これに誤りはござりませぬ。御定書も百二十年の時を経《ふ》れば世情にそぐわず、まずは妥当なる寛典と考えまする。さりながら、切腹は自裁ゆえ、当の本人が得心せねば話は進まぬ。だからと言うて斬って捨てれば、御法も評定もあったものではござりますまい。ましてやそれがしの知る限り、格式高い五番方の旗本が、腹を切らずに首を打たれたなどという話は、聞いたためしもござりませぬ」

月代《さかやき》の汗を拭いながら、寺社奉行は苛立つように、「ほれ、見たことか。嘘も方便ではないか」と言うた。とたんに播磨守が気色ばんだ。

「青山玄蕃《あおやまげんば》めは正気にござる。刃向こうてもいない。審《つまび》らかに自白はしたものの、口書《くちがき》に花押《かおう》はせぬ。すなわち、まちごうているのは御法ゆえ、自裁するほどの悔悟はないと言う。正気を狂気と偽って斬るなど、けっして方便ではござりませぬぞ」

寺社奉行はふたたび押し黙った。

雨足が繁くなったようである。余りの蒸し暑さに茶坊主が「風を通しましょうか」と訊ねても、答える声はなかった。おのおのこの面倒な一件について、どうすべきか改めて考え直しているふうであった。

三奉行の序列は明らかである。大名職の寺社奉行は格上であり、これを務めた者は大坂城代もしくは若年寄を経て、老中に上がるとされる。四名の同役が月番で交代するが、本件に限っては申し送るわけにもゆかずに、水野左近将監が抱えこんでいた。

町奉行は三千石程度の旗本が起用され、二名がやはり月番で勤仕《ごんし》する。「北町奉行」「南町奉行」とするは俗称で、月番奉行所の位置の相対を表しているに過ぎぬ。すなわち、呉服橋御門内の「北」町奉行所の上番月には、数寄屋橋《すきやばし》御門内の「南」町奉行所は鎖《とざ》されているのである。しかしやはり本件に限っては、幕府の面目にかかわる話ゆえ、「南」町奉行池田播磨守ひとりが握っていた。

勘定奉行はこのごろ、禄高千石未満の旗本からも多く登用されるようになった。身分が格下であっても、実務に長じた者を抜擢するからである。同役は四名、うち訴訟を司る公事方《くじがた》が二名、財政にあたる勝手方が二名、やはり月番で勤仕する。よって三千石の旗本である松平出雲守は、勘定奉行としては破格とも言えるのだが、評定所においては寺社奉行、町奉行の下座に着くを例としていた。むろん出雲守も、かねてよりの申し合わせにより、本件は同役の勘定奉行には渡さぬ。

夜更の評定所に集う三奉行の関係は、およそこうしたものであった。武士の格、職の序列、経験、年齢等が絡み合って、それぞれに遠慮があり、話が思うように進まぬ。

膝前の冷や水を啜《すす》りこんで、寺社奉行が肚《はら》をくくったように言うた。

「よし。伺書は差し戻させていただこう。御老中に頭を下げれば、叱られはしようがどうにかなる」

いったん決裁された伺書を引き取るなど、あってはならぬ話である。この役目ばかりは、老中と同じ譜代大名たる水野左近将監でなければ務まるまい。

さて、どういう理由をつけるか。

「ありのままを申し上げればよろしいかと存じまする」

町奉行が襟元の汗を拭いながら言うた。

「いや、播磨殿。切腹の申し渡しに従わぬなど、われら旗本の面目にかかわる」

勘定奉行が抗った。老中も寺社奉行も大名職であるから、旗本の名誉を損うという理である。

「面目のどうのとおっしゃるなら、この一件ははなから旗本の面目を著しく毀傷《きしょう》しておりまする。今さらさような心配をするよりも、ここは嘘をつかぬが肝要にござる。嘘には嘘の上塗りをせねばなりませぬ」

「青山玄蕃めは切腹のお下知に得心せぬ、と。よって伺書を引き取り、評定直しをいたすと。さすれば播磨殿、破廉恥な旗本のせいで評定所の面目が丸潰れではござらぬか。いや、面目ではない。ご政道を曲げてしまう」

「そうはならぬと読みまする。御老中は腹を切らぬなら死罪、と断ぜられましょう。それならそれでよい。改めて死罪を申し渡すのみ、嘘をつかずにすみまする」

「いいや、ちがう」と、寺社奉行が割って入った。

「大名には大名の遠慮があるものじゃ。おのが家来ならともかく、幕臣の首を刎《は》ねよとはなかなか言い難い。ましてや御老中は、上様にどう言上する。昔ならば蔭腹切って申し上げるような話じゃぞ」

これもまた理である。雨はいよいよ繁く評定所の軒を打ち、奉行たちの声は次第に荒く大きくなった。

青山玄蕃が召し捕られて、すでに一月《ひとつき》余りになる。身柄は伝馬町《てんまちょう》牢屋敷の揚座敷《あがりざしき》にあり、むろん新番組士《しんばんくみし》の御役は召し上げられ、番町の屋敷は門戸が鎖《とざ》されている。噂の拡まらぬうちに、一日も早く決着をつけねばならなかった。月番が明けても同じ三人が携わっているのは、そのためであった。

寺社奉行は関八州以外の天領における事件訴訟と、寺社および寺社地における事件訴訟を受け持つ。勘定奉行の公事方は関八州のそれを行う。町奉行は江戸市中を管掌する。重大事となればさらに大目付と目付が陪席するが、三奉行のみにとどめたるはひたすら事実を秘するためであった。

「いずれにせよ、いつまでも御老中を煩わせるわけには参らぬ。夜を徹してでも妙案を求め、伺書をしたためようぞ。さきの伺書を引き取るのではなく、差し替えるという話でなければなるまい」

寺社奉行の提案に、町奉行と勘定奉行は同意した。評定直しである。

老中は四名あるが、やはり本件に限っては一人が専管していた。下総関宿《しもうさせきやど》の大名たる久世大和守《くぜやまとのかみ》である。このところの難しい政情で幕閣の任免は激しく、もはや三万石以上の譜代大名とされる老中職には、適任者がいないと言ってもよかった。久世大和守にしても、一昨年に老中を退いたものが、この閏三月《うるう》に復職したばかりである。幕府のご政道が揺らいでいる昨今、旗本の不祥事にかかずろうている暇はあるまい。

三奉行が合議し、老中が裁可した判決が再考されるというのは、まこと異例である。しかも新たな証拠が出たわけではなく、証人が現われたわけでもない。ただ、本人が腹を切りたくないと言うているだけであった。そもそも、武士が切腹を申し付けられて拒否した、という前例を誰も知らぬ。

「この先は書き留めよ」

寺社奉行は留役に命じた。行灯《あんどん》の光の下で筆が執られた。

切腹を拒むのであれば、死罪すなわち斬首とするほかはないが、新番組士という侍の格がそれを許さぬ。平時には将軍家の御身を警護し、戦場にあっては本陣を固める騎士である。格式は高い。まさに「御馬前に死する」武士であった。

また、奉行たちはけっして口に出さぬが、一昨年の暮に紀州家よりお迎えした上様は、御齢わずか十五歳にあらせられる。姦通の科《とが》により成敗などと、お耳に入れるは畏れ多い。

「死一等を減ずるとなれば、遠島ということになり申す」

腕組みをしたまま、勘定奉行が声を絞って言うた。

「さよう。しかしそれはできませぬ」

町奉行は老いた瞼《まぶた》をとざして続けた。

「すでに国は開かれ、近海には外国船が跋扈《ばっこ》しておりまする。よって国事を知る士分の流人《るにん》は島より引き揚げ申した」

寺社奉行と勘定奉行の溜息がひとつになった。

江戸からの配流先は、御定書により伊豆の諸島とされており、それも近年では八丈島、三宅島、新島の三島に限られていた。しかるに嘉永の年の黒船来航以来、士分の罪人はみな江戸に戻された。攘夷論者であれば外国人と悶着を起こすやもしれず、そうではなくとも彼らの口から国事が洩れぬとも限らぬからである。

数こそ知れているが、思いもかけぬ御赦免に与《あずか》った流人どもは大喜びで島から帰り、改めて江戸所払いとなった。

そうした事情ゆえ、青山玄蕃の遠島はありえぬ。

寺社奉行がいかにも思いあぐねたように、雨音の響く天井を見上げて言うた。

「家禄召し上げ、家名断絶のうえ闕所《けっしょ》、さらに追放、というところかの」

なるほど、死を免じ遠島もならぬとあればそうなるであろう。闕所とは家財の没収である。

「あいや、しばらく、左近将監様」と、勘定奉行が片手を押し出した。

「御定書によれば、密通は男女ともに死罪。それを所払いでは、闕所のうえと申してもあまりに軽すぎませぬか」

「所払いではのうて、重追放となれば軽くはあるまい」

江戸十里四方に限らず、関八州および東海道、中山道の沿道にも身を置けぬ。歴代の旗本には他国に縁者もおるまいし、奇特《きどく》な寺を頼って出家でもするか、さもなくば野垂れ死ぬほかはないと思える。

「しからば、そうとなるゆえ潔く腹を切れ、と説諭はできますするな。いかがでござろう、播磨殿」

町奉行は使《つこ》うていた扇子をぱしりと閉じて頤《おとがい》を振った。

「なりませぬ。駆引きはなりませぬ。刑罰は上様が御台慮にござる」

「いやはや、あれもならぬこれもならぬと、さよう四角四面に物申されたのでは、いつまで論じたところで埒《らち》があきますまい」

池田播磨守はきっぱりと言い返した。

「三手掛の評定であっても、刑を申し渡すはそれがし町奉行の務めにござる。御裁可が下りれば腹は切らせませぬ」

閑かな人と見えて、町奉行はあくまで剛直だった。

「しからば播磨殿はどうお考えになる」

勘定奉行が気色ばんで詰め寄った。

「妙案が思いうかばぬゆえ、こうして議論をいたしておるのです。御無礼ながら、ちと厠《かわや》へ」

町奉行が席を立つと溜間は弛《ゆる》んだ。三奉行の合議とは言え、身柄の召捕《めしとり》から刑の申し渡しまで、実務は町奉行が執行する。そのうえ池田播磨守は経験が豊かである。奉行の序列はさておき、彼が評定の中心人物であるのはたしかであった。

「さしもの鬼播磨も、妙案がうかばぬか」

寺社奉行が腐った溜息をつきながら言うた。

「嘘はならぬ、駆引きもならぬと申しましてもなあ。こうとなったらいっそ、伝馬町の牢屋奉行に命じて、一服盛るというのはいかがでござりましょう」

冗談にはちがいないのだが、言うたそばから勘定奉行は笑うに笑えず、寺社奉行も笑いかけて真顔になった。

「播磨の前では言えぬの」

勘定奉行は膝行して囁きかけた。

「言わねばよいと存じまする。左近将監様がご了簡下されば、それがしから囚獄方《しゅうごくかた》に申し付けまする」

「万が一、播磨の耳に入れば騒動になろう。囚獄は勘定方よりも町奉行のほうが近しいはずじゃ」

「牢屋奉行の石出帯刀《いしでたてわき》はよう存じております。それがしから因果を含めれば」

雨音の中に廊下の軋みが聞こえた。二人は顔を離した。寺社奉行は留役を顧みて、「冗談であるぞ」と念を押した。

町奉行が戻ってきた。

「たびたび中座いたして申しわけござりませぬ。齢を食うと、どうも厠が近《ちこ》うなりましての」

冷や水を飲みながら、池田播磨守は二人の奉行を茶碗ごしに睨《ね》めつけた。

「はて、何か妙案がござりましたかな」

勘働きであろうか。

「いや、冗談を言うて笑うておった」

寺社奉行がとっさに言い繕った。

「さては、それがしに聞かせられぬ冗談でござりまするか」

播磨守が笑い、人々もつられて笑うた。それでいくらか空気は和んだ。

「ところで、用を足しながらひとつ思いついたのでござるが――あ、イヤ、妙案というほどではござりますまい」

よもや牢屋奉行に命じて一服盛るなどという話ではあるまいな、と人々は聞き耳を立てた。

この老練の町奉行には、底知れぬところがある。筋目を通す人物であることはわかるが、一方では非情に過ぎると噂される。よって八年の長きにわたってその職にあっても、昔の大岡越前守のように、あるいは前任の遠山左衛門尉のように、名奉行と呼ばれることはなかった。

先年の大獄における苛烈な処分は、大老井伊掃部頭の意思よりも、むしろ町奉行池田播磨守の主張であったという。その本人が今は桜田騒動の犯人を吟味しているのだから、命を狙われぬほうがふしぎなくらいであった。

よもや一服盛るという話ではあるまいな。

「預かりという手がござった」

こともなげに播磨守が言うた。

「素町人《すちょうにん》でもござるまいに」

考える間もなく勘定奉行が言い返したのにはわけがある。「預かり」と聞いて思いつくは、微罪を犯した者を入牢させず、町内の大家なり親類なりが身柄を預かって監督する処置である。刑罰というよりむしろ、禁固と説諭を条件とした刑の猶予に近い。

「いや、出雲守殿。預かりは元来、士分に例を見るものでござる」

「だにしても、それではいよいよ軽きに過ぎる。ましてや破廉恥罪を犯したる者を、預かる上司や親類はおるまいぞ」

寺社奉行も異議を唱えた。

「かえって噂を拡めるようなものじゃ。死一等を減ずるにせよ、姦夫姦婦が同じ江戸の風に当っておるなど、人倫に悖《もと》るではないか」

「マアマア、ご両方。話はみなまでお聞き下され」

町奉行は茶坊主に向けて湯呑をかかげた。冷や水を満たした土瓶が運ばれてきた。蒸し暑さはいよいよ増すようである。一口湊いでから、町奉行はみなまで言うた。

「近ごろではとんと聞かぬ仕置にござりまするが、その昔には大名預かりと申す罰がござりました。遠方の御大名家に身柄を引き取っていただくわけで、島流しではないがまず流刑にはちがいありませぬ。これならば旗本の面目も保たれ、噂もじきに立ち消えとなりましょう。いかがにござりましょうや」

言いおえたあとで町奉行は、「お諮《はか》り願いたく」と頭《こうべ》を垂れた。

厠の思いつきではあるまい。かねて腹蔵していた考えを、あたかも思いついたかのように披露したのであろう。

大名預かりと聞けば、誰しもまっさきに黒田《くろだ》騒動の栗山大膳《くりやまだいぜん》を思いうかべる。しかるにそれは遥か寛永の時代、二百年も昔の三代将軍大猷院《だいゆういん》様が御治世の出来事であった。芝居にかけようが講談にしようが、構いなしというほどの昔話である。

ハテ、そののちはと考えても思い当たらぬ。判例を仔細に調べれば見つかるやもしれぬが、それくらい珍しい話であることにちがいはなかった。

いずれにせよ、幕府の威勢がよかった時代である。改易も国替えも思うがまま、罪人を押しつけて通らぬ大名もいなかったであろう。

よもや今の幕府は威勢が悪いとは言えぬが、寺社奉行は遠回しに述べた。

「さりとて播磨殿。今はどちらの御大名も物入りで、かような無理は聞けぬぞ。罪人じゃからというて、まさか牢屋に放りこむわけにもゆくまい。預かりならば小体《こてい》な屋敷を用意して、下男《したおとこ》と女中ぐらいは付けねばならぬ。ましてや遠国の大名はあらまし外様にて、幕政に参与する機会もないゆえ媚びもせぬ」

齢は若いが、さすがはかの水野越中守が倅《せがれ》は頭が切れる。銭金や手間の問題ではなく、遠国の外様大名に無理強いなどできぬ、と言うているのである。

「播磨殿には宛《あて》がおありかな」

勘定奉行が訊ねた。けっして厠の思いつきなどではない、と読んだのである。引き取り先の目星がついていなければ、播磨守がこの一計を口に出すはずはあるまい。

「いかにも」と、播磨守は肯いた。

「蝦夷福山《えぞふくやま》など、いかがでござるか」

きっぱりと御領分の名を出したあと、間髪入れずに池田播磨守は続けた。

「分限わきまえず御大名についてとやかく申し述べまする無礼はお赦《ゆる》し下されませ。蝦夷福山を領知なされる松前伊豆守《まつまえいずのかみ》様におかせられましては、三百諸侯中のどなた様にも増して、将軍家の御恩顧を格別に賜わっておるはずと、かねがね拝察いたしております」

それから播磨守が、滔々《とうとう》と弁じたる「格別の御恩顧」は、こうしたものであった。

蝦夷地唯一の大名たる松前氏は、稲の育たぬ土地柄ゆえ無高だが、三万石格に列せられている。しかし実は、林業、漁業、交易等により巨利を得ていると噂される。江戸参府も五年一勤という例外である。

さらに嘉永年間には、沿岸警備のため築城を許され、陣屋大名から城主大名へと格上げされた。また安政の初頭には、領内の箱館《はこだて》周辺八ヵ村を幕領として上地するかわりに、陸奥《むつ》国伊達《だて》郡、出羽国村山《むらやま》郡、および出羽国尾花沢《おばなざわ》に計四万石の飛地を与えられ、のみならず毎年一万八千両を下賜《か し》されるという特典を得た。

「さて、これらを格別の御恩顧と言わずに何と申せばよろしいか。松前侯は外様の小藩ゆえ城中殿席《でんせき》は柳之間にござるが、それがしのお見受けしたところ、御譜代の貫禄にござりまする。いや、むろんそれも松前伊豆守様のご人徳にちがいござりませぬが、あるいは近々、幕閣に参与されるのではないかとの評判も洩れ聞きまする」

松前氏は甲斐武田《かいたけだ》氏の流れを汲む大名である。東照神君家康公は信玄公を深く尊敬し、その遺臣を礼遇した。旗本の中にも武田流は多くあるくらいなのだから、御大名の松前氏が譜代並みの扱いを受けてもふしぎではない。

どうやらそのあたりの噂は耳に入っているらしく、両奉行は顔色ひとつ変えるでもなかった。

「なるほど。そこまでの腹案があったのなら、さっさとお話しになればよいものを」

汗を拭いながら、勘定奉行がいまいましげに言うた。

「いえ。厠にてふと思いつき申した」

空とぼける町奉行をよそに、水野左近将監は細い顎を撫でながら思案顔である。

若い寺社奉行はよほどの失敗でもない限り、老中若年寄の座が約束されている。だが人材払底の折から、外様大名が起用されるとなればうかうかとはしておられぬ。

そもそも戦国以来の国主大名ならいざ知らず、譜代と外様の分別には曖昧なところがあった。松前氏などはその好例である。三河譜代ならばわかりやすいが、関ヶ原以前に臣従したとする定義はいささかあやふやであった。

このさき人材を広く登用するとなれば、下級旗本からの抜擢とともに、外様大名の幕閣入りも大いにありうる。それは岡崎譜代十六家のひとつとして、幕政に加わることこそ使命である水野家にとっては、家名にかかわる脅威ですらあった。

「それがしから伊豆守殿へ頼みごとはできぬぞ」

機先を制して寺社奉行は言うた。評判の高い松前伊豆守に、つまらぬ借りを作りたくはないのである。

「いや、左近将監様。われら旗本がお頼みするには、ちと荷が重い」

勘定奉行が立場を翻して言うた。ともかくこの一件は、早々に片付けたい一心であるらしい。

寺社奉行はうまい理屈を思いついた。

「松前殿の領知せる出羽の飛地は、わが領分の隣国同然にござる。それこそ素町人でもあるまいに、ご近所の誼《よしみ》にて物を頼むなどできぬ」

評定はしばらく沈黙した。夜雨の頻《しき》るまま、時はすでに丑の刻であろう。

密通が露見して捕えられても、腹は切らぬ。かと言うて、斬首では旗本の面目が立たぬ。島流しは外国人とかかわる怖れがあり、所払いでは軽すぎる。

さよういちいち考えてゆくと、大名預かりなる罰が妙案なのではないかと、誰もが思えてきた。

そして、どうやら妙手でもある。町奉行は議論を尽くしたのち、突飛ではあっても否定しえない罰を、ふと思いついたかのごとく提示したのだった。

「しからば、それがしが折衝に当たりまする。幸い伊豆守様はご在府なれば」

町奉行が言い、ふいに灯の消えるごとく評定は終わった。

一

僕は僕の身の上に起きた出来事が、夢なのか現《うつつ》なのかいまだにわからない。

夢だと言われれば納得する。だが現実だとしたら、もういっぺん初《はな》から嚙んで含めて話していただき、なおかつ不明の点はそのつど質問させてもらわなければ、とうてい理解できないだろう。

弥五《やご》さんだってしばらくぼんやりしていたぐらいだから、見習の僕に何がわかるはずもなかった。

「あたしァ、ごめんだ」

虚ろな目をしたまま、弥五さんは何べんもそう言った。

「ごめんと言ったって、どうなるものでもないでしょう」

わけもわからぬまま、僕は弥五さんを励ました。

「そりゃあ石川《いしかわ》さん、あんたの台詞《セリフ》だ。先のある若《わか》え者《もん》は何だってやらなきゃいけません。したっけ、ぼちぼちお払い箱のあたしが、どうしてこんな仕事をおっつけられる」

弥五さんは聞こえよがしの大声で言った。騒々しい表向ならともかく、奥の御役宅の書院である。僕は弥五さんの腕を摑んで座敷から引き出した。

いくらか正気を取り戻した弥五さんは、地団駄を踏むようにして廊下を歩いた。途中で内与力《うちよりき》様と行き会ったが、立ち止まって挨拶をするどころか、プイと横を向いてすれちがった。

これには日ごろ口やかましい内与力様も唖然として、「どうした、何かあったのか」と僕に訊ねた。そこで僕はこの一件が、奉行所を束ねる内与力様すら知らぬ話なのだと悟った。

「いえ、ちょっとした粗相を咎《とが》められまして。年寄ると短気になっていけません」

僕は一礼して弥五さんの後を追った。詰所に戻ってお仲間に訊かれでもしたら、何をしゃべるかわかったものではなかった。

「本件は一切口外すべからず」と、御奉行様は厳命したのだ。

仕方なく僕は、同心部屋までついていった。見習与力など上司のうちには入らないとばかりに、同心たちは弁当を食い続けていた。

ああ、こうして思い返してみても、一日が夢のようだ。目に映る風景には紗《しゃ》がかかっていて、耳に入る声は銜《くぐ》もっていた。

それから、どうしたっけ――。

弥五さんは苛立ちながら、同心部屋の隅に置かれた机を片付け始めた。僕は膝寄って囁いた。

「あの、弥五さん。お仲間衆に何を訊かれても、口に閂《かんぬき》ですよ。怪しまれないように、平生《へいぜい》を装って下さいよ」

「誰があたしの顔色なんぞ窺うもんかね。洗いざらいぶち撒けたって、へえ、そうですかてえぐれえのもんさ」

弥五さんは南北の町奉行所の中でも、最古参の同心だと思う。若い時分は定廻《じょうまわ》りで鳴らしたらしいが、さすがに五十を過ぎてからは内役で、もっぱら吟味方に言われるまま判例を調べている。むろん、吟味にかかわることはない。

「そう言う石川さんこそ、ほかの御与力様に怪しまれなさんなよ。顔が紙みてえに真ッ白けだ」

読みさしの判例集を机の上に重ねると、弥五さんは縁先から草履をつっかけて出て行ってしまった。

与力同心のあらかたは八丁堀《はっちょうぼり》の組屋敷からの通いだが、独り者の弥五さんは奉行所内の長屋に住んでいる。昼飯も長屋に戻って食う。

同心たちは依然として無関心だった。いや、弥五さんに関してはそうかもしれないが、僕に対してば面当てなのだろう。見習とは言え与力は与力で知行二百石、同心は大方三十俵二人扶持というところだから、侍の格がちがう。

それにしても、きょうの明日に出立《しゅったつ》とはあわただしい。このまま早退けせよと御奉行様は仰せだが、まさかそうもいくまいと思って年番部屋を訪ねた。

「今しがた聞いたのだが、またずいぶんと急な出張だな。見習与力に爺様同心か。マ、誰でも足りる用件ならそうなる」

ヒャッヒャッと、年番与力は人を小馬鹿にするような笑い方をした。たぶん詳細は知らないのだろう。御奉行様は瑣末《さまつ》なことだと言を濁したのだ。

何が瑣末なものか。

もっとも、僕だっていきなり降って湧いたようなこのお務めの中身は、まるでわかっていない。

書院に着座されたなり、御奉行様は書き物ひとつない口達で、まこと瑣末なことのように御下知をなさったからだ。そして、問い返すどころか頭《かしら》も上げぬうちに、さっさと席を立ってしまわれた。

奉行所の事務一切を取り仕切る年番与力さえ仔細を知らされていないのだから、余分を言ってはならないと僕は思った。そう、瑣末なことのような顔をするのだ。

「よっこらせ」

年番与力はじじむさい声を上げて、目の前にどさりと路銀を置いた。長細い机が撓《たわ》むほどの重さだった。

「津軽の三厩《みんまや》というところがどこかは知らんがの、何でも概ね一月《ひとつき》はかかるそうじゃ」

「え。一月、ですか。行き帰りで」

「いや、片道だ。ヒャッ、ヒャッ、ご苦労なお務めだのう、石川」

もういっぺん「え」と呟いて、僕は年番与力の表情をしげしげと見つめた。日ごろから与太ばかり飛ばしている上司は、こういうとき困る。

算《かぞ》え十九の今日まで、僕は千住大橋《せんじゅおおはし》を渡ったためしがない。その手前の御仕置場、小塚ッ原《こづかっぱら》の回向院《えこういん》までだ。で、東海道は鈴ケ森《すずがもり》の刑場まで。まったく、何という因果な仕事だろう。

「それでも、さすがに蝦夷地までは渡らぬでもよいらしい。三厩の湊《みなと》に迎えの舟がくるそうだ。ええ、よいか石川。往復二月《ふたつき》分の路銀が四両の二人前。片道二両が一人前。しめて十両だ。ひの、ふの、みの、よ――」

年番与力は声に出して二朱金を算えた。僕も声を合わせた。小判が八枚と二朱金が十六枚。むろん持ちつけぬ大金だ。

しまいに重い銭緡《ぜにさし》をぐいと押し出すと、年番与力は僕の耳を呼んだ。

「これは弥五郎の爺様に持たせてもよいが、小判と二朱金は預けるなよ」

「それはまた、なにゆえ」

「いや、弥五郎を信用していないわけではない。追いはぎにでも遭《お》うたら困る」

旅になど出たことはないからよくわからないが、過分な路銀にはちがいなかった。

「ああ、そうだ。駄賃帳」

と、年番与力は油紙にくるんだ掌《てのひら》ほどの帳面を銭緡に並べた。これは知っている。宿駅で人馬を雇ったとき、問屋場《といやば》が受け取った賃料を書いて判を捺《お》す。

「馬に乗ってもよろしいのですか」

ううむ、と年番与力は考えるふうをした。即答してくれぬ上司は困る。迷ったうえでの答ならば、こちらもあれこれ物を考えねばならない。

「そうだのう。理屈で言うなら、おぬしと罪人は乗ってもよいが、弥五郎はならぬ」

与力は公用に際して馬に乗るが、同心は徒《かち》と定《き》まっている。しかし、罪人が乗ってもよいというのは、どういう理屈なのだろう。もしや身分の高い侍なのではないか、と僕は勘を働かせた。

御奉行様からは、青山玄蕃という姓名しか聞いていない。青山といえば、御大名にも数家あり、御旗本にも多くありそうな譜代の姓だ。

「かしこまりました。さよういたします」

聞き返したいことは山ほどあるが、余分を言ってはならなかった。

「御天領内はなるたけ馬に乗れ。直参《じきさん》の面目というものがあるでな」

「どこそこが御天領というのはわかりかねますが」

「宿場ごとに聞けばよい。まあ、だいたい関内は威張って行け。宇都宮《うつのみや》あたりからは多少くたびれてもよかろう」

たぶん年番与力も、あてずっぽうで物を言っているのだろう、と僕は思った。知らぬことは知ったかぶりをし、わからぬこともわからぬとは言えぬ立場なのだ。

同じ僕の上司でも、内与力様は御奉行様の陪臣《ばいしん》だが、年番与力は専業の町方役人だから、知らぬことなどあってはならない。

「早《はよ》う行け。仕度もあろう」

もう何も訊くな、と言われたような気がした。

「では、行って参ります」

路銀を風呂敷にくるんで年番部屋を出た。まだ夢うつつだった。奉行所の廊下を歩みながら、自分はよほど動顚《どうてん》しているのだろうと思った。なにしろ路銀のこともてんから頭になく、出張前の挨拶をするつもりで上司を訪ねたのだから。

急な早退けなので迎えの供連れもない。だが、みちみち気を取り直すには好都合だった。

八丁堀岡崎町《おかざきちょう》の屋敷に戻るまで、僕はなるたけ涼やかな濠ぞいを選んで歩んだ。歩きながら御奉行様の下知を、あまさず思い出そうとした。

旅装を斉《ととの》え、暁七ツに伝馬町の牢屋敷に行く。まだ暗いうちだ。牢屋奉行の石出帯刀から罪人を引き取る。姓名は青山玄蕃。いたって神妙な者ゆえ心配はないらしいが、万々が一、逃亡を企てたり狼藉《ろうぜき》を働くようなことがあれば、斬り捨ててかまわぬ。

判決は流罪。ただし島送りではなく、蝦夷福山松前伊豆守様方お預かり。

それだけか。本当にそれだけか。いくら思い返そうとしても、御奉行様はたしかにそれっぱかりを言い残して、さっさと退席してしまわれた。

風の死んだ午下《ひる》りの濠端を、僕は汗みずくになって歩いた。

そうだ。年番与力がいくらか付け加えてくれた。一月がかりで津軽の三厩という湊に着けば、松前様のご家来衆が迎えにくるらしい。そこで青山玄蕃なる科人《とがにん》を引き渡して、また一月がかりで江戸に戻る。

ああ、それにしても、懐に収めた路銀の何と重たいことだろう。数寄屋橋御門内の奉行所から八丁堀までのわずかな間ですらそう思うのに、これを提《ひっさ》げて二月も旅するのか。まさか早いとこ遣ってしまうわけにもいかぬし、掏摸《すり》や枕探しにびくびくしながら。

昼飯や茶店の払いは銭。旅籠《はたご》代や駄賃は二朱金で、なくなったなら小判を崩すという次第になるが、もっといい方法はないのだろうか。為替だの何だのというのは事情が事情だけに、かえってまちがいのもとだとされたのかもしれない。

いや、御奉行様はさほど細かなことまで考えてはおられまい。桜田騒動の吟味は今やたけなわで、御奉行様も奉行所もてんてこまいなのだ。

頭の中がまとまってくると不安が去り、そのぶん心が浮き立ってきた。僕は初めての旅に出る。そして向こう二月の間、家族の顔を見なくてすむ。

しかし、やはり屋敷が近付くほどに足は重くなった。

僕自身ですらよくわからぬお務めを、家族にどう説明すればいいのだろう。考えただけでしどろもどろになってしまった。

門前の日蔭にしゃがみこんで煙管《キセル》を使っていた奴《やっこ》は、僕を遠目に認めるなり仰天して、「旦那様が、旦那様が」と呼ばわりながら屋敷に駆け込んで行った。ふだんは七ツ下がりの主《あるじ》が、こんな真昼間に帰ってくれば誰だって驚く。

与力という呼び方はたいそうだが、町方与力はさほど偉くはない。戦になっても出陣するわけではない軍役外で、罪人を扱うことから卑しめられているふうがある。諸組与力の下《しも》であるのはまちがいない。

知行二百石と言えばたいがい旗本だが、むろん御目見《おめみえ》以下の分限、よって八丁堀の屋敷も長屋門は許されず、冠木《かぶき》門が定めである。ただしあちこちからの付け届けは多いので、二百石取りの旗本よりもずっと実入りはいいらしい。らしいというのは、町奉行所与力見習という立場同様、僕は石川家当主見習だから、お内証のことはよくわからない。

それでも奴を三人、女中を三人、つごう六人の使用人を食わせている屋敷など、きょうびめったにないと思う。

玄関の式台に、きぬがちょこんと座っていた。祝言《しゅうげん》を挙げてかれこれ半年が経つのに、この十五歳の娘が自分の女房だとはどうしても思えない。では何かと問われても困る。いくらかでも血縁があれば、妹だと思い定めることもできようけれど、もともと石川家と僕の実家は格もちがうし、何代さかのぼったところで嫁取り婿取りなどあるはずはなかった。

去年の春に、実家の父が御組頭様に呼ばれ、この縁談を持ちかけられた。否も応もあるものか。幕臣としてこの下はあるまいと思える御先手鉄炮組《おさきててっぽうぐみ》同心の次男坊に、町奉行所与力から婿養子の声がかかったのだ。ありていに言うのなら、三十俵二人扶持の足軽の家の冷や飯食いが、なかなか武芸に秀でているという噂ひとつで、二百石取りの御与力様に出世するという話だった。

もっとも、僕はこういう話にありつくために、物心ついたころから剣術や学問に励んできたのだが。

「ただいまァ」

僕はにっこりと妻に笑いかけた。

「おかえりなさあい」

妻も笑顔で迎えてくれた。

いつもこの調子なのだ。きぬは誰がどう見たところで人妻ではない。十五の齢より二つ三つは幼く見える。だから僕もついつい、夫の威厳を忘れてしまう。

腰物は渡さない。以前、袖ぐるみに刀を預かったきぬが、重みによろけて取り落としたからだ。

「お早いお帰りで、ビックリしました」

「うん。明日から急な出張を申しつかってな。旅の仕度をしてくれ」

妻の目の高さに屈みこんで、僕はなるたけ驚かさないように言ったつもりだった。

「えっ、ええっ、明日からご出張」

「さよう。二月は帰れぬ」

とたんに妻の顔が毀《こわ》れてしまった。

「二月も、お帰りにならないのですか。えっ、えっ、乙様《おとさま》と二月も会えぬのですか」

乙次郎《おとじろう》という名前は言いづらく、さりとて「旦那様」も気恥かしいと見えて、妻は僕を「乙様」と呼ぶ。どうかすると「おとうさま」と聞こえることもあるが、それはそれで愛らしかった。

「仔細はのちほど。まずは父上にお報《しら》せせねばならぬ」

「ご冗談ではないのですね。きぬをからこうていらっしゃるのではないのですね」

そう言ったなり妻は、僕の胸に飛び込んで髷《まげ》が乱れるのもいとわず、いやいやいや、と嘆いた。

式台に尻餅をつき、妻の背をさすりながら、というよりあやしながら僕は考えた。

いったいどのように育てれば、こうして絵に描いたような箱入り娘が出来上がるのだろうと。

牀《とこ》入りの晩、「何か望むものはありますか」と訊ねたら、妻は襟元をかき合わせながら「海を見たいのです」と言った。その一言が胸に刺さって、以来僕は妻を抱けなくなった。同衾《どうきん》はするが、手を繋ぐか、せいぜい腕を絡めるくらいのものだ。

「さあさあ、聞き分けなければいけないよ。お務めなのだからね」

妻は小さな顔を僕の両掌でくるまれたまま、「乙様、乙様」とくり返した。

事の顛末をまず父に伝えるべきか、それとも母に言うべきかと迷っていたのだが、都合のよいことには父の病臥《びょうが》する奥座敷に母がいた。

「ただいま帰りました」

油蟬《あぶらぜみ》の声が喧《かまびす》しい廊下に手をつかえて、常に変わらぬ挨拶をした。みちみち考えてきた話の手順などは、すっかり忘れてしまった。何だって剣術の立ち合いのようなもので、いくら頭の中で考えたところで意味はないのだ。

「どうした、何かあったか」

父は天井を見上げたまま、いくらか不自由な言葉で訊ねた。さすがは定廻りを二十年、吟味方を二十年務めた与力、勘は鋭い。

婿取りを急いだのは、父が卒中で倒れたからだった。石川家は代々が町奉行所与力の職にあるが、そもそも町方役人は一代抱《かかえ》で、慣習としての世襲を許されているに過ぎぬ。つまり当主が急病で御役につけなくなった場合は、何をさておき跡目を立てて家を相続させねばならぬ。

与力も同心もあらまし一代抱であるから、早目に備えをしておくのは当然なのだが、それがなかったのには事情がある。

当家には嫡男があった。何でもたいそう出来のよい人であったらしい。だが不幸なことに、算え十九、つまり今の僕と同じ齢でぽっくりと亡くなった。

五年前の出来事である。父はまだ御役を務められたし、娘のきぬは十《とお》かそこいらであったのだから、婿取りは先の話でよかった。ところが、そうこうしているうちに、父が倒れたのである。

それでも、一命を取り止めたのは不幸中の幸いだった。ともかく婿を取れば家督は繋がる。親類同輩が奔走したあげく、町奉行所与力から御先手組与力に転じた人の伝《つて》をたどって、僕に声がかかったというわけだ。

町方与力は馬鹿では務まらない。また、若い時分は捕物にも出るから、武術が達者でなければならない。家格はふさわしくなくとも、本人の実《じつ》を取ってくれたというのは、僕にとってありがたい話だった。

「御奉行様より、直々のお下知を賜わりました」

僕は肚をくくって父に言った。

「ほう、それは祝着《しゅうちゃく》」

と、母が固い表情を綻ばせた。しかし父は黙りこくっていた。

僕は息を入れて心を鎮《しず》め、今の自分がわかっている限りを、審《つまび》らかに語った。語るほどに母は笑顔をとざしてしまった。のみならず剃り上げた眉のあたりに血の筋を浮き立たせ、鉄漿《かね》を打った口元を袖で隠して嘆き始めたのだった。

母の癇癖《かんぺき》に惑わされてはならない。それはこの半年間、さんざ翻弄されたあげくに悟ったことだ。

むろん、母をないがしろにしているわけではない。ただ、母の言動の少なからずが、今は亡き息子への思慕と、娘への愛情に拠っていることに、僕は気付いている。

父は僕の話を黙って聞いていた。うつろに開かれた瞳からは、感情を読み取れなかった。

「流人の押送《おうそう》、か」

青みがかった薄い瞼をようやく下ろして、父はぽつりと呟いた。それがいかにも無念そうに見えたので、僕は返す言葉を失ってしまった。

容態は今のところ落ち着いている。粥《かゆ》も水菓子もよく食べるし、薬も嫌がらない。それでも口をきくのはよほど億劫らしかった。つまり、倅が罪人の押送を申し付けられたことが、思わず声になってしまうくらい我慢ならなかったのだ。

少くとも与力の務めではない。奉行所と伝馬町牢屋敷の往還にしろ、千住や板橋《いたばし》で江戸所払いの執行をするにしろ、押送役は定めて同心であり、それにしたところでお縄を取るのは小者どもだった。

父を落胆させてはならないと思い、自分でもよくはわからぬ話の言いわけをした。

「よろしゅうございますか、父上。仰せの通り、たしかに押送役ではございまするが、御大名預かりという御沙汰に同心ごときを出すわけには参りますまい。けっして卑しきお務めではございませぬ」

しかし、父の無念そうな表情は変わらなかった。そして痛みに耐えるように唇を引き結んだまま、薄掛けから片方の手を抜き出して、僕の胸元を指さした。

おまえの出自のせいだと、父は言おうとしているにちがいなかった。

まるで父の放った矢に、胸を射抜かれたような気がした。痛みよりも驚きがまさって、僕は父と母の顔色を窺った。

父は僕の胸を指さしたまま目をとじていた。母は泣きながら肯いていた。

ほかに考えようがなかった。おまえが同心の家の生まれだから、罪人の押送などという務めを命じられたのだと、父母は声にこそ出さぬが口を揃えて言っていた。

僕は打ちひしがれた。父も母も厳しい人だが、どれほど叱りつけようとそれだけは言ったためしがなかった。だから僕は、身分のちがいを気にかけるのは僕ひとりの僻《ひが》みだろうと思っていた。

「申しわけございません」

それだけを言って、深々と頭《こうべ》を垂れた。計らずも父母の本音を知ってしまったからには、たとえ一瞬たりともいたたまれなかった。

奥座敷を出て、廊下を歩みながら僕は考えた。父母の本音はさておくとして、病牀《びょうしょう》にあるとは言え四十年も奉行所に勤めた父の考えるところは、おそらくまちがいなかろう。僕がこの妙な御役を命じられたのは、いまだ使い途《みち》のない見習与力だからではなく、御先手組同心というこの下はない軽輩の出自だからだ。

だとすると、僕が辱《はずかし》められた以上に、僕を婿に取った石川の家が辱められたことになる。だからこそ父は、あれほどまでに落胆したのだと思った。

そこまで考えつくと、もうこの屋敷内におのれの居場所などないような気がしてきて、僕は通りすがった空座敷に上がってへこたれた。

ともかく心を落ち着かせねば。僕は膝を抱えて爪を噛んだ。たぶんこうした癖ひとつにしても、同心の家に育った子供なのだろう。もし奥座敷から退がった母がこの姿を見かけたらきつく叱るだろうと思い、僕は膝を抱えたまま長持《ながもち》の蔭に隠れた。

なかば物置になっている空座敷は、表裏が庭に面していて風が抜けた。汗が乾くまでこうしていれば、心も落ち着くだろう。

かくなるうえは奉行所に取って返し、馬鹿にするなと息まくべきなのだろうか。石川の家名が貶《おとし》められたのだから。

いや、それも大人げない。やはりここは忍従して、わけのわからぬお務めでも立派になしとげることが肝心だ。

屋敷は八丁堀と楓川《かえでがわ》に挟まれていて、いつも湿気がこもっている。住みごこちだけで言うなら、牛込榎町《うしごめえのきちょう》の実家のほうがずっとよかった。

家族は息災だろうか。婿入りから半年ばかりしか経っていないのに、遥か遠い日のような気がしてならない。嫁ならば里帰りというものもあるだろうが、家督を襲《と》る入婿には許されなかった。

僕は爪を嚙みながら、饐《す》えた川風の吹き抜ける空座敷を見渡した。牛込の実家には余分な部屋も家財もなかったが、この屋敷には空部屋を物置にするくらい、さまざまの品物があった。たかだか二百石の知行でも、町方与力は千石取りの旗本に並ぶほどの収入があるという。

それら調度には笹竜胆《ささりんどう》の家紋が入っている。本国は三河だというが、御譜代旗本の石川家と血縁があるのかどうかは、父母もわからないらしい。たぶん、分家の分家が一代抱の与力となり、その後うまい具合に続いている、というところだろう。だにしても、いかにも幕臣たる石川の姓は矜《ほこ》らしい。

ふと、妻の声を聞いたような気がして、僕は膝を揃えてかしこまり、刀を引き寄せた。みっともない夫の姿を見せてはならなかった。

顔も姿も稚《おさな》い妻は、声まで童《わらし》のようなのだ。だから門前の路地を行き交う子供の声を、しばしば聞きちがえる。

耳を澄ますと、今度ははっきり「乙様ァー」と、僕を呼ぶ声が聞こえた。

いくらか心も落ち着いた。すべてを忍従してお務めを果たす。

そう決めてしまうと現金なもので、僕の胸の中には初めて旅に出る喜びがふたたび湧き上がった。

千住大橋の向こう河岸《かし》にはどんな景色があるのだろう。どんな宿場をめぐり、どんな人と会い、どんなものを食うのだろう。いや、何よりも僕は、がんじがらめにされたこの屋敷から解き放たれるのだ。

廊下の様子を窺って空座敷を出た。「ここだ、ここだ」と呼ばわれば、「はーい」と遠くで妻が答えた。

婿に入ってまず驚いたのは、この屋敷の広さだった。

牛込榎町の実家の周辺は御先手組の大縄地《おおなわち》で、建て込んだ与力の屋敷もここと比べようもないほど小さかった。ましてや組付同心の家などは、七十坪かそこいらの長細い地所に借家を建てて町人に貸し、さらに余ったところに畑をこしらえていた。三十俵二人扶持の同心の泣き暮らしとはそんなものだった。

この屋敷には借家のかわりに蔵が建っている。畑どころか小体な庭があって、門長屋こそないけれど、厩《うまや》には立派な栗毛馬が飼われていた。

与力は「寄騎」とも書くらしい。もともとは合戦に馳せ参じる騎馬の侍、というほどの意味だろうか。だから与力は本来、馬に乗らなければならない。馬上与力だ。

ところが、榎町の大縄地で馬上与力など、見たためしもなかった。御先手組には馬を養う金も手間もなく、騎馬の侍といえば月に一度の鉄炮調練の折に、陣羽織を着て采配を揮《ふる》う御組頭様ぐらいのものだった。

八丁堀の与力はそれだけ余裕があるのだ。さすがにきょうび騎馬での出勤はないが、奉行所には厩があって、与力は公用に際してしばしば馬に乗った。

だから婿入りが決まったあと、僕は大急ぎで馬術を習わねばならなくなった。まったく乗れぬわけではないが、同心は徒士《かち》だから心得はなかった。婿養子の口にありつくにせよ、格のちがう与力の家から声がかかるとは思ってもいなかったからだ。

幸い近くの早稲田村に、大坪流の師範と称する人があって、短い間にどうにか格好をつけてくれた。

婿入りはそんなふうにあわただしかった。さっさと進めなければ一代抱の家が絶えてしまうのだ。面倒な儀礼はできる限り省き、嫁の顔すら知らぬまま僕は石川家の入婿に納まった。しかも婚儀の翌《あく》る日には、見習与力として町奉行所に出た。

どのような御役であれ、父から子に引き継ぐには何年もかかるはずだ。だが父は口伝すらできなかった。僕は右も左もわからぬまま、奉行所では上司から、家に帰れば母から、叱られっぱなしの日々を送ってきた。

僕ときぬは、屋敷の東の端の八畳間を寝所にしている。

旅仕度を申し付けたものの、どうしてよいかわからずに往生しているだろうと思いきや、畳の上には旅装束や道具類がこまごまと並んでいた。

古株の女中が手を貸してくれたのだという。父母も僕も旅とは無縁だが、あんがいのことに使用人たちは藪入りには里に帰ったり、暇を見つけて湯治や物見遊山《ものみゆさん》に出かけたりするらしい。わけても屋敷の界隈には大山講《おおやまこう》だの御嶽《みたけ》講だのの講中があって、むろんどの屋敷も主は出かけられぬが、代参の名目で年に一度は使用人が出るという。

そうした道中の話を聞くのが、幼いころからの楽しみだったと妻は言った。

木綿の小袖に紋付の道中羽織、裁着袴《たっつけばかま》に手甲脚絆《てっこうきゃはん》。一文字笠に振分けの行李《こうり》。旅装など思いも及ばなかったが、申し付けたとたんにこうして揃うとは大したものだ。

よい心掛けだと褒めれば、妻はふいにすぼんで、「兄様《あにさま》の」と呟いた。

見た目ばかりか心まで子供のきぬは、亡き兄上の話になるとたちまちべそをかいてしまう。僕にとっての兄はまるで見ず知らずの人だから、宥《なだ》めるのも一苦労だった。

両の拳を瞼に当てて、切れぎれに語るところをまとめれば、どうやらこういう次第であるらしい。

下総の某所に奉行所与力の給地がある。例年そこで上がった米が、南北五十人の俸禄となるのだが、豊作の年のどさくさまぎれに、知行所で不正があったという噂が流れて、見習与力であった兄が年番方同心とともに取調を命じられた。

旅装束はその折に誂《あつら》えた一揃いであるという。しかし往復六日の短い旅から戻った兄はすでに流行《はや》り病に罹《かか》っており、道中のみやげ話を聞く間もなく、まるで風をくらって逃げたかと思うほどふいに、この世から消えてしまった。

「だから乙様、今度は道中のお話を、きぬに聞かせて下さいな」

たった半年の間に、僕は妻への労《いたわ》りを払い尽くしてしまっていた。よしよしと子供をあやすように、薄い背中をさすったり叩いたりするしかできなかった。

夜更に驟雨《しゅうう》が来た。

軒を打つ音が雹《ひょう》か霰《あられ》かと思われるほどの、激しい降りだった。雨をやり過ごす間、僕は蚊帳《かや》の中に起き上がって、脅える妻を抱きすくめていた。

しみじみ考えた。いったいこの女は、僕にとっての何ものなのだろう、と。

もともと氏素性がちがう。生まれ育った町も、江戸市中とはいえ遠く離れている。つまり僕ときぬは、一生かかってもすれちがうことすらない、無縁の人間だった。

こうして抱きしめていても、僕の心が昂《たかぶ》ることはない。迷い子か何かを宥めすかしているようなものだった。

他人の事情は知らぬが、算えの十九と十五という年齢は、夫婦《めおと》の契りを交わさぬ理由にはならないだろう。祝言を挙げ、ずっと同じ蒲団に寝ているのだから、たとえ真似事であろうと、何かあってもよかりそうなものだと思う。

蚊帳の中で抱き合ったついでに、いや、ついでというのも何だが、唇を重ねてみようとした。ところがそのとたん、妻が顔をそむけたのではなく、僕が怯《ひる》んでしまった。年端の行かぬ子供に、悪いいたずらをしかけているような気がしたのだった。

「すまぬ」と僕は詫びた。

「いえ」と妻は答えた。

こんなことは半年の間にいくどもあった。この先もいつまで続くかわからない。そうこうするうちに夫婦というより兄妹のようになってしまって、何を今さらという気になれば石川の家が絶える。

父母はいったいどう思っているのか、まさか相談するわけにもいかないし、実家とは縁が切れたも同然だし、奉行所にもそうまで親しい人はなかった。

驟雨の去ったあと、僕らは端の雨戸を一枚だけ開けて月を眺めた。

「あのお月様が欠けて細くなって、また円くなったらお帰りですか」

「いやいや、それからもいちど細くなって、また円くなったらだよ」

ふうっ、ときぬは溜息をついた。

「そうだ。帰ったら二人して海を見に行こうではないか。江の島や鎌倉に」

喜ぼうにも喜べず、泣くにも泣けなくなって、妻は月あかりの中で小指を立てた。

二

新御番組内三番組　青山玄蕃
右之者《みぎのもの》先達《せんだっ》而《て》不届《ふとどき》至極《しごく》之《の》行状《ぎょうじょう》有之《これある》付《につき》
切腹《せっぷく》可申渡《もうしわたすべく》処《ところ》　父祖《ふそ》代々《だいだい》多年《たねん》之《の》奉公《ほうこう》ニ
参酌《さんしゃく》致《いたし》　格別《かくべつ》之《の》御沙汰《ごさた》以《もって》罪《つみ》一等《いっとう》減《をげん》シ
改易《かいえき》闕所《けっしょ》之《の》上《うえ》
蝦夷福山松前伊豆守殿《どの》許《もと》へ　永年《えいねん》御《お》預《あずけ》之《の》事《こと》　仕置《しおき》申渡《もうしわたし》候《そうろう》者《もの》也《なり》
万延元年庚申《かのえさる》七月十七日
寺社奉行　水野左近将監
町奉行　池田播磨守
勘定奉行　松平出雲守

「まこと格別の御沙汰にございます。受書《うけがき》にご署名を」

白面の検使《けんし》与力は立ったまま宣告を読み上げると、肩衣をそびやかして開示した。

この与力の顔には見覚えがあるが、言葉をかわしたこともなければ姓名も知らなかった。たぶん牢屋見廻《みまわり》と呼ばれる人なのだろう。断首や磔《はりつけ》獄門等に立ち会うことから、ほかの与力とは交わらないのかもしれない。表情がなく、年齢すらよくわからないのは、それだけ人の死に様を冷ややかに見つめてきたせいなのだろうか。

揚座敷は御目見以上の武士や、位の高い神官僧侶のみが入る特別の牢屋で、つまり僕が何か罪を犯しても、ここに収まる資格はない。

座敷内にあるのは検使与力のほかに、牢屋奉行の石出帯刀と、青山玄蕃なる罪人だけだった。僕は廊下の板敷に座って、内鞘《うちざや》の格子ごしに宣告を窺っていた。

「よもや了簡しねえわけじゃなかろうな」

僕のうしろで、弥五さんが独りごつように呟いた。僕らはむろん旅装束だ。ここでごねられでもしたら、話は見えなくなる。

どこで仕入れてきたかは知らないが、弥五さんが言うには、いったん切腹の御沙汰が下りたのに、罪人が嫌だとごねてこういう次第になったらしい。まるでわけがわからない。たぶん弥五さんはあれこれ知っているのだろうが、聞いても答えてはくれなかった。

外はまだ暗い。行灯のほのかな光の中で、青山玄蕃がゆるりと顔をもたげた。

僕は薄闇に目を凝らした。牢内の三人はいずれも肩衣半袴の正装だった。刑の申し渡しとはそうしたものなのだ。

青山玄蕃は豊かな総髪である。当節流行のその髪型が、僕は嫌いだった。学者を気取っているか、さもなくば月代を剃るのが面倒な横着者に決まっている。

「署名はできぬ」

検使与力を不敵に見上げて、青山玄蕃は言った。牢屋奉行から板敷の同心まで、むろん僕も、一斉にぎょっと目を剝いた。

「――と、言うたらどうする」

罪人にはちがいないが、なにしろ御目見以上の旗本で、そのうえ矜り高き新番の御番士様。同じ騎士でも与力とはまるで格がちがう。だから青山玄蕃の人を食った態度にも、あえて言い返す声はなかった。

ややあって、よほど肚に据えかねたものか、牢屋奉行が言った。

「成敗するまでじゃ」

ほう、と肩衣に似合わぬ無精髭をわさわさと撫でながら膝を崩し、青山玄蕃は目の前に佇立《ちょりつ》する検使を迷惑げに見上げた。

「まあ、座れ。申し渡しをおえたらただの与力だろう。で、囚獄様よ。あんた、誰を成敗するつもりだえ」

まともに答える気にはなれまい。牢屋奉行は科人を睨みつけていた。

どうやら手に負えぬろくでなしらしい。どこが神妙なものか。ご政道も地に墜ちて、天下の御旗本まで腐ってしまったのかと、僕は憤るより情けなくなった。

青山玄蕃の狼藉はとどまらなかった。

「おう、何とか言え、囚獄。成敗するだとォ。よもや丸腰の俺を斬るつもりじゃあるめえの。尋常に立ち会うんなら望むところだ。さあ、相手はどいつだ」

僕は思わず刀を握って立ち上がった。尋常の勝負ならこんなろくでなしに負けるはずはない。

「やめろ、石川さん」と、弥五さんが僕の腰帯を摑んだ。

青山玄蕃がぎろりと僕を睨んだ。旅仕度を見て、僕の役目を察したようだった。洟《はな》もひっかけぬというような嗤《わら》い方をした。

それから科人は、受書に署名して花押《かおう》を記した。柄に似合わぬ能筆だった。

「ま、格別の御沙汰にはちげえねえ。俺はまた、一服盛られるかバッサリやられるか、二つに一つだと思っていたぜ」

この男が本当に天下の御旗本なのだろうか。それも格式高い新番の御番士様だなどと、いったい誰が信じよう。

検使与力が受書を奉書にくるみ、懐に納めた。これでとにもかくにも、青山玄蕃は「格別の御沙汰」により、蝦夷福山の松前伊豆守様に永年御預となることを承諾したのだ。

揚座敷の内鞘の端には、袴の股立《ももだ》ちをとって襷《たすき》を掛けた牢屋同心が二人、今にも飛びかかりそうな格好で控えていた。もし青山玄蕃が了簡しないのなら、ただちに斬って捨てるつもりだったのかもしれない。牢屋同心は死罪の執行人でもあるから、腕達者ぞろいと聞いている。

「では、これよりご出立いただく。押送人は町奉行所の与力、および同心」

そこまで言って、牢屋奉行は格子を振り返った。名乗るべきかどうか、僕は迷った。青山玄蕃は闕所改易されたのだから、すでに旗本ではない。だが幼いころから武士の道徳として植えつけられてきた身分のちがいは、やすやすと打ち払えるものでもなかった。

「石川乙次郎と申す」

僕はけっして頭を下げずに名乗った。それくらいは武士の礼儀であろう。

「田中《たなか》弥五郎と申します。よろしく」

続いて弥五さんも名乗った。「よろしく」は余分だと思うが、声もうわずっているくらいなのだから仕方あるまい。

牢屋奉行はひとつ肯いて、青山玄蕃に向き直った。

「石川殿は昨年の講武所撃剣試合において、みごと優勝した手練《てだれ》である。年は若いが、すでに心《しん》形刀流《ぎょうとうりゅう》の免許も得ている。ご承知おき下されよ」

青山はケッと嗤った。

「つまり何だ、逃げても無駄ってことかね。おいおい、まさかおめえさん、はなっから俺を斬るつもりなんじゃあるめえの。この忙しいご時世に、奉行所の役人がわざわざ押送に二人も出るって、おかしな話じゃねえか」

「青山殿。口を慎まれよ」

検使与力が穏やかに叱った。いったいにみながみな、物の言いように苦慮しているふうだった。

「おっと。青山ドノ、ときなすったね。町方の与力ふぜいが」

「貴公はもはや、御旗本でも御番士でもない。神妙にいたせ」

「はいはい、承知つかまつりやした。さて、そうと決まればさっさと出かけようか」

御番士の役料はせいぜい二百俵か三百俵だが、そうした譜代の家には父祖代々の家禄が付いている。たいがいは千石二千石の知行取りで、たしかに与力ふぜいでは影をも踏めぬ。

たとえばこの揚座敷にしたところで、とうてい牢獄とは思えない。朝夕の食事についても、盛り切りの物相飯《もっそうめし》どころか、一汁三菜の本膳が出るという。しかも隣室には、当番の下男が常に控えている。

その下男が着替えを持ってきた。漆塗りの衣裳盆には葉菊《はぎく》の家紋が入っており、僕のそれよりずいぶん上等に見える旅装束の一揃いが載っていた。

「ほう。屋敷から届いたか」

青山玄蕃はいそいそと身仕度を始め、牢屋奉行と検使与力はそれをしおに揚座敷を出た。

流人の押送とは言え、唐丸籠《とうまるかご》に乗せるでもなく、お縄をかけるわけでもない。傍目《はため》には公用の旅と映るだろう。

「石川さん。どうやら大変なお役目を言いつかっちまったみたいだねえ」

弥五さんが何だか放心したように呟いた。誰が何を教えてくれるわけでもない。牢屋奉行や検使与力は物を訊ねる筋合いではなかろう。すると頼みの綱は弥五さんだけなのだが、その本人もよくはわかっていないようなのだ。

まわりに人がいなくなったので、僕は辛抱たまらずに弥五さんの耳を呼んで訊ねた。

「ところで、あやつはいったい何をしでかしたのですかね」

エッ、と弥五さんはのけぞるほど仰天した。

「石川さん、そりゃああたしの台詞だ」

これであらまし見当はついた。青山玄蕃の罪状まではわからないが、ともかく一刻も早く決着をつけねばならぬ事情があるのだ。そして、年番与力の言を借りれば「誰でも足りる用件」だから、見習与力の僕と、年寄って使い途のなくなった弥五さんが選ばれた。

しかし、弥五さんはともかくとして、今の僕には学ばねばならぬことが山ほどある。本来ならば父親から何年もかけて教わる仕事を、僕は与力たちの意地悪と同心たちの嫌がらせに耐えながら、体で覚えなければならないのだ。そんな僕にとって、向こう二ヵ月に及ぶ出張は痛手だった。

「石川さん。こうとなりゃあ、あれこれ考えたって仕様がありませんや。やれやれ」

僕は背筋を立てた。胸のうちを弥五さんに気取られてしまった。町方役人の心得の第一は、心を色に表してはならぬことだというのに。

「おや、あっちでお呼びですぜ。なるたけ聞けることは聞いてきておくんなさいよ」

弥五さんに言われて振り向けば、薄暗い内鞘の先で、白面の検使与力が僕を手招いていた。

町奉行所の与力は南北で五十人ばかりしかいないのに、この人の名前も知らなかった。それくらいてんでんに忙しい仕事をしており、僕にも目配りをするだけの余裕がないのだ。

「見送り人の同行は御朱引《ごしゅびき》まで。話は一切まかりならぬ」

検使与力は冷ややかに言った。僕の質問に壁を立てているような目付きだった。

顔の高さの格子窓から、血の匂いが漂ってきた。裏手は土壇場だろうか。

それから検使与力は、帯に差した朱房《しゅぶさ》の十手と、腰の取縄に目を向けた。

「危急の折にはそれらを使う必要はない。斬り捨てよ」

ひやりとして目を合わせた。僕が押送人に選ばれた理由はそれか。

「御奉行様からのお指図でしょうか」

検使与力は声に出さずに小さく肯いた。僕はすかさず訊ねた。

「それがし、本件の仔細を存じませぬ。多少なりともお聞かせ下されませぬか」

細い目が朝ぼらけの窓を見上げて、いっそう細くなった。鼻が蠢《うごめ》いたのは、土壇場の血の匂いを嗅ぎ分けたのだろう。

「知らぬ」

「知らぬはずはござるまい」

と、僕は検使与力の懐に覗く奉書を指さして詰め寄った。

「知らぬと言うておろう」

「仔細を知らずに人は斬れませぬ」

「いや。人を斬るには何も知らぬがよい。本日も死罪の執行が四件あるが、それがしは仔細など知らぬ」

それだけを言うと、検使与力は板敷を軋ませて立ち去った。

死罪のほとんどは、この伝馬町牢屋敷内の土壇場で執行される。奉行所からは検使と牢屋見廻の二名の与力が出て立ち会う。いかな重罪人であれ、日に四人《よったり》もの申し渡しをしたうえ斬首を見届けるなど、僕にはとうてい耐え難い仕事だった。たしかに、仔細など知らぬほうがよかろう。

科人は法を犯したがゆえ死罪となる。検使与力は法に則った刑の執行を宣告し、かつ見届ける。

それだけの話だ。

だとすると――僕は想像をめぐらして暗澹《あんたん》となった。つまり、だとすると僕は青山玄蕃を押送するのではなく、押送の途中で殺害するよう命じられたのではあるまいか。だからこそ御奉行様は直々に、しかも仔細は伝えずにそっけなくご下命になり、周囲もなるたけ知らんぷりを決めこんでいたのではなかろうか。

そう思えばすべてが腑に落ちる。弥五さんの動揺も父の落胆も。たとえば過分の路銀なども、早く片付ければそのぶん僕の褒美になるという意味に思えてきた。

町奉行所がたいそう陰湿な役所だということは、うすうす気付いている。お務めの逐一に、金や命がかかっているからだ。上司下僚も同輩も、少い言葉の中に意思をこめ、なおかつ汲み取らねばならない。

格子窓から見上げる空は、このまま明けそこねてしまいそうに濁っていた。

伝馬町牢屋敷には、ひっそりとした裏門がある。西向きの表門は構えも立派で人通りも多いから、見せしめのために敲《たた》きの刑なども行われたが、裏門はもっぱら人目を忍ぶ出入口だった。

揚座敷の廊下の先は、そのまま裏門に続いている。ここに入牢する罪人は御目見以上の旗本か高僧と定《き》まっているからなのだが、はたしてそうした貴人が、いったいどんな罪を犯すのかとも思う。

むろん四部屋が並んでいても、青山玄蕃の座敷のほかは空いている。するといよいよもって、彼の罪状が気がかりでならなくなった。

旅仕度を斉《ととの》えたあと、下男が玄蕃の髭を当たった。旗本は屋敷に戻れば御殿様と呼ばれるのだから、自分では髭も剃らぬのだろうか。

ころあいを見計らって声をかけた。

「青山殿。よろしいか」

総髪を撫でつけながら玄蕃が答えた。

「おう。ぼちぼち行くか」

そこで僕は、気合いをこめてお定《き》まりの口上を述べた。

「しからばこれより出立いたす。きりきり立ちませい」

お白洲での吟味が終われば、縁側《えんがわ》に控える見習与力がそうした声をかける。この際にもけじめの一声は必要だろうと、僕は思ったのだった。

青山玄蕃はふたたび「おう」と答えて揚座敷の格子戸を潜《くぐ》った。そのとたん僕は、旅仕度を斉えたその姿のよさに、いささかびっくりした。

不良旗本にはちがいないのだ。だが、やはり御目見以下の御家人ばらとは貫禄がちがった。気圧《けお》されてはならない。僕は立ち上がって目の高さを揃えた。

「ええと、田中さんか」

僕のうしろで縮み上がったまま、「いえ、田中はそれがしで」と弥五さんが答えた。

「ああ、そうか。するとおぬしは何と言うたかね」

「石川乙次郎」と、僕は二度名乗らされた。怯んではならない。こやつははなから、人を食っているのだ。

僕は罪人の先に立って裏門へと向かった。すでに揚座敷の引戸も、門戸も開かれていた。あたりはいまだ銀鼠《ぎんねず》のかわたれどきで、門番は提灯をかざしている。

牢屋奉行と検使与力の姿はない。面倒なお務めは一丁上がりというところか。

濠に渡した石橋の向こうには、二人の屈強な牢屋同心が待ち受けていた。先ほど内鞘の端に襷掛けで控えていた、死罪の執行人と見える同心どもだ。

伝馬町の一帯は町人地だから緑が少い。そのせいか鳥の囀《さえず》りも蟬《せみ》の声もなくて、あたりはしんと静まっていた。人々がまったく無言であるのは、押送の定式《じょうしき》というよりその静けさのせいかもしれなかった。

むろん、町奉行所にも牢屋敷にも付きものの、「おーうそォー」という門番の掛け声もない。もっとも、誰が見たところでこれを押送の図だとは思うまい。青山玄蕃はそれくらい偉そうで、僕らはまるで家来のようだった。心外ではあるが、江戸市中を抜けるまではむしろ好都合だろう。

しかし、よくよく見ればどこかおかしい。青山玄蕃は堂々としていても、大小の刀を差していない。そして僕と弥五さんは刀のほかに十手と取縄を帯に挟んでいる。

ところが驚いたことには、石橋を渡りおえたとたん、待ち受けていた牢屋同心のひとりが、柄袋と鞘袋を被《き》せた大小をうやうやしく青山玄蕃に奉ったのだ。

エッ、と僕は思わず声を上げてしまった。放免ならともかく、流刑となる罪人に刀を持たせるというのか。

青山玄蕃は至極当然と言った顔で大小を裁着袴《たっつけばかま》の腰に差した。

さすがに牢内では刀を取り上げるが、門から出れば武士の体面を重んずる、ということなのだろう。

「検《あらた》める」と言って玄蕃は、柄袋をはずして二寸ばかり鯉口《こいぐち》を切った。刃引きをされていないかどうか、本身を確かめたのだ。

ふたたび柄袋を被せ一文字笠を冠ると、玄蕃の姿はいかにも家来を従えて道中に出る、旗本の威を備えた。

濠端の柳の葉蔭に、隠れるようにして佇む人影があった。見送り人であろうか。

ひとめ見てたちまち、検使与力の言葉を思い起こした。

(見送り人の同行は御朱引まで。話は一切まかりならぬ)

うかつにも僕は、二人の牢屋同心が「見送り人」だと思い込んでいた。だから一言も口をきいていない。

考えてみれば、家族が見送りにくるのは当然ではないか。たとえば島流しにしたところで、流人船が出るときには永代橋《えいたいばし》の袂《たもと》から家族は泣く泣く見送るのだ。

奥方と見える人は地味な小袖を着て、俯きかげんに佇んでいた。髪を白羽二重《しろはぶたえ》の揚《あげ》帽子で深くくるんでいるので顔はよく見えないが、きっと美しい人なのだろうと僕は勝手な想像をした。

男子は十歳ばかりであろうか。縞の袴に黒羽織の正装で、いかにも今生《こんじょう》の別れを見届けるように眦《まなじり》を決していた。惣領の倅だけを連れてきた、というところだろうか。

妻子のうしろには女中頭らしい老女と、陪臣と見える侍があった。さらに離れて若い女中と挟箱《はさみばこ》を担いだ奴《やっこ》がいたが、どうしたわけかこの奉公人どもは辛抱たまらぬというふうに、掌《てのひら》で顔を被い、目がしらに腕を添えてほいほいと泣いていた。

僕は一瞥して目をそらした。見てはならず、また見たくもない光景だった。

裏門が愛想なく鎖《とざ》され、一行は誰が指図をするでもなく歩き出した。

いくらも行かぬうちに自然と順序が定まった。御朱引内なら知らぬ道のない弥五さんが先頭に立ち、僕と罪人が肩を並べ、袈裟懸《けさが》けの間合いを取って二人の牢屋同心が続き、見送り人たちはずっと後からついてきた。女子供の足を気遣って、一行の歩みは遅かった。

浅草御門を抜けるころ、明六ツの鐘が渡った。それをしおに江戸の町は目覚めた。商家は雨戸をはずし、蜆《しじみ》売りや納豆売りの声が行き交った。

僕はしばしばうしろを振り返った。歩きながら、残される家族の運命を考え始めたのだった。旗本の暮らしなどは知らないが、夫婦や親子の情は身分がちがっても同じだろうと思うと、心が騒いでしまった。

ましてや僕は、夫であり父である人を、手にかけるかもしれないのだ。

御蔵前通《おくらまえどおり》を北へたどるほどに、大川の匂いが濃くなった。このまま川ぞいをたどって山谷《さんや》に出れば、あとは千住までの一本道だ。

町奉行所や牢屋敷の役人にとっては、歩き慣れた道筋だった。僕も半年の間に幾度も往還している。

親殺しや主殺しなどの重罪人を磔に処するときは、この道筋を引き廻して小塚ッ原の仕置場に向かう。あるいは牢屋敷で打った首を、幟《のぼり》や捨札など押し立ててやはり小塚ッ原まで送り、獄門にかける。つまり町家ばかりで武家屋敷や寺社の少い、見せしめの道筋だった。

むろん、僕ら一行には見せしめの意味などなく、それどころか人々を畏れ入らせるぐらい堂々としているのだが。

「未練がましいやつらめ」

歩きながら青山玄蕃が呟いた。

僕は耳を疑った。なにしろ牢屋敷を出発して以来、初めて耳にした言葉がそれだ。

「そんな言いぐさはあるまい。家族が別れを惜しんでいるのだぞ」

「僭越《せんえつ》を言いなさんな。俺の女房子供と家来どもだ。何と言おうが勝手だろう」

言い返す気にもなれなかった。こいつは腐り切っている。こんなやりとりを続けていけば、僕はいつか肚に据えかねて斬り捨てるだろう。それはそれで、むしろ始末のいいことなのかもしれないが。

闕所改易のうえの流刑である。つまり、旗本青山玄蕃家は消えてなくなり、采地《さいち》も屋敷も没収される。

奥方は実家に帰るのだろうか。幼い子らはどうなるのだろう。陪臣たちは浪人となり、奉公人も路頭に迷う。「永年御預」と言うからには終身刑で、御家再興など望むべくもなく、今が永訣《えいけつ》のときであることはたしかだった。

家族はすがりつきたい思いを耐えに耐えて、御朱引まで見送ろうとしている。それを青山玄蕃は、言うに事欠いて「未練がましいやつらめ」と罵った。

僕はもう口のききようなどお構いなしに訊ねた。

「貴公、何をしたのだ」

玄蕃はムッとしたように僕を睨んだ。

「おや、知らんのかえ。それとも知ったうえでの嫌がらせか」

「知らぬ。御奉行様より直々に押送役を言いつかった。何も聞いてはいない」

「ほう、そうかね。播磨殿もずいぶん意地の悪いことをしなさる」

「そうではない。仔細など知らぬほうがよいのだ」

僕が検使与力の受け売りでそう言うと、玄蕃は少し考えてから、「なるほどのう」と勝手に得心した。

それにしても、御奉行様を「播磨殿」か。何の衒《てら》いもなくさらりとそう呼んだ。旗本の中にも上下《かみしも》はあろうから、「播磨守様」ではなく「播磨殿」と呼ぶからには、おのれと同格かそれ以下と考えているのだろう。池田播磨守様は家禄三千石の大身《たいしん》だ。

御蔵前は朝から賑わっていた。先頭を行く弥五さんは、「のけ、のけ」と呼ばわり続けた。このあたりで偉いのは侍でも役人でもなく米俵だから、人や俥《くるま》を捌《さば》くのは一苦労だった。

「何をしたかと訊かれて、何もしちゃいねえとは言えねえなあ」

「当たり前だ」

「聞きてえか、石川さん」

伝法な口調が耳障りでならない。仮に屋敷内では奉公人たちと同じ町言葉を使っていても、いったん門外に出れば見てくれも口調もそれらしく改まるのが武士というものだろう。

歩きながら青山玄蕃が肩を寄せてきた。

「御定書《おさだめがき》の四十八《しじゅうはち》――」

それだけを耳打ちして、玄蕃は僕から離れた。

刑罰は八代有徳院様のお定めになった百箇条に規定されている。絶対の法というわけではないが、おおむねその示すところに沿い、世情に鑑《かんが》み、情状あれば酌量し、あるいは類似の判例に照らすなどして裁きが行われる。だから石川家への婿入りが決まったとき、僕がまっさきに取りかかったのは御定書百箇条の丸覚えだった。

四十八。四十八。僕は歩きながら条文を順繰りに暗誦し、浅草寺の甍《いらか》を望む駒形のあたりで、ようやく思い当たった。

とたんに足が止まった。

「恥を知れ」

思わず声が出た。

「まあ、そう尖《とん》がりなさんな。まだ旅のとばっ口じゃねえか」

玄蕃が袖を引いた。

「二度と口にするな。身の穢《けが》れだ」

「おいおい、御与力様に何をしたかと訊かれたから答えたんだ。ずいぶん勝手な言いぐさだの。ははァ、さてはおぬし、まだ女を知らんな」

腹立たしさを地べたに当てて歩き出しながら、「家内はおる」と僕は言った。言うそばからいよいよ腹が立った。たしかに妻はあるが、いまだ女を知らない。

夫婦は人倫の基《もとい》であるから、姦通は大罪だ。男女ともに未婚であれば「不義」とされて、仕置は父親に委《ゆだ》ねられるが、どちらかが既婚であったら「姦通」である。夫がその場で男女を討ち取っても構いなしとされ、もし訴え出れば女は死罪、男は獄門というのが、御定書の原則だった。

だが、僕が腹を立てたのは破廉恥な罪についてではない。そんなことで譜代の名家を潰し、家族も家来も離散するのだ。それでも御朱引まで送ろうとする人々を、未練がましいなどと、いったいどの口が言う。

吾妻橋《あづまばし》の西詰まで来て振り返れば、見送り人たちは一町ばかりも遅れていた。

「待つことはねえよ。足手まといだ」

もしここが浅草のまんまん中でさえなかったなら、刀は抜かぬまでも殴り倒しているだろう。

幸いなことに夏空は厚い雲に被われて、風もさわやかだった。

青山玄蕃は一文字笠の庇を上げて、懸命に後を追ってくる妻子を見つめていた。いくらかでも人の心が残っていればいい、と僕は思った。

牢屋同心たちとの間合いを目で測って、玄蕃は僕に囁いた。

「のう、石川さん。あんた、俺を斬るつもりかえ」

僕は答えなかった。

「何でもたいそうな達者らしいが、こっちだってあっさり斬られるほどやわじゃねえぞ。もし返り討ちにでも遭えばどうなる。士道不覚悟、御家取潰しにはちげえねえ」

花川戸を抜けて山谷堀にかかると、東からの川風がいっそう強くなった。もはや涼しいだのさわやかだのは越している。聖天《しょうてん》様の幟はまるで合戦場のように騒いでおり、一文字笠は激しく煽られた。嵐の予兆かもしれなかった。

青山玄蕃と尋常に立ち合って負ける気はしない。だが一方では、剣の腕前が見た目と関係のないことも知っている。いかにも強そうなやつがあんがい見かけ倒しであったり、その逆に弱そうな侍が面をかぶり竹刀を構えたとたん、別人に豹変することもある。

万が一だ。もし万が一、玄蕃が逃亡を企てるか不埒《ふらち》な行いがあるかして僕が斬りかかり、討ち果たせずに返り討ちに遭ったとすれば、いったいどうなるのだろう。

ありのままを玄蕃が申し述べ、証人まで現われたとする。まちがいなく、士道不覚悟の責を免れまい。御取潰しまではないにしても、石川の家はひとたまりもなく自壊するだろう。僕の代わりが簡単に見つかるはずもなく、力になってくれる親類や朋輩もない。そして、与力以上の働きをしている同心はいくらでもいる。

「いやァ、歩くってのは気持ちのいいもんだな。かれこれ一月《ひとつき》も牢屋に閉じこめられていると、何がしてえって、ともかく歩きてえんだ」

そんなものか、と僕は思った。揚座敷は日に六合の飯に一汁三菜がつき、差入れの菓子や書物も届くが、さすがに外を歩き回ることはできない。七畳半での運動など知れている。玄蕃が何やら溌剌《はつらつ》と歩いているのは、そのせいなのだろうか。

山谷の町人地を過ぎると一面の田圃《たんぼ》が拡がった。青々と育った稲は風に吹かれるまま渦を巻き、西の日本堤の向こうには吉原の大籬《おおまがき》が望まれた。ここまで来れば、荒川の御朱引まで半里もあるまい。

泪橋《なみだばし》の袂で見送り人を待った。

「ここまでかえ」

「いや、千住大橋の向こう河岸《かし》が御朱引になる」

「ならばどうして泪橋なんだえ」

御殿様と呼ばれるような人は、当たり前の知識を持たぬらしい。

僕は黄色い土埃《つちぼこり》の舞う行く手を指し示して言った。

「千住大橋の手前には小塚ッ原がある。処刑される科人を見送るのはここまで」

「へえ、そうかね。だとすると俺は、地獄を通り過ぎて三途《さんず》の川を逆に渡るってわけか。妙な話もあったもんだ」

「格別の御沙汰だ。ありがたく思え」

弥五さんも牢屋同心たちも、かかわりを避けるように僕らから離れて立っていた。

「のう、石川さん。どうして格別の御沙汰とやらを賜わったか、知ってるかえ」

僕はそっぽうを向いた。こいつとはなるたけ口をきかずに旅しようと思った。僕を虚仮《こけ》にしているのはたしかだった。

「御評定所に呼び出されてな、腹を切れってえ御沙汰を申し渡されたから、三奉行を睨み返して、いやだと言ってやった」

僕はぎょっと振り返った。聞こえよがしの大声だったから、弥五さんも同心たちも呆然とした。

武士が切腹を申し付けられて拒否するなど、聞いたためしもない。だが、このろくでなしならやりかねぬ。

「どうして」と、僕は呆れながら訊き返した。実は聞きたくもないのだが、聞き流すにしてはもったいない話にも思えた。

「どうしてって、おめえさん。そんなこと知れ切っとろうが。不義密通なんてのは、世の中に溢れ返っとろう。それを死罪だの何だのってのは、御法が悪いんだ。しかも腹を切れって、何でえそりゃ。無理っくりに首を打たれるんなら仕方ねえが、了簡もしてねえてめえの腹をなぜ切れる」

僕は「しばらく」と手を挙げて玄蕃の声を遮った。

「貴公、まこと恥知らずだな」

大名預かりという、今どきありえぬ刑罰のいきさつは、だいたい見当がついた。

どう理屈をこねようが、つまるところ玄蕃は死ぬのがいやなのだ。武士が死にたくないというのはまったく破廉恥のきわみで、それが公方様御近習の御番士様ともなれば、事実を口に出すのも憚られる。

だんだん腹が立ってきた。なぜ僕がこいつのわがままに付き合わねばならぬ。病の父も、年端《としは》もゆかぬ新妻を捨ててまでも。

泪橋から三町ばかり行った田圃の中に、離れ島のような森がある。

日光道中の本道は上野から下谷《したや》を抜けて千住に至るが、浅草や本所深川《ふかがわ》からはこの道筋が近い。いきおい町人の多くは小塚ッ原の刑場の前を通らねばならなかった。

あたり一面が田圃であるせいか、仕置場の木立ちは油蟬がやかましかった。しかし幸いなことに、道に面した六尺の獄門台に晒し首はなかった。

獄門は死罪より重い。牢屋敷の土壇場で首を落とされるところまでは同じだが、その首をわざわざ鈴ヶ森や小塚ッ原まで運んで、三日二晩の晒しものにするのが獄門である。さらに市中引廻しだの磔だのという仕置になれば、罪人は生きたまままここまで連れてこられて、執行ののち晒される。

首を片付けても捨札は三十日間そのままにしておく。獄門台のまわりにはみっしりと捨札が並び、まるで文句をたれるかのようにガタガタと風に鳴っていた。

やがて小塚ッ原の町なかで道は日光道中と合流し、じきに長さ六十六間の千住大橋が見えた。渡り切った向こう岸が御朱引とされている。

橋の上は殆《あやう》いほどの風だった。荒川の水面《みなも》はささくれて、下《しも》から上《かみ》へと逆巻くように見えた。

「見送り人はここまで。人目につかぬよう、お別れは簡潔になされよ」

「わかっておるわい。やれ、面倒くせえ」

江戸所払いの罪人も、伝馬町牢屋敷から曳かれてきてここで解き放たれる。だが、そうした光景を見慣れている茶店のおやじの目にも、まさか青山玄蕃が重罪の流刑者とは映るまい。うんと偉い御目付様か何かが、与力同心を引き連れて御朱引の見廻り、というところか。

見送り人たちは川下から吹きつける風によろけながら、ゆっくりと歩いてくる。いや、その足どりは風のせいばかりではあるまい。

わけても奥方の傷悴《しょうすい》ぶりは明らかで、倅が手を引き、女中が背を押していた。

「面倒くさいなどと、よくも言えるな」

「ほう。おぬしは家族が面倒だとは思わんのかえ」

家族が面倒、か。

僕の耳は、青山玄蕃の悪態に慣れてしまったらしい。なかなか近付いてこない見送り人たちを遠い目で眺めながら、僕は腕組みをして、僕の家族について考えた。

口も満足にきけぬ寝たきりの父。うっかり畳の縁《へり》を踏んでも僕を叱りつける母。幼いまんま、僕を亡くなった兄に重ね合わせている妻。よその家に比べればずいぶん少い家族だが、面倒と言えばたしかにそうかもしれぬ。ただし、格下の家から婿入りした僕は、面倒だなどと思ってはならない。

一方、実家の家族はと言うと、これははっきり面倒だった。

御先手組同心などと言うと聞こえはいいが、大名諸家ならば鉄炮足軽にちがいなく、三十俵二人扶持という御禄も、幕臣中まずこの下はないと言ってよい。子供が四人あっても二人扶持なのだから始末におえぬ。だから父が、ひとつの梅干を朝晩の二度に分けて食うほど吝嗇《りんしょく》であったのは仕方がない。ただ僕は、侍のくせにちっとも武張ったところのない父が、情けなくてならなかった。家族揃って日がな一日内職に精を出し、父が御城内の門番に上番する月は、その分だけ家計が乏しくなった。

兄は父と瓜ふたつで、母は癇癪《かんしゃく》持ちだった。すぐ下の弟は風来坊で家に寄りつかず、末の妹は手癖が悪いうえに男癖まで悪かった。つまり僕は幼いころから、貧乏が髷を結ったような父と兄に苛立ち、母の癇癪に耐え、弟と妹の不始末をあちこち詫びて回らねばならなかった。なるほど、そうしたくさぐさを思い起こせば、まこと面倒な家族だった。婿入りした石川の家は遥かにましだ。

ひとつの梅干を二度に分けて食っていたにもかかわらず、僕だけ立派な体に育ったのはどうしたことだろう。のみならず、幼いころから学問も好きだった。それで結局は、道場でも学塾でも第一等の成績が噂になり、御組頭様の推輓《すいばん》によって身分ちがいの与力の家に婿入りする運びとなった。

「面倒、か――」

思わず独りごちた僕の顔を、青山玄蕃がちらりと見たような気がした。

面倒とは思えぬ見送り人が、ようやく橋を渡りおえた。

「お手間をおかけいたしまする」

女中に身を支えられたまま、奥方は白い揚帽子をはずして軽く頭を下げた。やはり思った通りの美しい人だった。そればかりか、挙措も物言いもさすが奥方様と思えるほど優雅だった。年のころなら三十なかば、ろくでなしの亭主とさしてちがわぬ齢だろう。

陪臣らしき初老の侍が言った。

「当家より道中のお供を出すつもりでおりましたが、罷《まか》りならぬとのお達しで。ひとつ、よしなに」

僕の羽織の袂に、ストンと重いものが落とされた。賄《まいない》とは呼べまい。道中これで主に不自由をさせてくれるな、というほどの意味であろう。周囲から餞別の押し引きと思われてもおかしなものなので、僕は知らんぷりを決めた。

「では、御殿様。長い間お世話になりました。これにて御暇《おいとま》つかまつりまする」

白髪頭をようやく結い上げた、細い髻《たぶさ》が哀れだった。おそらく先代か先々代から仕えてきた、家老のような立場の人なのであろう。青山玄蕃が物心ついたときからの家来かもしれなかった。

「そちも息災にの。見送り大儀である」

妙に偉そうに玄蕃が答えた。それだけか、と思って横顔を窺えば、たしかに「それだけ」としか見えぬ冷ややかさだった。

奥方は立っていることもままならず、しゃがみこんでしまった。

伝馬町からここまで、大川ぞいの早道をたどってきても一里半はあろう。足元を見れば素足に下駄ばきで、どうやら行けるところまで行くつもりが、なごり惜しくて千住まで来てしまったらしい。

うなだれる母の背を労《いたわ》りながら、倅が父を見上げていた。よほど恨みに思うているのか、牢屋敷の裏門で出会ったときと同じに、唇を嚙みしめ眦を決していた。

玄蕃は何も言わぬ。奥方や陪臣はともかくとして、こればかりは看過できずに、僕は若様の目の高さに屈んだ。

「御父上のお務めは長くなるゆえ、大きくなったら訪《おとな》われるがよい」

なるたけ和やかに、心をこめて僕はそう言った。

青山玄蕃が流《る》謫《たく》先《さき》の蝦夷地まで、無事にたどり着けるかどうかはわからない。途中で意を決し、僕が斬るかもしれない。だが、ろくでなしの父親にかわって僕が言葉をかけるとすれば、ほかにはないと思えた。

ところが、玄蕃は僕を見くだして吐き棄てるように言うのだ。

「他人が余計を申すな」

そもそも、こんなに美しい奥方と立派な倅と忠義な家来を持ちながら、不義密通に走った青山玄蕃が、僕は赦《ゆる》しがたい。見るに見かねた一言の、何が余計なものか。

僕は立ち上がって、玄蕃に胸をせり合わせた。

「余計を申した。赦されよ」

女中は奥方の肩を抱いたまま、奴は挟箱を担いで蹲《そん》踞《きょ》したまま、ずっと泣き続けていた。

いつまでこうしていても人目につくだけだと思い、僕はきっぱりと宣言した。

「ここが御朱引にござる。見送り人方々はお引き取り下されよ。牢屋同心ご両人もご苦労にござった」

僕が言い終わる前に、青山玄蕃は踵《きびす》を返して歩き出していた。思いを断ち切るふうなど毛ほどもなく、たしかに面倒をおえたとでもいうような足どりだった。

僕と弥五さんはあわてて後を追った。千住大橋の先はまっすぐな一本道で、二町ばかりも行って振り返れば、見送りの家族は土埃の彼方にまだ佇んでいた。


「腹がへった」

千住掃部宿《かもんじゅく》に入ったころ、玄蕃が言った。朝飯を食っていないのだから腹がへるのは当たり前だが、家族と永の別れをしたとたんにそれか。

暗いうちに出発すれば、御朱引を越したあたりが朝飯どきだ。言われてみれば腹はへっている。宿場には飯の炊き上がる香りが漂っていた。

「えー、お侍さん。朝飯はいかがでござんしょ。ほっかほかの飯に納豆汁。えー、沢庵に梅干。房州の目刺しもござんす」

旅籠のおやじに呼びこまれて、暖簾《のれん》を分けようとする玄蕃を僕は引き止めた。

「おい、勝手な真似はするな」

しかしそう言う僕の脇をすり抜けて、弥五さんが入ってしまうのだから仕方がない。腹がへるのはみな同じだ。

草鞋《わらじ》を解くまでもあるまい。僕らは土間に据えられた卓についた。引付《ひきつけ》の座敷でのんびりと朝飯を食っているのは、これから江戸に入る遅立ちの旅人であろう。大声でしゃべっていたものが僕らに気付くと、ふいにおとなしくなった。

安旅籠の朝飯に何の遠慮もあるまいが、青山玄蕃は押し出しがきき、僕と弥五さんの十手取縄は目につくのだろう。

「よもやたァ思うが、飯は二度じゃあるめえの」

下卑た口調に戻って玄蕃が言った。

牢屋敷の飯は朝晩の二度と定《き》まっているが、じっと動かぬ囚人ならともかく、歩き詰めで昼飯抜きというわけにはいくまい。

「安心せえ。飯は三度食わせてやる」

ホホッ、と玄蕃は笑った。

「食わしてやる、と来なすったか。ついさっき、俺の家来が飯代ぐれえは熨斗《のし》つけてよこしたろうが。いってえいくら貰ったんだえ。見せてみろ」

賄賂を受け取ったつもりはない。言い方が癪に障って、僕は袂の餞別を卓の上に叩き置いた。そのとたん自分がびっくりした。まさか熨斗つきではないが、包みからジャランと溢れ出た小判を目で算《かぞ》えれば、ひの、ふの、みの、よ、と締めて十両だ。

そもそも僕は、小判など遣ったためしがない。いや、それどころか小判を懐に収めたのは、年番与力からきのう頂戴した路銀が初めてだった。だから先ほど袂に落とされた餞別も、いったいいくらなのかわからなかったし、考えもしなかった。

「ほうれ、見ろ。十両もふんだくっておいて、三度の飯ぐれえは食わしてやるもねえもんだ。おう、石川さんよ。あんた、虫も殺さぬ顔をして、とんだいかさまだの」

「いかさまとは何を言う」

僕は思わずかたわらの刀を引き寄せた。侍の悶着に驚いて、客は箸と茶碗を持ったまま立ち上がり、旅籠の亭主は運んできた膳を抱えてすくみ上がった。

「手合わせはまだ早かろう」

僕を睨みつけながら、口調を改めて玄蕃は言った。

亭主が愛想も忘れて朝餉《あさげ》の膳を据えた。どんぶりの盛り切り飯に納豆汁。沢庵に梅干。目刺しが三尾。腹がグウと鳴った。

僕は黙りこくって朝飯を食った。客を送りに出たまま、亭主は「えー、朝飯はこちら」と呼びこみを始めた。

青山玄蕃も弥五さんも、あれこれ物を考えているにちがいなかった。

千住掃部宿は、東海道の品川宿や甲州道中の内藤新宿と同様、庶民の遊ぶ岡場所を兼ねている。いやむしろ、宿場としては江戸から近すぎる。だが、どうやらこの旅籠は、飯盛女など置かずに家族で切り盛りする、堅気の宿にちがいなかった。そうでなければ、十手を差した侍を呼びこむはずはなかった。

僕は目刺しを齧《かじ》りながら、目刺しについて考えることにした。あれこれ物を考えても仕方ないと思ったからだった。

目刺しは好物だ。物売りは毎朝やってくるが、僕の母が棒手振《ぼてふ》りの声に応じることはめったになかった。せいぜい月に二度か三度、父に扶持米が下げられたか、内職の手間賃が入った翌朝と決まっていた。

五尾の目刺しが二把《わ》で十尾、それを男が二尾、女が一尾という勘定だった。「子がひとり少なければ一尾ずつ一把で足りるに」などと、飯を食いながら父は平気な顔で言った。

弟がやがて家に寄りつかなくなったのも、妹が身持ちの悪い女になってしまったのも、貧乏のせいではなく父のそうした性根のせいだと思う。僕だって一日も早く婿養子の声がかかって、こんな家とはさっさとおさらばしたいと思っていたのだから。

石川の家に入って驚いたのは、毎朝の膳に三尾の目刺しがつくことだった。むろん、母も妻も同じだ。

初めは祝いの膳立てだと思ったのだが、翌日もその翌日も、ずっと三尾の目刺しが出た。どうかすると目刺しではなくて、大ぶりの丸干しが出されることもあった。

「乙様はよほど鰯《いわし》がお好きなようで」と、母に言われた。がつがつと食っていたかと僕は恥じ入った。だが、それから何度も母が同じ台詞《セリフ》を口にしたところをみると、やはり何か気に障るのだろう。改めようにも、僕にはいまだわからないのだが。

そんなことを考えながら僕は、青山玄蕃の所作の美しさに気付いた。背筋がすっくりと伸びており、箸が長く見えた。言葉遣いはたいそう下品だが、御殿様はさすが姿がよい。

思えば僕は、ひとかどの侍と差し向かいで飲み食いをしたためしがない。なにしろ半年前までは、御先手組同心の冷や飯食いだったのだ。

石川の父は婿入りのときから寝たきりだし、奉行所でも見習与力の僕は、先輩方と離れた場所でちんまりと弁当を食った。

そんなわけで、実父以上の侍らしい侍の物食う姿を、まともに見るのは初めてと言ってよかった。

目刺しを指でつまんだりはしないのだ。汁を啜るときは箸を椀の尻に揃え、けっして先端を僕のほうに向けないのだ。

むろん僕だって、父母からそれなりの躾《しつけ》はされたけれど、さほどこまごまとしたものではなかった。同心の行儀などはそれで十分だった。

「ン、どうしたね」

青山玄蕃は箸を置いて、口のまわりを撫でた。僕があんまり見つめるものだから、飯粒が付いていると思ったらしい。

「いや、何でもない。うまそうに食うの」

「うめえ、うめえ。やっぱし娑婆《しゃば》の飯はうめえわい」

「同じ牢屋敷でも、揚座敷の膳立てはよほど上等なはずだが」

「見た目はこんなもんだが、どうもあの物相飯ってのはいただけねえ。知ってるかえ、石川さん。牢屋の腐れ飯てえのは、たとえじゃあねえんだ。まっこと臭え臭え。鼠も食わねえ古米《ふるごめ》を食わしやがる」

「おぬしの口が驕っているのだろう」

「ああ、そうかね」

青山玄蕃はふたたび箸を執って、久しぶりの娑婆の飯を食い始めた。どうやらしゃべるときには箸を置くのが、偉い武士の作法であるらしい。

思い当たるふしがある。石川の家の飯を初めて食ったとき、うまいと思った。それくらい実家の飯がまずかったのだ。上等な米は高く売れるから、家族の口に入るのは黴《かび》臭い古米だった。

つまり、月ごとに頂戴する扶持米はあらまし下等の米で、年に三度の御切米にはよしあしが混じっており、そのうちの上等を札差《ふださし》に売って借金の返済に当てるなり、生計のための現金に替えるなりする。だから家族の口に入るのは、もっぱら下等の古米と定《き》まっていた。

もっとも、物心ついたときからずっとそうした米の飯を食っていれば、まずいとも臭いとも思わない。石川の家に婿入りして、初めて下総の采地から上がった上等の米を食ったときは、まさか同じ米の飯とは思えずに、祝儀の砂糖飯か何かだと勘ちがいしたものだった。

「さて、のんびりしてはおられぬ」

立ち上がりかけてふと見れば、弥五さんはいかにものんびりと番茶を啜っていた。

これまで泊りがけの旅に出たためしもない僕にとって、弥五さんは頼みの綱なのだが、伝馬町牢屋敷を出発してこのかた、どうにも影が薄い。

「では、ぼちぼち参りましょうか」

勘定を置いて弥五さんはおもむろに立ち上がった。きのう年番与力に言われた通り、小判や二朱金は革袋に分けて僕の腹巻に納め、重い銭緡《ぜにさし》は弥五さんに預けてある。

外は相変わらずひどい風だった。これなら炎天下を歩くほうがよほどましに思えた。僕は一文字笠を冠らず手に持った。弥五さんは首に背負った。だが青山玄蕃だけは、顎紐をきりりと結んで歩き出した。

三人きりの旅が、妙に心許なく感じられた。なにげなしに振り返れば、千住大橋からまっすぐに続く道中は、半町先も見えぬ土埃にまみれていた。

しばらく行くと高札場《こうさつば》の辻に出た。左右には立派な旅宿が建ち並び、あわただしく人の出入りする問屋場もあった。この十文字が、千住掃部宿の中心であるらしい。

「石川さん――」

ふいに弥五さんが呼びかけた。僕らは十文字のまんまん中で立ち止まった。

「すまねえが、あたしァここまでにさしてもらいます」

意味がわからずに、僕は弥五さんを見つめた。小さな身丈がいっそう縮んでしまったように見えた。

「ここまで、とは」

僕はよもやまさかとうろたえながら、ようやく訊き返した。

「御奉行様がこんな苦役をあたしにおっつけたのは、嫌なら辞めてもかまわねえってこったろう。ちがいますかね、石川さん」

僕はしどろもどろで言い返した。

「ちがう、ちがう。それは思い過ごしだよ、弥五さん。勝手な真似をされては困る。何か不満があるのなら、お務めをおえてから言って下さい」

「このお務めをおえたんなら、何かいいことでもござるのかえ。いやそんなことより、あたしァどうにも、生きてふたたびお江戸の土を踏めるとは思えねえんです。だったらここいらで、引っ返すのが利口ってもんでしょう」

弥五さんは奉行所の長屋に住まう独り者だ。養子を取るつもりもなさそうだし、もともとが一代抱の同心なのだから、辞めると決めれば何の未練もないのかも知れなかった。

きちんと身を引けば養老銀がいただけるわけでもない。ならばここが潮時と考えたのだろうが、それでは僕が困る。

「引っ返すって、今さらどこに引き返すのですか。奉行所に戻って辞めると言っても、通るはずがないでしょう」

「そりゃあ通りませんな。もっとも、身ひとつの長屋暮らしで、煎餅蒲団と鍋釜なんざ、うっちゃろうが誰が使おうが構やしません。ほれ、この通り」

と言いながら、弥五さんが懐から引き出した袱紗《ふくさ》の中には、親の位牌が納まっていた。つまり思いつきではなく、はなからそのつもりで出てきたのだ。

僕は天を仰いだ。濁った空に、藁や紙屑が舞っていた。

弥五さんは奉行所の厄介者だ。だが身寄りもない年寄りを辞めさせるわけにもいかず、たとえ逐電したところで探すこともあるまい。ならば何の揉め事にもならぬこの方法は、弥五さんなりに考えた妙案かも知れなかった。押送人として出発し、見送り人と別れたのち、おのれまで見送り人に豹変する。

困るのは僕ひとりだった。

ケッケッと、青山玄蕃が嘲《あざけ》った。

「こいつァとんだ笑いぐさだ。さて、どうするね、石川の旦那」

うるさい、と僕は玄蕃を叱りつけた。もとを正せばこいつのせいなのだ。四の五の言わずに腹さえ切っていれば、僕は何ごともなく見習与力のお務めに精を出しており、弥五さんだってまだ当分の間は、奉行所の厄介者に甘んじていられるはずだった。

「さあさあ、これじゃあ見世物だ。ちいとは傍目《はため》を気にせえ」

玄蕃は僕と弥五さんの腕を摑んで、辻の近くの一里塚まで引き立てた。なるほど十手者が不穏な言い争いをしていれば、人目を奪うのも当たり前だ。

街道から少し入ったところに松と榎の植わった一里塚の土盛りがあり、向かいは用水の土手で風もいくらか凌げた。

「俺は見ざる聞かざる。そこいらで一服つけているから、よおく話し合え」

そう言って玄蕃は、どこからともなく取り出した煙管《キセル》をくるくると回しながら、たしかに潜み声なら届くまいと思える土手の勾配に腰を据えた。

「逃げるなよ」

僕は大声で言った。

「ばかか、おぬし」

凪にもめげずたちまち火種をつけて、玄蕃は続けた。

「今さら逃げ出すはずはあるめえ。まったく、おめえさんも苦労な男だの。みんなして逃げちまったあげく、相方までが逃げようってんだ」

凪にちぎれる玄蕃の声は、何かとても重大なことを言っているような気がしたのだが、今はそれを考えている場合ではない。僕は弥五さんに向き直った。

「こんなわけのわからん仕事をおっつけられて、嫌気がさした弥五さんの気持ちはわかります。よおっく、わかりますよ。しかし、だったら僕はいったいどうすればいいのですか。いくら何でも虫が良すぎやしませんか。ましてや、四十《しじゅう》年も十手取縄を預かった人の行いとは思われませんし」

こうまではっきり言えば翻意するかと思いきや、弥五さんは開き直った。

「石川さん、あんたまだ半年じゃねえか」

そんな道理があるだろうか。つまるところ弥五さんは、出発のときからこのお務めを投げ出す肚は決めていたのだが、僕を説得する理由までは思い及ばなかったのだ。

「脱走ですよ、弥五さん。ただですむとは思えません」

「いや」とかぶりを振って、弥五さんは悲しげな目を向けた。

「あたしなんざ、探しもしませんよ。ただですみますって。奉行所はそれほど暇じゃございません」

そう言いながら弥五さんは、十手と取縄を僕に差し出した。取縄は南町奉行所が紺、北町奉行所が白と定められている。それは町方役人の誇りでもあるから、誰もが手入れを怠らぬのだが、弥五さんの取縄や十手の房は手垢がしみて黝《くろず》んでいた。

「御奉行様にお返しするのが筋だが、そうも参りますめえ。石川さんが預かっておくんなさんし」

グイと押しつけられて、僕は思わず手を引っこめた。

「困ります、困ります」

「いや、こいつを持ってずらかった日にァ、ただですむ話が面倒になるかもしれません。よろしくお願いします」

仕方なく十手と取縄を受け取った。まったく仕方ないのだ。このお務めもろとも四十年にわたる稼業を捨てようという人に、叱ったり宥めたりする言葉を僕は持ち合わせなかった。

「ここまで伸《の》せァ、奉行所まで引き返してかくかくしかじかと訴えるのもことでござんしょう」

「そうするしかありませんよ」

「そりゃあ、石川さん。かえってほかの御与力衆から安く見られちまいますぜ。いやいや、あたしがどうこう言うこっちゃござんせんな。あ、そんなことより――」

と、弥五さんは腰紐に通した銭緡をほどいて、どさりと僕の手に托した。

「公金を持ち逃げしたら大ごとです。あぶねえ、あぶねえ。ところで、石川さん。物は相談なんですがね――」

ねぶるような目付きで、弥五さんは僕の袂や懐を見渡しながら続けた。

「餞別をふるまっちゃいただけませんか」

腹を立てるよりも落胆した。僕が一人前の与力ならば、けっしてこんな要求はしないだろう。足下を見られたのだ。

「弥五さん。それぱかりは道理にはずれています」

僕はきっぱりと拒んだ。どうせ駄目でもともとの要求なのだから、あっさり引き下がるかと思いきや、弥五さんは「ほう」と不敵に笑いながら間合いを詰めてきた。

「だったら、石川さん。あんたが見送り人から受け取った大枚は、道理にはずれちゃいねえんですかい」

もはや使い途のない爺様でも、四十年の町方稼業は伊達ではないらしい。十両の大金を賄賂と決めつけてゆすりにかかったのだ。

「科人に不自由をさせてくれるな、という心付けです。とやかく言われる筋合いはありません」

「おっと、そう来なさるかえ。だったらあたしァ、事の次第《しでえ》をかくかくしかじかと書き付けて、和田倉御門の箱ん中に放りこんでくるだけで」

これはゆすりだと思っても、捨身の弥五さんならやりかねまい。

評定所の門前に置かれた目安箱に、役人の不正を暴く書状を入れる。いわゆる箱訴《はこそ》である。

「のう、石川さん。証人ならいくらでもおりやんす。あたしだって一文の得にもならねえ箱訴なんぞ、できることならしたかァござんせんや」

僕は黙っていた。何を言い返したところでかなわぬと思ったからだった。理がどちらにあるというのではなく、四十年の経験にはとうていかなわない。

弥五さんはいっそうひどいことを言って押してきた。

「御奉行衆も御老中もすっ飛ばして、直《じか》に上様のお目に触れる書状なら、この一件ばかりじゃなくって書きてえことはいくらでもありまさあ。わけても石川の御先代様とは、昵懇《じっこん》にさしていただきましたからのう。いや、あれこれ書きてえ、書きてえ」

僕は思わず、柄袋の紐を解いた。これは僕の行いをゆするばかりか、石川家と石川の父を侮辱している。

「お断りなさるかえ」

僕は柄袋を投げ捨てた。冷静さを失ったわけではない。刀を抜いて一喝すれば、弥五さんは怯むと思った。

だが、わずかに後ずさったものの、弥五さんのへらず口は止まらなかった。

「そのほうが話は早《はえ》えかもしらねえな。御与力様が同心を叩ッ斬って、無礼討ちはござるめえ。あんたがどう申し開きをしようが、こいつは私闘でござんしょう。どうせあたしァ、さほど取られて困る命でもなし、これまでさんざこき使われた御与力様の御家が道連れなら、三途《さんず》の川の渡り甲斐もあるてえぐれえのものでさあ」

風が砂埃を巻き上げて瞳を刺した。それさえなかったら僕はきっと、弥五さんを斬っていただろう。

「そこまで、そこまで」

茶化すように呼ばわりながら、青山玄蕃が土手を下りてきた。僕らの話が聞こえたかどうかは知らないが、あらましは察したらしかった。

「斬っても斬られても得はなさそうだの。だったらやめとけ」

僕と弥五さんの間に割って入り、左手でくるくると煙管《キセル》を回しながら、玄蕃は右手を僕に差し出した。

「金をよこせ。俺の家から出た金が悶着の種なら、俺が仲裁せにゃなるめえ」

「悶着などではない。分を弁えよ」

「いいからよこせ。俺の金で命のやりとりをされたんじゃ後生《ごしょう》が悪い」

「勝手にせえ」

僕は懐を探って包金《つつみがね》を引き出し、玄蕃に手渡した。

「俺の金なんだから勝手にさせてもらうさ。さあ、爺様。あんたなかなかやるのう。この金を元手に小商いでも始めりゃ、大繁盛まちげえねえと見た。ほれ、手を出せ。ひの、ふの、みの、よ――」

「ええ、もう一枚。切りのいいところで」

「さても強欲な爺いだの」

「喧嘩《けんか》両成敗なら、金も山分けが道理でござんしょう」

「へえ。妙な道理もあったもんだ」

僕は口を挟まなかった。じっと腕組みをして、心を鎮めるだけで精一杯だった。

むろん納得はできない。どうしてお務めを投げ出して脱走する弥五さんに、追い銭を渡さねばならないのだ。

「こりゃあ話が早《はえ》えや。はなから相談すりゃよかった。いやはや、かたじけない」

弥五さんは小判を押し戴いて頭を下げた。独り身で五両の金があれば、しばらくは食うに困るまい。小商いの元手くらいにはなろう。ちょっとした養老銀だ。

その表情から察するに、たぶん一両でも御の字だったろうし、二朱金の一枚や二枚でも了簡したのではなかろうか。

「礼などいいわい。さっさとうせろ」

青山玄蕃が顎《おとがい》を振った。豪気な仲裁はしたものの、腹立たしさは僕と同じであるらしかった。それはそうだろう。もともとは玄蕃の金なのだから。

「そんじゃ、石川さん。金輪際でござんす。どうぞお達者で」

弥五さんは街道に戻らず、土手ぞいの道を東に向かって歩き出した。頭ひとつ下げるでもなく、道中笠を首に背負ったままだった。十手取縄も銭緡も捨てて、身も心もよほど軽くなったと見える。

この道はどこに続いているのだろうとあたりを見回したが、標《しるべ》はなかった。東の方角なら、水戸か佐倉だろうか。

弥五さんの小さな背中は、じきに砂埃にまみれて見えなくなった。

「さて、どうするね石川さん。奉行所に戻って代わりの同心を探すか。それともこのまんま、二人きりで旅をかけるか」

やっと事態が呑みこめた。押送人は僕ひとりになってしまったのだ。ついさっきまで、家族だの家来だの牢屋同心だのをぞろぞろと引き連れて歩いていたなど、夢としか思われない。しかも、のんびりと朝飯など食うてしまったから、取って返したところでその見送り人たちにさえ追いつけぬだろう。

弥五さんはひとつだけいいことを言ってくれた。「ほかの御与力衆から安く見られちまいますぜ」と。

僕は与力たちからは疎んじられ、同心たちからは嫉《ねた》まれている。しかも寝たきりの父には、僕の後ろ楯となる力がなかった。そうこう思えば、奉行所に戻って泣きを入れるわけにはいかない。

僕は青山玄蕃に向き合って言った。

「旅を続ける。押送人はそれがしひとりゆえ、そこもとも面倒をかけてくれるなよ」

ほほォ、と玄蕃は僕を見つめた。決心が意外だったらしい。

「今の南町奉行所は役者揃いと聞いていたが、いや、噂にたがわねえなあ。押送人が途中でずらかる、か。で、相方は引き返さずに旅を続けるってか。まさかお縄を打たれて猿回しの旅じゃあるめえな」

相変わらず不愉快なやつめ。僕は弥五さんから受け取った十手と取縄を、青山玄蕃に押しつけた。

「おっと、何の真似だえ」

「武士を猿になどせぬわ。捨つるわけにもいかぬゆえ、おぬしが持て」

ほほォ、と玄蕃はまた感嘆した。十手の二本差しなど御免こうむる。見た目も妙だし、重くてかなわぬ。ほかに何の肚積りがあるわけではなかった。

「よおし。なら、これはそっちに返しておこう」

玄蕃は十手取縄を握ると、かわりに追い銭の残りの五両を僕に手渡した。

「あんた、何やらわけありのようだな」

「おのれと一緒くたにするな。恥ずるところは何もないわい」

「そうかね。若いくせに、何をそう鯱《しゃっちょこ》張《ば》っているんだえ」

こいつとは余分な口をきいてはならない。

「行くぞ」と言い捨てて僕は歩き出した。

高札場の十文字で立ち止まり、日光道中の来し方と、弥五さんが去って行った東に向かう道を見はるかした。玄蕃にも何か思うところがあったのだろうか、僕らは辻を吹き抜ける風に耐えながら、しばらく肩を並べて佇んでいた。

「あんた、長旅は初めてだな」

僕は答えなかった。旅慣れていないことは見た目にもわかるのだろう。

「俺は天保の年に、日光社参の御供をした。ちょうどあんたぐれえの年頃だったな。宇都宮から先は初めてだが」

僕は改めて、このろくでなしが上様の御供をするくらいの旗本なのだと知った。踵を返せば街道の行方も、黄色い砂埃にまみれていた。

三

きぬさんへ
一夜《ひとよ》目の宿にてお手紙したためます。

父上様お変わりないですか母上様お疲れではないですか、何よりもきぬさん泣いてませんか。僕は無事に一日をおえましたのでご安心下さい。

もっとも、これから一月もかかろうという旅のとっつきに、無事の息災のもありませんね。このさきも折々の便りを書きますが、僕が遠ざかるほどに手紙が届く日も遅れます。しばらく便りがないからといって要らぬ心配はなされますな。

ここは日光道中の杉戸《すぎと》宿です。出発の際にあれこれ手間取ったので泊りは越ヶ谷《こしがや》と決めていたのですが、その越ヶ谷宿に入ってみたら、宇都宮の戸田越前守《とだえちぜんのかみ》様が御滞陣で宿場じゅう侍だらけ。これではほかの旅人は肩身が狭い。ましてや流人と押送人はいけません。

御大名の参勤といえば四月か六月と思いこんでいたのですが、関八州の御領分に限っては八月と二月の半年交代、それもいっぺんに動いたのでは道中の宿場が差し合うので、七月のなかばにははや旅立つ御家もあるのです。

そこで、昏《く》れなずむ街道を三里行って粕壁《かすかべ》宿。ところがこちらは僕らと同様、越ヶ谷泊りをあきらめて足を延ばした旅人で満杯ではありませんか。むろん相部屋に押しこめば泊れぬこともないが、やはり流人と押送人はいけません。

ああ、そうだ、きぬさん。流人だの押送人だのと書くと、おっかなくて泣いてしまうかもしれませんね。でも、ご安心。流人は唐丸籠に担がれているわけでもなく、僕が猿回しのように引き回しているわけでもありません。御役のことゆえ詳しくは書けませんけれど、きちんとした武士のなりをしています。はたから見れば僕らは、偉ぶった八州取締役か、御天領の代官所に向かう役人と言ったところでしょう。

さて、そうしたわけで粕壁からさらに一里と二十一町歩き、この杉戸宿に着いたのは、夏の日もすでにとっぷりと昏れた戌《いぬ》の刻でした。

杉戸宿は古利根川《ふるとねがわ》に沿った、のどかな宿場です。障子を開ければ河原続きの田圃に蛍が舞っています。瀬音も間近に聞こえます。天と地の境はなくて、流れ星と蛍の見分けがつきません。

このままずっと朝が来ず、きぬさんに終わりのない手紙を書いておれたらよいと思います。

ゑびす屋、というこの宿は一泊四百文もする上旅籠で、その名の通りの恵比寿様みたいな顔をしたおかみが仕切っています。亭主の顔は見えません。

きぬさんは旅籠代など見当もつかないでしょうが、安い宿なら朝夕の食事が付いて百文、相客なしの上等な宿でもせいぜい三百文と聞いています。ゑびす屋はたしかに立派な構えで、その上々の宿にはちがいない。しかも看板には堂々と、「宿代一金四百文　承候《うけたまわりそうろう》」と書いてある。

はなから看板にしておいたほうが、のちのち悶着の種にならぬ、というところでしょうか。むろん僕は、見て見ぬふりで通り過ぎたのですが、流人が勝手に暖簾を分けてしまった。「おお、ここがいい」などと言いながら。

そもそもこの流人は、宿場に入ったとたん問屋場に向かい、夕涼みをしていた宿役人《しゅく》に「本陣はどこか」などと訊ねたのです。

宿役人がびっくり仰天して答えるには、

「御本陣には日光奉行の御使者様がお泊りにございます」

すると流人は偉そうに、

「ほう、さよか。しからば脇本陣を」

「あのう。ご無礼ながら、どちらの御殿様にござりまするか」

僕は宿役人にすまぬすまぬと詫びながら、力ずくで流人を引き戻しました。そうした次第で、まさか本陣や脇本陣というわけにはいかないが、一泊四百文の上旅籠に泊る運びとなったのです。しかも二階の座敷に通されるや、僕が腰からはずした銭緡《ぜにさし》を鷲摑みにして投げ、「ひとり五百文で、一貫文。不足ならば遠慮なく申せ」と、こうです。

ねえ、きぬさん。何やらわけがわからないでしょう。実は僕自身も、この事情がまだわかってはいないのですよ。

ずいぶん長い手紙になってしまいましたが、も少しだけ、いいですか。

なにしろ祝言を挙げて以来、きぬさんと離ればなれになるといえば、宿直《とのい》の晩だけでしたからね。それにしたところで、一夜が明けて屋敷に戻れば、きぬさんはべそをかいていました。だから、も少しだけ書きます。

流人は蚊帳《かや》の中で、ぐっすりと眠っています。でも、ご心配なく。髭面の百日鬘《ひゃくにちかつら》が、眠りこけているわけではありません。寝返りも打たず、薄掛けをきちんと腹にかぶせて仰向いているのです。

いちいち感心するくらい始末のよい男なのですが、それもそのはず、元はたいそう身分の高い侍でした。

あ、ここだけの話ですよ。お務めの中身はたとえ家族といえども口に出してはなりません。お父上も在勤中はそうなさっていたはずです。

そういう侍ですから、ろくでなしの科人であっても見映えはするし、身の回りの始末がよいのです。とうに腹はくくっているようなので、逃げたり暴れたりする気遣いもありません。

宿を定《き》めるまでのいきさつも、これでおわかりでしょう。旅といえば本陣か脇本陣に泊るものと思っているのです。さもなくば上等の宿です。知らぬ顔と相部屋など、とてもとても。

押送人は僕のほかに、もひとり同心がいたのですが、御朱引を過ぎたあたりで急用が入り、奉行所に戻ってしまいました。交替の同心はないようです。でも、そもそも流人が手のかからぬ侍なので、僕ひとりで十分でしょう。

このことも内緒ですよ。お務めの中身ですからね。父上にも母上にも言いっこなし。僕の様子を訊かれたなら、旅を楽しんでいるようです、とか何とか言っておいて下さいな。

さて、僕もそろそろ休むとしましょう。男が二人蚊帳の中、何ともむさくるしい図です。そうそう。蚊帳を吊るときは、踏み台の足元に気をつけて。おやすみなさい。

乙より

ゑびす屋の女主人おはまがその客を迎えたのは、夕食の膳も下げおえた戌の刻である。早立ちの客はすでに寝入っており、長酒を酌む者も声をひそめていた。

引付の連子《れんじ》ごしに二人の侍が立って、部屋はあるか飯はあるかと訊ねた。

袴の筋目が立っているのは、江戸からの下り旅であろう。いや、客を見定めるより先に十手の房が目に入って、おはまは否も応もなく潜り戸を開けた。

越ヶ谷宿の泊りのつもりが大名道中と差し合い、粕壁まで伸《の》したものの宿はどこも一杯で、やむなく杉戸宿まで来たのだそうだ。

おそらく町人どもと相部屋などできぬ、権高な侍なのだろう。一畳に一人を押しこむのが旅籠の商売なのである。

なるほどそう思ってよくよく見れば、いかにも様子のよい侍だった。年かさのほうは三十なかば、豊かな総髪をきりりと結い上げ、小女に足を洗わせる何様ぶりが少しも偉そうには見えぬ。日ごろからそうした暮らしをしているのであろう。

連れは二十歳《はたち》前と見える若侍だが、口のききようからすると家来というわけではないらしい。

古利根川を望む二階の座敷に通した。

四百文の宿代をかえって看板にしているゑびす屋では、十三の客間が埋まるためしがない。亭主が達者であった時分にも三百文の上旅籠であったが、女手で切り盛りするにはさらに百文値上げして、そのぶん上等のもてなしをしようと思い切った。

「ご無礼ながら、お定めにございますゆえ、ひとつよしなに」

おそるおそる宿帳を差し出せば、けだし当然というような顔をして、年かさの侍が筆を執った。

江戸番町住　青山玄蕃
番町というからには、番方の御旗本であろうか。

筆が若侍に回った。

江戸八丁堀岡崎町在　石川乙次郎
こちらは町奉行所の御与力様だろうか。

「あの、お供衆はよそにお泊りでしょうか。ご不自由ならば部屋は空いておりますが」

年かさの侍は笑顔をおはまに向けた。

「家来どもに四百文の贅沢はさせられぬ」

「いえいえ、お代など結構でございますとも。不調法があれば、お代官様からお咎めを蒙《こうむ》ります」

すると侍はからからと笑って、

「さほどの侍ではない。お心遣いかたじけのうござる」

ふと、死んだ亭主のおもかげがよぎった。どこが似ているというわけではないが、居ずまいのよさと磊落《らいらく》な笑い方が懐かしかった。

風邪ひとつひかぬ人が、寒い朝に起き抜けの厠で倒れたまま、二日二夜を眠り続けて死んでしまった。四十一の前厄であったから、年が明けたら早々に厄落しに行こうと言っていた矢先だった。

七回忌の法要をおえた今も、おはまは亭主の死が信じられない。時が経てば得心ゆくだろうと思っていたが、あんがいのことに時を経るほど、亭主は死んだのではなく長旅に出ているような気がしてきた。お伊勢参りと金毘羅詣では亭主の夢だった。だから夜更けに客があると、亭主が帰ってきたのではないかと心が騒ぐ。

「ひとり五百文で、一貫文。前渡しにしておくゆえよろしく頼む。不足ならば遠慮のう申すがよい」

侍はおはまの膝前に、どさりと銭緡を置いた。

「いえいえ、こちらで算《かぞ》えさせていただきますので」

「それには及ばぬ」

銭緡は細引を差し通した一束が一貫文である。気位の高い武士は銭勘定などしないから、見栄を張ったのだろうとおはまは思ったのだった。

若侍のほうは少し不満げな顔をしたが、おはまと目が合うと、不承不承に「取っておけ」と言った。

「もしや、何かお捕物でも」

おそるおそる訊ねた。上旅籠だから客まで上等なわけではない。むしろ得体の知れぬ旅人も多かった。よもやお尋ね者をここに追いつめたのではあるまいな、とおはまは気を回したのだった。

「案ずるな。道中の見廻りである」

おはまはほっと胸を撫でおろした。

ゑびす屋の男手といえば、先代からいる腰の曲がった年寄りひとりである。旅籠稼業は女で足りる。だがやはり、素性のよからぬ客が泊ったときなどは心細かった。

幸いこの六年の間は、これといった悶着もない。きっと亭主が守ってくれているのだろうと、おはまは思っていた。

住み込みの女中は三人あって、手の足らぬときは百姓家の女房に声をかける。わずかな手間賃でも御天領の小作にとっては貴重な上がりで、冬場などは「客はないのかえ」とせっついてくる女房もあった。

二人の侍を風呂場に案内してから、おはまは台所に入った。

「五百文払うからよろしく、って言われてもねえ」

へえ、と女中たちは声を揃えて驚いた。

「百文は心付けってことじゃないですかね。お銚子を余分に付けりゃいいでしょう」

と、日ごろ頼みにしている女中頭は言うが、いくら何でもつごう二百文の心付けは多すぎる。

ゑびす屋の夕食の献立は、一汁三菜に焼物が付く。今の季節なら裏の古利根川で揚がった鮎《あゆ》である。

それだけでも一泊三百文の上旅籠とは格がちがうのだから、さてこのうえ何を加えるかと考えれば、なかなか難しい。

「なら、鰻《うなぎ》でも裂くかね、おかみさん」

竈《かまど》の熾《おき》に薪を焼《く》べながら、腰の曲がった使用人が言った。

すっかり忘れていた。何日か前に近在の村の子が魚籠《びく》を下げてやってきて、鰻を買ってくれろと言った。おはまは長物やぬめり物は何につけても気味が悪くていけないのだが、供養のつもりで買った。

鰻は亭主の大好物だった。それでもおはまが嫌がるものだから、目の前で食ったためしはなかった。

井戸端の盥《たらい》の中で、まだ泳いでいるはずだ。亭主のおもかげを宿したあの客に食べてもらえば、盆の供養になる。


「勝手な真似はするなと言っておろう」

湯舟に沈んで異口同音に「あー」と太息をついたあと、僕は気を取り直して青山玄蕃を叱りつけた。

こいつは流人で、僕は押送人。おのれ自身にずっとそう言い聞かせていなければならない。年齢も貫禄もちがいすぎるから、ともすると主従のような気分になってしまうのだ。

歩く順序も玄蕃が前で僕が後。つまり御縄のない科人と捕方の順序なのだが、玄蕃の押し出しがきくものだから、傍目にも主従に見えるはずだった。

「勝手かァ。へえ、そうかねえ。俺ァ、四百文の宿賃なら百文乗せて五百が当たり前だと思うがね」

いいや、当たり前ではない。御殿様はどうか知らないが、庶民はそんな心付けなどしない。部屋を遊ばせているのなら四百文を三百文にせえと値切る客はいるだろうが。

「まあ、そう堅《かて》えことは言いなさんな。家来が渡した路銀は、爺いにむしられてもまだたんまりあるし、食い扶持もひとり減ったじゃねえか」

「宿賃がどうのと言っているのではない。一切はそれがしが決める。おぬしは従え。よいな」

玄蕃はケッと嗤《わら》って、「杓子《しゃくし》定規な野郎だ」と言った。

風流な湯殿である。苔《こけ》の庭に露台が張り出しており、大きな盥のような湯舟が据えられていた。三人や四人はゆったりと浸ることのできる大桶だ。

熱い湯を差しに来る女中の話によると、宿の主人が考えに考えて桶屋にこしらえさせたのだが、本人は一度も使うことなく、卒中でポックリ亡くなってしまったという。

言われてみればなるほど、よく考えられている。露台は河原に向いていて、瀬音も蛍火も近く、山の端《は》には少しばかり欠けた月が皓々《こうこう》と輝いていた。

「どうでえ、石川さん」

玄蕃がわがもの顔で月を指さした。

「おぬしの月ではあるまい」

親しんではならないが、目を離してもならない。この間合いは実に難しい。御縄のない科人と捕方。流人と押送人。

「いやな、こんな風流ができるんなら、五百文も高くはあるめえってこった」

「四百文でも同じだろう」

やれやれ、と息をつきながら、玄蕃は顔を湯で洗った。

一日中吹きつのった風は、日が落ちると嘘のように凪いだ。だが、きっと体は埃まみれだろう。そう思って僕も顔を洗おうとしたとたん、合わせた掌《て》の中にすっぽりと月が収まった。

「百文乗せたから、お月さんもその気になったんだろうぜ」

僕はもういちど月を掬《きく》して顔を洗った。土埃が流れ落ちる。これほど長い一日を、僕はかつて知らなかった。

見上げれば夜空は霽《は》れているわけではなく、なかば雲に被われている。百文乗せたからその気になったと言われれば、たしかにそんな間のよさだった。

女中が酒を持ってきた。

「これでどうだ。高くはあるめえ」

またしてもわがもの顔で玄蕃は言い、燗酒《かんざけ》を盃に注いだ。

「それがしは飲《や》らぬ」

「そう堅えことは言いなさんな」

「少しは分を弁えよ。おのれを何様だと思うておるのだ」

「俺が注文したわけじゃねえさ。もてなしを断わるのは下衆《げす》だろう。どうでえ、石川さん。あんたも月見で一杯」

僕は一口で呷って盃を伏せた。

「ははァ、そうか。あんた、まだ酒を知らねえな。齢はいくつだえ」

図星を指された。算え十九にもなって酒の味を知らぬのは、牛込の実家に酒を飲む習慣がなかったせいだ。食うだけでかつかつの同心に、晩酌などできるわけがない。酒といえば元旦の屠蘇《とそ》だけだった。

「十九だ」

問われて答えたのは、飲めぬと言うだけでは面目にかかわると思ったからだ。

「ヒョオ、十九。若いとは思ったが、そうかい、まだ十九か。そんなら無理強いはできねえなあ」

婿入りの折に、石川の父とは親子固めの盃をかわした。父は横たわったまま、力なく啜るだけだったが。

むろん、姑《しゅうとめ》と若夫婦だけの食膳に酒が上がるはずもない。また、役所に出れば酒席に誘われるだろうと覚悟していたが、あんがいのことにそれもなかった。

町奉行所は忙しい。そのうえ僕は、同心たちからは嫉まれ、与力たちからは蔑《さげす》まれている。

「てことは、何だ。家督を襲《と》ってから、まだいくらも経ってねえのか」

問われて答えぬのもどうかと思い、「半年だ」と僕は素直に答えた。

「すると、まだ見習だな。まったく、俺も安く踏まれたもんだ。まだ尻の青い見習与力に、逃げても仕様のねえ爺様の同心を付けて送り出されたか。まあ、この忙しいご時世、まともな役人を出すわけにァいくめえの」

「一緒くたにするな」

と、僕は思わず声をあららげた。弥五さんとのやりとりの一部始終を、見られてしまったのは不覚だった。

玄蕃は苛立つ僕の顔を肴にして、クイと盃を乾《ほ》した。

「おまえさん、やっぱりわけありだな。お悩み事があるなら聞いてやるぜ」

僕は顔をそむけた。こいつとこのさき一月も旅をするなんて、まっぴらごめんだ。

「こうして見たところ、ずいぶん鍛え上げた体をしている。腕も達者だろうな。で、気性は至ってまじめ。そんなあんたが、なぜ押送人なんだえ。何かとんでもねえしくじりでもやらかしたか」

「しくじってなどいない」

玄蕃は手酌を重ねながら、あれこれ考えるふうをした。

「おい。つまらぬ詮索をするな。おぬしは罪人だろう」

「つまらぬかどうか、ほかに面白《おもしれ》え話などあるめえ。ああそうか、わかったぞ。親が与力の株を買って、あんたを侍に仕立て上げたってのはどうだ」

僕はひやりとした。惜しいと言えば惜しい。ただし、僕の実家は御与力様の株を買うどころか、目刺しを買う金にすら不自由していた。

「金上《かねあ》げ侍などではない。人を馬鹿にするのもたいがいにしろ」

つい言い返して、シマッタと思った。これでは玄蕃の口車に乗ってしまっている。

失敗の懲罰ではない。金上げ侍でもない。こんなふうにしていちいち答えていたら、そのうち僕の立場は知れてしまうだろう。

やはり口をきかぬのが一番なのだ。だが、目に見えぬ取縄で結ばれている僕らは、このさきずっと差し向かいで三度の飯を食い、枕を並べて眠り、風呂だってこうして一緒に入らねばならない。一切口をきかずに過ごせるはずはなかった。

「いやァ、五臓六腑にしみ渡るわい。かれこれ二月ぶりだぜ」

早くも一合の銚子が空いた。酒は好きなのだろう、いかにも渇《かつ》えていたというふうだった。

「蝦夷地は米が穫れねえと聞くが、よもや酒がねえわけじゃあるめえな」

「贅沢な心配だの。本当ならおぬしは、飯も食えぬ酒も飲めぬ体になっているのだぞ。わかっておるのか」

「生意気を言いやがる。ところで、石川さんよ。あんたがこのばかばかしい仕事をおっつけられたわけが、しくじりでもねえ、御株買いの金上げ侍でもねえとするとだな、よそからの御養子さんじゃねえのかえ」

色に表してはならぬと思い、ざぶざぶと顔を洗った。

与力のおよそは一代抱であるから、正しくは世襲するのではなく、親の隠居とともに子供が新規に御召抱えとなる。しかし、事実上の世襲にはちがいない。よって男子がなければ養子を取るなり婿を迎えるなりする。ただし、遠縁にあたる家か、親戚付き合いをしている同格の与力の家とのやりとりとなる。

そう。玄蕃の言った「よそからの、御養子さん」に、僕はぞっとしたのだった。縁もゆかりもない御先手組同心の家からの婿取りは、まさしく異例と言ってよかった。

石川の父の病は急であり、しかも本来は一代抱ゆえただちに跡目を立てねばならず、奔走してくれる人があって僕が見つけ出された。

「おや。図星かえ、石川さん」

どうにか話頭を転じなければならない。こいつは流人で、僕は押送人なのだ。

「おぬし、家族はどうなるのだ」

僕は玄蕃の口車から身を躱《かわ》し、急所めがけて切り返した。

「どうなるって、なるようにしかなるめえ。御大名預かりのうえ、闕所改易《けっしょかいえき》。何もかもがちゃらくらになるだけさ」

何百石か何千石かは知らぬが、父祖代々の知行所は収公される。むろん御番士の御役料もなくなる。番町の屋敷も、家財一切も没収となる。一家の主ならば死ぬよりつらいはずだ。それを「ちゃらくら」などと、よくも言える。

僕は湯の中で拳を握りしめた。押送という御役目の最中でさえなければ、殴り倒しているはずだった。

月を見上げながら、問わず語りに玄蕃は続けた。

「女房と倅、その下にも四つの次男坊と三つの娘」

「指を折るな」と僕は湯の面を叩いた。武士の風上にも置けぬどころか、こいつは男の屑だ。

「俺の家族を指で数えて何が悪い」

「おぬしは家族を捨てたのだ。二度と父親面はするな」

傷悴しきった奥方の顔と、恨みがましい目で父を睨み上げる倅の顔とがありありと胸に甦った。

そこで僕は、弥五さんが玄蕃から受け取った五両の重みに思い当たった。家老と思える侍が、僕に托した十両の半分だ。

「御家来はどれほどいる」

「家来。ああ、つまりあんたが聞きてえのは、俺がこんなことになって何人が路頭に迷うかってこったね」

こいつはろくでなしどころか、ひとでなしだと僕は思った。

「若えくせに説教《わけ》がましいやつだな。おっと、指を折っちゃならねえ。そうさなあ、家来が十五人、中間《ちゅうげん》小者が二十かそこいら、女中や奉公人まで数えりゃ、なかなかの大所帯だ」

僕は耳を疑った。十五人の陪臣を抱えているのなら、千石取り、いや二千石取りの大身ということになる。

「なぜ腹を切らなかった。非を悔いて潔く切腹すれば、御奉行様方のお目こぼしもあったろうに」

「ああ。あったろうよ」

おそらく、御奉行様方もそう言って説得したのだろう。譜代の旗本を取り潰すというのは、さほど簡単な話ではない。罪は罪だが父祖代々の忠勤に免じて、知行所はお預かりとし、嫡男の成長を待って御家再興というのが、いわば落としどころであることは考えるまでもなかった。

嫌だではすむまい。家族と郎党、いや何よりも家門の存続がかかっていたのだ。

「のう、石川さん。今さら蒸し返したところで、何の得がある話でもあるめえ。腹を切らなかったおかげで腹がへる。さて、飯にしようぜ」

ざっと湯から上がった男の体が薄汚ない獣《けだもの》に思えて、僕は目をそらした。

湯屋から続く廊下は内庭に向いており、池の水がうまいのか蛍が飛んでいた。松ヶ枝は見場《みば》よく撓《たわ》められ、笹藪も青苔もよく手入れがされている。

「どうだ。高くはあるめえ」

手拭を総髪の頭に載せて歩みながら、玄蕃はまたわがもの顔で言った。

「毎晩こんな贅沢はできぬぞ」

「何を言ってやがる。あんたの懐が痛むわけでもあるめえに」

笑い飛ばしてから、玄蕃はふと足を止めて月明かりの庭に見入った。

「おかみさんは後家だってなあ」

「おい。つまらぬことは考えるなよ」

「いやいや、そうじゃねえって。あの風呂は死んだ亭主が考えに考えたっていうが、この庭もそうだろう」

僕は風流などわからない。牛込の実家の庭は芋と菜の畑だった。

だが言われてみれば、野天の風呂もこの庭も、手造りの素人臭さがあるように思えた。死んだ亭主は風流を解するうえに、手先の器用な人だったのだろうか。

僕と玄蕃が二階に上がるのを待って、夕食の膳が運ばれてきた。

鮎の焼物に豆腐汁。鯉《こい》の刺身に青菜と油揚の煮物。青豆の卵とじ。漬物は茄子《なす》と大根。ごちそうだ。

「お侍様のお口には合いませんでしょうが、ご容赦下さいまし。鰻を焼いておりますので、のちほど」

鰻。僕は思わず咽を鳴らした。

江戸の生まれ育ちながら、僕はついぞ鰻を食ったためしがなかった。目刺しもろくに買えぬ家が、鰻など食えるものか。百姓町人の子ならば自分で獲ってきて食いもしようが、まがりなりにも武士の子なのだからそれもできなかった。

ところが、下谷の道場からの帰り道には、神田川ぞいの御門のことごとに、鰻売りの屋台や棒手振《ぼてふ》りが店開きしていた。稽古は朝五ツに始まって昼飯前に終わるから、ぺこぺこの腹に蒲焼の香ばしい匂いがしみ入ってくる。だったら道を変えればよかりそうなものだが、匂いはタダだと思えば損はなし、腹いっぱい吸いこんで家に帰って冷や飯をかきこめば、鰻飯とやらを食ったような気にもなった。

与力の家に婿入りすれば、きっと鰻が食えると楽しみにしていたのだが、半年の間とんと音沙汰がない。父の体に脂っこい食い物は毒なのか、それとも女は長物を怖がるというから、母か妻が嫌いなのか。しかしまさか、鰻が食いたいなどとは言えぬし、食ったためしがないのは実家の恥だとも思う。

「ほう、鰻か。それは何より重畳《ちょうじょう》」

おかみの酌を受けながら、玄蕃は偉そうに言った。何が重畳だ。僕と話すときは下卑た町人言葉なのに、町人を相手にすると急に侍言葉になる。顔付きや態度まで変わる。

「のう、石川さん。後家にしておくのはもったいねえな」

座敷からおかみが出て行ったとたん、玄蕃は膝を崩して小声で言った。

「聞こえるぞ」

「悪口を言ってるわけじゃねえさ。嫁に来たはいいが、道楽者の亭主に先立たれ、女手ひとつで宿を切り盛りせにゃならなくなった。忘れ形見の娘がひとり。倅じゃなくてよかった。親の目で婿を見定めりゃまちげえねえ」

「なぜ知っておる」

「知らねえよ。そんなところじゃねえかと思っただけさ」

「勝手に話を作るな」

豆腐汁に箸を付けてそう言ったものの、味噌の香りが口の中に拡がると、玄蕃の想像がその通りに思えてきた。

「子がいるのか」

「さあな。だが、子をひとり産んだあとの女は色気がある」

などと下卑たことを言いながらも、膳を前にした玄蕃は相変わらず姿がよい。どうかすると、立派な侍にとり憑いた鬼が口を乗っ取っているように思える。

おかみは寡婦には見えない。風呂の湯を足しにきた女中がおしゃべりでなければ、考えもしなかったろう。ゑびす屋の看板通りのふくよかな笑顔をふりまき、不幸など少しも感じさせない。

河原に向いた窓から、香ばしい匂いが漂ってきた。味は知らぬが匂いは知っている。それをおかずに飯が食えるほど。

「あんた、鰻が好きかえ」

思わず顎が止まってしまった。気取られてはならない。鰻を食ったことがない、などと。

嘘をつくのも仕方ないが、余分を言いたくはなかった。それでも玄蕃の目が、僕の顔色を窺っているような気がした。

「好物だ」

「そうだろうなあ。町奉行所の外役は食い道楽にちげえねえ。定廻りの与力に勘定を払わせる店もあるめえしの。だとすると、三日に一度は尾張町《おわりちょう》の大和田《おおわだ》か」

鰻屋の名前など知らないが、きっと上等の蒲焼を食わせる店なのだろう。

外役が町なかで昼飯を食って、勘定を払うのかどうか、そんなことは知らない。誰が教えてくれるわけでもなし、石川の父からは何ひとつ申し送られていなかった。

「勘定は払う。当たり前だ」

香香《こうこ》をぼりぼりと嚙みながら、玄蕃は「かてえ、かてえ」と顔をしかめた。だがそれは沢庵漬ではなく、僕のことであるらしかった。

「のう、石川さん。堅けりゃいいってことじゃねえぞ。あんたが勘定を押っつけたなら、女中がこっぴどく叱られる」

もっともだ。だが勘定も何も、僕はいまだ鰻を食ったためしがない。

やがて鰻が運ばれてきた。

匂いだけではない。ついに、とうとう、ようやく、僕は鰻の蒲焼を食うのだ。

この興奮をけっして悟られてはならぬ、曖《おくび》にも出してはならぬ、と僕はおのれに言い聞かせた。

「お重にいたしましたが、よろしゅうございましたかね」

玄蕃のかたわらに座って酌をしながら、おかみが看板通りのゑびす顔を綻ばせた。

「祝着じゃ」と、玄蕃は物言いどころか声まで改めて言った。

僕は目の前に置かれた重箱にとまどった。道場の帰りに神田川ぞいの屋台で見かけた鰻は、一寸幅に刻んで串を通してあるか、やはりその大きさをいくつか並べたどんぶり飯だった。

ところが漆の蓋を開けてみると、飯も見えぬくらいに長い鰻が溢れんばかりではないか。

玄蕃とおかみのやりとりから察するに、どうやら格別の趣向ではないらしい。つまり、玄蕃の言う「尾張町の大和田」などでは、こういう鰻を出すのだろう。

「そこの川で揚がるのかの」

「はい。でも、私が苦手なものですから、なかなかお出しできなくって」

「ぬらぬらとした長物が気味悪いとな。おなご衆からはよく聞く話じゃ」

玄蕃の返した盃をおかみは押し戴き、一口でクイとあけてから、ふと持ち前の笑顔をとざした。

「やや、何か気に障ることでも申したか」

「いえいえ、そうじゃございません。死んだ亭主の好物だったのですが、私が気味悪がるもので、なかなか――」

そこまで言って声を詰まらせ、おかみは恥じ入るように座敷を退《さ》がってしまった。

玄蕃は僕を見つめて、「図星だろう」というような顔をした。

「おい。重々言うておくが、つまらぬことは考えるなよ」

「ハハッ、心配なら取縄で手首をくくり合《お》うて寝るかえ」

おかみが言わでものことまで言ったのは、客に心を許したのだろうか。こうして見ると、湯上がりの玄蕃はたしかに男前だ。

さて、鰻。

初めての経験は何だって用心しなくてはならない。違《たが》えてはならぬ作法があるかもしれぬ。心はせくが、ここは落ち着いて玄蕃の食い方を真似るとしよう。

久しぶりの酒が思いのほか効いている様子だが、背筋は凜と伸びている。僕も姿勢を正して、重箱を手に取った。

ああ、何という馥郁《ふくいく》たる香り。これだけでも十分に飯が食えるのに、きょうは身があるのだ。

玄蕃の箸の動きに合わせて一口食べたとたん、僕はむっつりと目をとじた。味がどうのではない。これまでの精進が報われたと、初めて思った。入婿の話が持ち込まれたときにも、祝言の席ですら実感はなかったのに。

「石川さん。山椒《さんしょう》はかけねえのか」

え、山椒か。山椒で食うものなのか。

「ああ、うっかりしていた」

重箱とともに運ばれてきた粉山椒の小鉢を玄蕃に手渡した。何ごとも見よう見まねにせねば。

「や、先に使ってくれよ」

「いや、どうぞお先に」

耳搔きのような匙《さじ》で、少しずつ、三度だな。よし。

「うめえのう。いい鰻だ」

「ああ、うまい」

百万の讃辞を押しとどめて、僕はひたすら鰻を食った。めったなことを言えば、どこでぼろが出るかわからない。

実家の父母に食わせてやりたいと思った。里帰りが許されたなら、みやげはこれしかあるまい。尾張町の大和田には、きっと折箱もあるだろう。

「ところで、石川さん。立ち入ったことを訊くが、女房はいくつだえ」

「いくつだろうと、おぬしにはかかわりあるまい」

「つれねえことを言いなさんな。先の長《なげ》え旅じゃねえか」

「算えの十五だ」

ほほォ、と玄蕃は驚いたような馬鹿にしたような声を上げた。もしやこやつ、僕が鰻も知らなかったことを、見破ったのではあるまいな。


もしやあのお侍様は鰻がお嫌いだったのではあるまいか、とおはまは気を揉んだ。

月明かりの内庭には蛍が舞っている。夫が倒れたのは、丹精こめたこの庭を仕上げたとたんだった。

見よう見まねの素人仕事だから初めは不格好だったけれど、一年経ち二年経つうちにかたちが整い、蛍まで舞うようになった。六年経った今では、お客の誰もが廊下に足を止める。

しばしばおはまも手を入れるが、職人に任せたためしはなかった。夫のこしらえたままを毀《こわ》さぬように、朽葉を拾い、雑草をむしる程度である。

今夜の庭は月に洗われているのではなく、磨かれているように見えた。

(すまぬが、おかみ。それがしは酒を飲むと物を食わなくなるたちでの。箸を付けてしもうたが、どなたか食うてくれぬか)

侍はそう言って、重箱をおはまに差し出した。

おはまは失言を恥じた。死んだ亭主の好物だったが自分は苦手なのでなかなか客には出せぬ、などと。

そんなことを先に言われてしまったら、嫌いであっても言い出せまい。だからあの侍は箸だけ付けて、妙な理屈を捏《こ》ねたのだろう。

どうしようか。いまさらお代を返すわけにもいかぬし。

おはまは重箱の載った盆をかたわらに置いて、廊下にかしこまった。何か困りごとのあるときは、こうして目の高さに庭を眺める。するとふしぎに心が落ち着いて、答えが出るのである。庭にこもった夫の魂が、教えてくれるのだと思う。

(おかみは苦手であったな。ならば子に食わせてやれ。育ちざかりであろう)

子供はいない、などとどうして言い返せよう。ゑびす屋はおのれ一代を限りに閉めるつもりだった。

旅籠稼業は男が客の前に出てはならないと、夫は口癖のように言っていた。客がかえって気を遣うから、もてなしにならぬのだそうだ。だが、ゑびす屋の主人はあくまで夫で、おはまには何の才覚もなかった。はたからはどう見えようが、夫あってのゑびす屋だった。

ねえ、あんた。どうしたらいいのかね。

おはまは胸の中で夫に訊ねた。答えはなかなか出ない。明月は高みに昇って軒端《のきば》の影は退き、庭はしらじらと広まった。

養子を取れと人は言うが、おはまにそのつもりはなかった。ゑびす屋は夫のものだと思うからだった。看板も商いもつながずに、自分を限りに仕舞いとしたほうがいい。だから四百文という高い宿賃を頂戴している。

その四百文に百文を乗せて下すったお客に、嫌いな食い物を出してしまった。しかも、自分は苦手だなどと余分を言った。

侍のおもざしがどことなく夫に似ていた。だから供養のつもりで鰻を出そうと思ったのだ。

杉苔の上の蛍が舞い上がって、膝元の盆の縁《へり》に止まった。緑の光を尻に息づかせて、飛び去る気配はなかった。

ふとおはまは、鰻を食べてみようかと思った。それが一番の供養になるのではなかろうか、と。おそるおそる重箱の蓋を開けても蛍は逃げようとせず、それどころかおはまの決心を諾《うべな》うように、着物の襟に飛び移った。

正しくは食わず嫌いである。このあたりは昔から蛇が多く、とりわけ古利根川の河原には蝮《まむし》が棲《す》んでいた。蛇を怖れるあまり鰻も嫌いになった。だから食べたためしがないのだった。

夫は無理強いをせず、好物の鰻はよその店で食べていた。そんな夫があの侍に憑《かか》って、おはまに鰻を勧めたような気がしたのだった。だとするとたしかに、それが一番の供養にちがいなかった。

箸を取り、庭に向かって掌《て》を合わせた。すると襟元の蛍はようやく飛び立って、もとの杉苔の上に戻った。

侍はほんの二口か三口、食べただけである。もし夫の魂が憑ったのではないとすれば、あの侍はいったいその間に、何を考えたのだろうか。言葉通りの理由ならば、食いざかりの若侍に勧めるはずだった。

思い切って口に入れたとたん、おはまは味と香りに心打たれた。どうして夫は無理強いをしてくれなかったのだろうと思うと、ようやく涙が出た。

四

翌る日は陽気が一転して、炎天下の道中となった。

まだ暗いうちに玄蕃を叩き起こし、心尽くしの朝飯をふるまわれて宿を出た。妻への長い手紙はおかみに托した。

次の宿場の目安を訊ねれば、男の足なら石橋か雀宮《すずめのみや》、少し急げば宇都宮まで行けるという。越ヶ谷宿にお泊りの戸田越前守様の御行列も、きょうのうちに宇都宮の御城にお入りになるらしいから、僕と玄蕃の足で届かぬはずはなかった。

杉戸から幸手《さって》まで一里と二十五町、さらに栗橋《くりはし》まで二里と三町、その途中で夜が明けると、たちまち蒸し暑くなった。

宇都宮までは十三里、無駄口を叩いている暇はない。きょう一日は玄蕃と口をきくまい、と僕は思い定めた。しゃべれば足が遅くなるのは当たり前だが、玄蕃に限ってはそのうえ不愉快になる。偉そうな武家言葉と下卑た町言葉の込み入りようが、まず腹立たしくてならなかった。要するにこの破廉恥漢には、正体がないのだと思う。ちゃらんぽらんに生きてくれば、人間はこんな具合になるのだ。

ちゃらんぽらんと言えば——。

黙々と歩いていると、嫌なことばかり思い起こしてしまう。それを打ち消すだけの楽しい記憶を、僕はまだ貯えてはいなかった。

弟と妹はどうしようもない。もしやつらの非道が伝わっていれば、僕の養子縁組もたちまち破談になっただろう。御組頭様の耳に入っていないはずはないから、きっと知らんぷりをして下さったのだと思う。

弟の与之介《よのすけ》は僕とは年子で、顔もよく似ている。だが何の修練もしていないから体は薄っぺらだし、学問が嫌いな分だけ表情にも知性を欠く。要するに僕がちゃらんぽらんに生きてくれば、与之介と瓜ふたつになったはずだ。

妹のおせんは十六で、ちょっと見には別嬪《べっぴん》だが、子供の時分から与之介や仲間の悪たれどもと遊び回っていたせいで、とんでもない尻軽女になってしまった。

ああ、考えただけで胸糞が悪くなる。

おせんの名は「千」と書く。何でも父が湯島天神の富籤《とみくじ》の千両を当てた夢を見て、そう名付けたのだそうだ。

もっとも僕の家には、富籤を買う一分や二分の金もない。だから生まれてくる子供にせめて千両の名前を付けたのだとすると、めでたいどころか貧乏を一生背負わせたような気もする。

ともかく与之介もおせんもどうしようもないちゃらんぽらんで、僕はやつらが非道をするたび、あちこちに頭を下げて回らねばならなかった。

父母は二人を勘当したと言う。だが僕の知る限り、そんな話はなかった。兄は父に輪をかけた小心者で、他人様《ひとさま》のお叱りなどとても耐えられない。そこで、同じ部屋住みの厄介者なのだから、おまえが行ってこいと言いつかるのだ。

よそはどうか知らぬが、牛込榎町の御先手組大縄地には悪たれ小僧が多かった。

合戦に際しては先頭に出て、鉄炮を撃ちかける雑兵どもである。それでも三十俵二人扶持の御禄を頂戴する御家人のはしくれだから、家を絶やしてはならぬので子はたくさん儲ける。しかし家督を襲《と》るのは嫡男ひとりで、ほかの子らは養子の口を探すか婿に入るか嫁に行くか、そのためには世間のおめがねに適うよう、男子はせっせと武芸学問に努め、女子は行儀作法を覚え家事を身につけねばならぬ。

ところが、どこの家も貧乏の上に暇なしだから、子供らに十分な教育を施せず、いきおい大勢が落ちこぼれて、ちゃらんぽらんな悪たれになる、という筋書きだ。

それも幼いころならばやんちゃですむが、十二、三にもなればそうはゆかぬ。徒党を組んでよその大縄地の悪たれと大喧嘩、万引やただ飯食いはお手のもの、まじめな子供を脅して小遣を巻き上げ、女はいくつも年の鯖《さば》を読んで、大人の男を誑《たら》しこむ。

捕まったところで士分にはちがいないから、せいぜい自身番に一夜《ひとよ》繋がれて、町方同心に諄々《じゅんじゅん》と説諭されるくらいの、いわゆる「呵責《かしゃく》」だの「急度叱り《きっとしかり》」を罰とみなして放免。そうしたときにも身柄を引き受けにゆくのは、決まって僕だった。

むろん、僕に縁談が持ちかけられてから、家族はちゃらんぽらんな弟妹をひた隠しにした。嘘をつくのは心苦しかった。だが、石川家が婿取りを急いでいる事情は知っていたし、この千載一遇の好機を逃してはならなかった。

弟の与之介は御組頭様の采地に出向して勤番中、マアそうは言うても若輩者ゆえ、百姓どもにまじって野良仕事に汗を流しておるのでしょう。

末娘のせんは、さる御大名の下屋敷に行儀見習に上がっておりましての。マアこれも、わがまま放題に育ったひとり娘ゆえ、先様では持て余しておると思われますが。

さようなわけで、これら弟妹どもは結納のお顔合わせにも、祝言にも出席がかないませぬが、どうかご容赦下されませ。

と、そんな話をこしらえた。格がちがうとは言え、石川家は先細りに衰えてしまった旧家だから、列席の家族は少いほうがかえって釣り合いもとれた。そのうえ、一日でも早く婿を迎えて家督を襲《と》らせなければ、家の存続すらも殆《あやう》かった。


「どうしたァ、石川さん。若いくせして捗《はか》がいかねえなあ。うかうかしていると大名行列に追いつかれちまうぞォ」

松並木の半町も先から、青山玄蕃が僕をせき立てた。

弟妹についての嘘が、ずっと胸の軛《くびき》になっている。祝言から半年も経って、いまだに挨拶ひとつないのは、石川の父母も妻も不審に思っているだろう。いや、もしかしたら悪い噂が耳に入っているのかもしれなかった。音沙汰のない弟妹の話がかけらも出ないのは、むしろ不自然に思える。

いつか打ちあけねばならぬし、もしや僕から言い出すのを待っているのではないかなどと思えば、胸の軛は日ましに重くなった。

玄蕃は松の木蔭に腕組みをして、僕を待っていた。相変わらず見映えのする侍だ。通りすがる旅人はみな十手の朱房に目を留めて畏れ入った。

「いい若い者ンが、早くもへこたれたか」

「なになに、ちと考えごとをしていた」

「考えごとかね。うう、寒《さぶ》い寒い」

玄蕃は腕組みをしたまま肩をすぼめてお道化《どけ》た。

「何が寒いのだ。それがしは暑くてかなわんが」

「まったく、洒落《しゃれ》の通じねえやつだ。考えごとって言やあんた、ぼちぼちここいらで俺を斬っちまおうってんじゃねえのか。御天領のうちに始末をつけておかねえと、大名の御領分に入《へえ》ったら話が面倒になる、なんぞと」

たしかきのうはそんなことを考えたが、てんから忘れてしまっていた。

津軽の三厩《みんまや》というところまで押送して、松前様の迎えに引き渡すのか。それとも途中で逃げるか抗《あらが》うかしたので斬り捨てた、ということにするのか。

正直のところ今の僕に、その判断は難しすぎる。初めての道中に慣れるだけでも精一杯だった。

「つまらぬことを申すな」

「へい、首が繋がりやしたか、旦那」

まったくいまいましいやつだ。玄蕃は首をさすりながら歩き出した。

「のう、石川さん」

「何だよ」

「お悩み事があるんなら、相談に乗りやすぜ。あんたより飯の数はずっと多いし、ご存じの通り世慣れた侍でござんす」

「黙れ。斬るぞ」

「おお、こわこわ。言っとくがね、石川さん。抜き打ちに果たそうてえんなら、的の左を歩かにゃいけません。道場では習わなかったかえ」

玄蕃は「こう」と言って体を入れ替え、僕の右を歩き始めた。なるほど、これならば左差しの刀を振ることができる。しかも右側の的は抜き合わせられぬ。

「も少し間合いを取らにゃだめだ」

僕は思わず左に半歩寄った。

「そうそう。それで首を飛ばそうなんぞと思わずに、股下から切り上げる。おい、ほんとにやるなよ」

もしや玄蕃は、相当の遣い手なのではあるまいか。いや、そんなはずはない。剣は修養の道だ。このろくでなしが、まともに剣を遣えるはずはない。

与之介とおせんが石川の屋敷に現われたのは、祝言から二月《ふたつき》ほど経った当番明けの日だった。

帰宅して牀《とこ》に就いた寝入りばなに、門番の奴《やっこ》が縁側から「旦那様、旦那様」と声を潜めて僕を呼んだ。

どうしたわけか勘が働いた。やつらが来たな、と。

当番方の務めはいわゆる宿直にはちがいないが、御城内の泊り番のように暇ではない。町奉行所は暮六ツに閉門したあとも小門の錠は下ろさず、駆込みの訴えは時刻にかかわらず受け付ける。その夜は駆込みどころか、刃傷沙汰《にんじょうざた》の捕物まであって、現場に出役《しゅつやく》した僕は一睡もしていなかった。

そんな寝入りばなでも勘が働いたのは、それくらいやつらの来訪を怖れていたからなのだ。門番にどう告げたのかは知らない。何と言おうが与之介の顔を見れば、ひとめで僕の身内だとわかる。まして中間や女中などの奉公人は地獄耳だから、石川の家族の耳に届かぬ悪い噂も、すでに知っていたのかもしれない。

「すぐ行くゆえ、傍目に触れぬところで待たせておけ」

幸い母も妻も見当たらなかった。僕はそそくさと仕度をして、庭伝いに門へと向かった。

二百俵格の騎士であっても、御目見以下の身分である与力の屋敷には長屋門がない。簡素な冠木門は小路にぴたりと面しているから、否応なく人目についてしまう。しかし地獄耳の奴はそのぶん気働きもよくて、与之介とおせんを門内のおのれの長屋に引き込んでいた。

「申しわけございません。御勤番明けでお休みだとお断わりしたんだが、了簡なさらなくって」

あたりを窺いつつ長屋の木戸を開けると、ああこれが僕の弟妹かとうんざりするような二人が、三畳の座敷に上がりこんで仲良く火鉢に当たっていた。

「やあ、乙兄《おとあに》ィ。久しぶりだの」

どこぞの若旦那から剝《は》いだのであろう、派手な三筋《みすじ》の袷《あわせ》に藍の綿入れ半纏《ばんてん》を羽織った与之介が、僕を見てニタリと笑った。

「何が乙兄ィだ。兄上と呼べ」

僕は声をひそめて、ひとつちがいの弟を叱りつけた。

「へいへい、兄上。まったく、相変わらずの石頭だ」

「何をしにきた」

「やっ、これはご挨拶だの。俺の知らぬ間に婿入りしちまったてえから、お祝いをひとこと言いにきたんだ。それをいくら何だって、邪慳《じゃけん》に追い返すことはあるめえ。なあ、おせん」

「あいよ。与之兄《にい》さんのおっしゃる通り」

おせんは齢に似合わぬ婀娜《あだ》な縞柄の小袖をぞろりと着て、目を被いたくなる厚化粧を塗りたくっていた。

当人たちはこれが粋だと思っているのだろうが、誰が見ても下衆《げす》だ。いや、笑いものだろう。なにしろ二人して、襟に桜の枝を背負《しょ》っていたのだから。

「酔っているな」

「そりゃあ乙兄ィ、御与力様に一躍出世した身内を訪ねるんだ。勢いをつけにゃ腰が引けちまうぜ」

二人が何をしにきたかはわかり切っていた。だが、ここで小遣を渡そうものなら癖になる。

「恥を知れ」

僕は拳固で与之介を殴り倒し、おせんの口から煙管《キセル》をもぎ取って、おしろいだらけの頬を平手で張った。

どうしようもないやつらだが、僕が手を上げたのはそのときが初めてだった。だから二人とも叩かれた痛みよりも、驚きがまさったように見えた。

与之介は膝を揃えて鼻血も拭わず、一瞬で酒も抜けてしまったらしかった。おせんは子供のころと同じしぐさで、両の瞼を掌で被って泣き出した。

痛みを覚えたのは僕のほうだった。どうして与之介とおせんがそんなのらくら者に身を堕としたのか、僕にはよくわかっていたのだ。

貧乏は人を駄目にする。しかも僕らの貧乏は、二百幾十年も積もり嵩《かさ》んだ借金を、背負いながらの貧乏だった。この宿命から抜け出るには、それこそ千両の富籤を突き当てるほどの強運が必要だった。なまじいの努力など、何の役にも立たないのだ。

「与之。家には帰っているのか」

僕は長屋の上がりかまちに腰を下ろして、弟の顔を覗きこんだ。

三筋柄《みすじがら》の膝に鼻血を垂らすばかりで、与之介は答えようとしなかった。

「父上も母上も、たいそう心配なさっているぞ。たまには元気な顔を見せてやれ。な、与之」

父は日々の暮らしに疲れ果てて、説教をする気力もない。母は母で、癇癪を起こすか泣くかのどちらかだった。

大名家の足軽ならば、とうに武士を捨てているだろう。百姓なら食えぬ田畑を放り出して逃《ちょう》散《さん》しているはずだ。だが僕らは逃げられない。天下を治める将軍家の直臣《じきしん》であり、矜り高き御先手鉄炮組の同心だから。

三十俵二人扶持のわずかな御禄米はことごとく札差《ふださし》に押さえられて、食うにかつかつの分だけを、父は御蔵前から荷車に積んで曳いてきた。それでも父祖代々が積み上げた借金は一文も減らない。御禄米は利息の一部に充てられるだけだった。

そうした暮らしの中で、与之介とおせんが遊興に耽《ふけ》って家に寄りつかなくなったのは、むろんけっして好もしいことではないが、さしあたって二人分の食い扶持が減ったのはたしかだった。

「あたしらにもお裾分けがあると思って帰ったんだけどね、ご飯も食べさせちゃくれなかった」

おせんが泣く泣く妙なことを言った。これは聞き捨てならぬ。

「何だ、そのお裾分けとは」

「結納だのお頼み金だの、ごっそり入ったはずだろ。先さんはこれだけのご大身なんだから」

与之介が俯いたまま、「やめろ」とおせんを叱った。

実家が十両の結納金を受け取ったことは知っていた。こればかりは札差のかかわらぬ収入だから、大助かりだったろう。また、武家の間の嫁婿のやりとりに際しては、家門の一部を頂戴するという意味から、結納金とは別に「お頼み金」なるものが必要だという。だが、それについてはやりとりがあったのかどうか、むろんいくらであったかも僕は知らなかった。

「祝儀のお裾分けにありつこうなど、浅ましいとは思わぬのか」

俯いて泣いているのかと思えた与之介が、「思わぬのかァー」と僕の口ぶりを真似た。しおたれたふりをしていたものの、どうやら僕から金は引けぬと知ったらしかった。まったく、どうしようもないのらくら者だ。

僕は与之介のうなじから桜の枝を引き抜いて土間に叩きつけた。

「小遣などくれたらおまえらのためにならぬ。父上も同じお気持ちだ」

与之介は恨みがましい上目づかいで僕を見つめた。もしや狐《きつね》でも憑《つ》いているのではないかと思うほどの、狡猾《こうかつ》で獰猛《どうもう》な目付きだった。

「のう、乙兄ィ。さてはお頼み金がいくらだったか、知らねえな」

ひやりと肝が縮んだ。

「いくらだろうと知ったことではない。家と家の話だ」

すると与之介は、僕を見据えたまま右手の三本指を立てた。

「三十じゃねえぞ。三百だ」

「めったなことを申すな。おまえが知るはずはあるまい」

「いんや、兄《あに》さん。馬鹿なおやじが浮かれ上《へえ》がって、あちこちに吹聴しやがった。榎町の界隈じゃあ知らぬ者はねえさ。兄さんの耳にだけ入らなかったんだ。そりゃあそうだろう。道場では免許頂戴、学塾では塾頭、銭を出せねえおやじはともかく、御組頭様は鼻高々さ。その自慢の乙次郎様に、大枚三百両の値が付いた。いや、三百両で売れたんだから育て甲斐もあったてえもんさ。だったら俺っちだって大好きな兄さんを売られちまったんだから、お裾分けに与ってもよかろう」

「いいかげんにせい」

僕は与之介の腕を摑んで立ち上がった。話の先はまだありそうだったが、聞くつもりはなかった。

「おまえにくれてやる銭などない。帰れ」

「ほう。そう来なすったか。俺っちが食いつめて山を踏んだら、一等困るのはどなたさんですかえ。のう、御与力様」

僕は動じなかった。貧乏は人を駄目にする。ただそれだけの話だ。

しかし——。

そうとは思い切れずに、僕の足はいよいよ重くなった。歩けど歩けど、先を行く玄蕃の背中が近付かなかった。

弟と妹が食いつめて山を踏む。強盗だろうが人殺しだろうが、何をしでかしてもふしぎはない。そもそもやつらには、物事の是非がわかっていないのだ。

これまでにも自身番には幾度となく厄介になったが、幸い町奉行所に突き出されたためしはない。かりそめにも御家人の倅と娘だから、自身番には遠慮があるし、定廻りの同心も大ごとにしたくはなかったのだろう。だが、大事件を惹《ひ》き起こせば話は別だ。

人殺しはむろんのこと、十両以上を盗めば死罪。盗まなくともゆすりたかりは同前とされる。もしそんなことになれば、実家はひとたまりもなく取り潰されようが、今となっては石川の家にまで累が及ぶにちがいなかった。

少くとも、人殺しの実兄が十手取縄を預かっているわけにはゆくまいから、町奉行所からどこぞに御役替えになるか、さもなくば手っ取り早く僕が離縁されるかもしれぬ。

すでに日は高く、首筋を気味悪く汗が伝った。栗橋宿の先には、利根川渡しの関所がある。こんな気分で役人に向き会ったなら、怪しまれるかもしれない。

「おい、石川さん。どこか具合でも悪いのかえ。だったら痩我慢なんぞするなよ。どうせ急ぐ旅でもねえんだ」

玄蕃が僕の顔を覗きこみながら言った。田圃の涯《は》てに栗橋宿の家なみが見えていた。さらにその先には小高い丘があり、関所の柵と番所の大屋根が望まれた。

「ははあ。さてはあんた、関所を越すのは初めてだな。それでいささか痺《しび》れちまってるってわけか」

「つまらぬことを申すな。流人のおぬしが痺れるならともかく、なにゆえ押送人のそれがしが気後れせねばならぬ」

そう言い返したものの、僕を気鬱にさせているのは、たしかに弟妹の行状や暑気ばかりではなかった。玄蕃が察した通り、僕は関所を越えたことがない。

その侍が大番所の表に立ったとき、番士たちの誰もが本日お通りになる宇都宮は戸田越前守様が御行列の先触れだと思った。

関所番頭《ばんがしら》の加藤軍兵衛《かとうぐんべえ》はそのように注進を受け、いそいそと御番所の縁側に出た。日ざかりの中に一文字笠を冠った二人の武士が立っていた。

「お定めにござる。冠り物を取られよ」

肩衣《かたぎぬ》の背を伸ばして、軍兵衛は毅然と命じた。関所役人の職分を、彼ほど謹厳に全うしている者はあるまい。ために旅慣れた商人《あきんど》などは、前後の宿場にわざわざ延泊して、その下番《かばん》を待つほどであった。

軍兵衛が番頭として上番する日には、たいがい一人や二人の「道中差し戻し」が出るのである。つまり、往来手形の筆跡が滲《にじ》んで読み取れぬだの、これまでの旅程がかかりすぎているだのと、こと細かに詮議されたあげく、出立地からの出直しを命じられる。

むろん加藤軍兵衛に他意はない。関所とはそうしたものであり、公儀より関所を預かる番頭の務めは、かくあるべしと信ずるがゆえであった。

関所を通る旅人には、まず笠や頭巾を取らせねばならぬ。遥か昔の「正徳の定《さだめ》」により、いずれの関所でもこれを第一条に掲げている。そしてその真意は、関所役人の詮議が怠惰に流ることを戒めているのである。まずはじっくりと、面相を検《あらた》めねばならぬ。

軍兵衛にたしなめられて、二人の侍は笠を脱いだ。とっさに関所役人の勘が働いた。これは戸田越前守様のお先触れではない、と。

大名の御家来衆ならば、石高や格にかかわらず公儀の役人に対しては遠慮がある。だが、二人の侍にはそれがなかった。ましてやその腰には、朱房の十手が差しこまれている。いったい何者であろうと思うそばから、年かさの侍が名乗った。

「新番組士、青山玄蕃にござる。これなるは町奉行所与力、石川乙次郎。公用にて罷《まか》り通る」

役人どもはたちまち畏れ入って片膝をついた。新番の御番士様といえば、将軍家に近侍する旗本中の旗本である。

しかし、御役大切を信条とする加藤軍兵衛は怯《ひる》まなかった。頭も下げず、むしろ縁側に座った背筋をいっそう伸ばして、旗本を真向《まっこう》に睨みつけた。

「それがし、房川渡中田《ぼうせんわたしなかだ》御関所番頭を相務むる加藤軍兵衛と申しまする」

栗橋関所は俗称である。房川とは利根川の謂《いい》であり、かつては対岸の中田宿に関所が設けられていたことから、正式には今も「房川渡中田関所」と称する。何事においても軍兵衛は粗略を厭《いと》うのである。

「しからば、御無礼承知でお訊ねいたす。いかな御身分の御方でござろうと、ご中告のみでお通しするわけには参らぬ。公用を証《あか》す手形なりご書面なりを拝見させていただきたい」

縁側で平伏したまま、目付が「おかしら、おかしら」と小声で諫《いさ》めた。

新番は言わずと知れた武役五番方の一、その御番士様といえば千石取りの旗本やもしれぬ。関所の番頭などとはそもそも侍の格がちがう。しかし、だからと言うておのが職分を粗略にしてはならなかった。

「かしこまった。では、これを」

そう言って油紙にくるんだ書状を差し出した若侍は、町奉行所の与力だそうな。どうも話が怪しい。

江戸町奉行所の与力が、御朱引を越えて出張するはずはなかろう。また、千石取りの御番士様が供連れもなく旅をするはずもあるまい。

あたりを見渡しても、御供衆らしき姿はなかった。新番組士などという高貴な武士は見たためしもないが、出歩くときは騎馬の前に槍を立て、供侍や奴《やっこ》どもがぞろぞろと付き従うのではなかろうか。

さらに疑わしきは、その御旗本と町奉行所与力、という組み合わせである。いよいよありえぬ。しかも二人して朱房の十手を差し、取縄を腰に下げている。まったくわからぬ。

「職責により、謹んで拝見いたす」

加藤軍兵衛は油紙の包みを解き、書状を押し戴いた。

やや遠目に構えて、ゆるゆると開く。横あいから覗きこんだ目付が、「ヤッ」と声を上げた。

右之両名公儀御用ニ付　道中宜《よろ》敷《しく》御《お》取《とり》計《はからい》之《の》事《こと》　往《おう》来《らい》一《いっ》札《さつ》仍《よって》如件《くだんのごとし》

石川乙次郎

青山玄蕃

それだけの簡潔な文面のあとに、寺社奉行、町奉行、勘定奉行の連署があった。

臆してはならぬ。とんだ大嘘をつくとすれば、幕府顚覆《てんぷく》を目論む不逞浪士やもしれぬ。あるいは桜田騒動の残党やもしれぬ。

「御公用の往来手形、しかと拝見いたした。されば改めてお訊ねいたす。ご両名は日光を詣でられるのか」

世情不穏の折から、近々将軍家の日光社参があるのではないかと噂されている。ならば上様に近侍する御番士様と勘の鋭い町方与力が、道中の下見を命じられたというのはどうだ。不逞浪士の目がどこにあるかわからぬゆえ、供も連れずに二人きりで旅している、と。

「いや」

旗本がきっぱりと頤《おとがい》を振った。

「ゆえあって、蝦夷福山は松前伊豆守様御城下に参る」

「ほう。それはそれは、難儀な長旅にござりまするな」

軍兵衛はわずかな心の揺らぎも見落とすまいと、侍を注視し続けた。こちらが気負けさえせねば、嘘は必ずぼろが出る。

「理由《よし》についてはお答えいたしかねる。公用である」

日光は愚問であった、と軍兵衛は浅慮を悔やんだ。図星であったとしても、そうだとは答えられまい。かわりに、蝦夷福山などというありうべくもない行先を口にしたのは、「斟酌《しんしゃく》せよ」との暗意にちがいなかった。かの地はあまりにも遠いゆえ、松前侯の参勤行列がこの関所をお通りになるのも、五年に一度なのである。

いや何よりも、この侍が不逞浪士などであろうはずはなかった。貫禄といい気品といい、さすがは将軍家の御本陣を守護する騎馬武者である。

「御無礼いたした。お通り下されよ」

軍兵衛は双手《もろて》をつかえて頭《こうべ》を垂れた。

「立派な侍だな。鄙《ひな》の関守にしておくのはもったいねえや」

関所を抜けるとじきに、ギョッとするほどの大声で玄蕃が言った。

「ありのままを申せば苦労はなかろう」

ここは任せておけ、と玄蕃が言ったのだ。たしかに僕の口からあれこれ説明するのはややこしいし、小役人たちの前で玄蕃を晒し者にするのも気が引けた。

「のう、石川さん。世の中、何でもかでも正直ならいいってもんじゃねえぞ。関守が聞いて、すんなり了簡できる話でもあるめえ。うしろにつかえているやつらにとっちゃいい迷惑だ。そうこうしているうちに、大名行列が追っついてきたらどうする」

関所からの道を下ると、じきに利根川の堤に出た。幸い水かさは少く、どうかすると徒渡《かち》りできそうなほどだが、玄蕃が言うにそれはご法度だそうだ。

灼けた河原を渡し場まで歩いて舟に乗りこんだ。永代橋あたりから船出して、ここまで上ってくることはできなかったのだろうか、と僕は思った。

渡し賃を訊ねれば、御定《おさだめ》により武士からは取らぬというようなことを、船頭は聞きづらい訛《なま》り言葉で伝えた。

「暑くてかなわぬ。舟を出せ」

苛立って命じる僕を、玄蕃は笑いながら宥めた。

「つれねえことは言いなさんな。じいさんもタダ働きはかなわねえだろう」

何人かの旅人が関所を越えて、坂道を下ってきた。

「オーイ、舟が出るどォー」

船頭が呼ばわると、旅人たちは待った待ったと手を振り返してきた。

栗橋関所の大屋根を遠目に眺めながら、僕は玄蕃と役人とのやりとりを思い出した。言われた通りその場を玄蕃に任せたのは、僕自身が関所を越えたためしがないからだ。何か不調法があったらまずいし、玄蕃はかつて日光社参の供奉《ぐぶ》をしたことがあると言っていたから、勝手を知っているだろうと思った。

それでも、嘘をついたらただちに割って入るつもりだった。ところが玄蕃の受け答えはみごとなものだった。

まずは名乗り。「新番組士」と今さら称するのはどうかと思ったが、「元」を省略しただけでありながち嘘とは言い切れぬ。

続けて僕を紹介した。家来だと言えば話は早かろうが嘘にあたる。しかし、町奉行所与力と新番組士は、侍の格もちがうし務めもまるきり重ならぬ。つまり奇妙な組み合わせなのだが、そこを玄蕃は「公用にて罷り通る」の一言のほかには何も言わなかった。

流人と押送人の旅。「公用」にはちがいない。

さて、それだけ言えばあとは大威張りで関所を越えられる、と玄蕃は踏んでいたのだろう。御旗本に対して、関守ふぜいがそのさき物を言えるわけがない。

ところが驚いたことに役人は、手形を見せろと迫った。玄蕃が言った通り、まこと鄙の関守にしておくのはもったいない仕事ぶりであり、勘働きであったと思う。

御奉行様方が連署した往来手形には、余分が書いてない。「公用につきよろしく」というだけの証文だ。玄蕃はその文面など知らぬはずなのに、だいたいそんなところだろうと見通したのか。

それでも役人は、疑念を去ってはいなかった。「日光を詣でられるのか」と訊ねた意味はわからない。しかし、ならばただ諾《うべな》えばよかりそうなものを、玄蕃は、否《いな》と答えた。ここに至っても嘘はつかなかったのだ。そして、こう言った。

――ゆえあって、蝦夷福山は松前伊豆守様御城下に参る、理由《よし》についてはお答えいたしかねる、公用である、と。

やはり、嘘はどこにもないのだ。流刑だの預かりだのという不穏な言葉を使わなかっただけで、嘘はひとつもない。つまり、公用の内容は公儀の秘事だと言った。嘘をつかぬどころか、ありのままの説明ではないか。

「石川さん。昼飯にしよう」

言うが早いか、玄蕃は竹皮の包みを開いて握り飯を頬張った。眺めはいいし、時間の節約にもなろう。

大きな塩握りは、ゑびす屋のおかみの情けがこもっているように思えた。竹筒の中身は梅の香りがする番茶だった。

陽光に目を細めながら玄蕃が言った。

「天保の日光社参の折にァ、そのあたりから向こう河岸《かし》まで船橋を渡してなあ」

なるほど、船橋か。日光社参の大行列が、いったいどうやって利根川を渡ったのかとふしぎに思っていた。

水かさが少いとは言え川幅はたいそう広い。小舟を繋いで橋とする図は、どうにも思いうかばなかった。

「それはそれで手間であろうな」

「そうよなあ。舫《もや》った小舟は五十艘《そう》を下るめえ。いっそ橋を架けたほうが早《はえ》えんじゃねえかと思うほどだったぜ」

十二代慎徳院《しんとくいん》様の日光社参は、天保の卯《う》の年と聞いている。それはそれは賑々しい御行列だったと、いまだ語りぐさになっていた。

僕が生まれたのはその前年だから知る由もないが、子供の時分から聞かされてきたせいか、何やらこの目で見たような気もする。

残念なことに、牛込榎町の御先手組にはお召しがなかった。それがよほど悔やしくて、父や近在の同心たちは、まるで御供をしたかのように語ったのかもしれない。

だが、玄蕃はたしかに供奉したのだ。それも、たぶん御駕籠まわりの近習として。

いったいどのようなものであったのか聞きたいが、まさか話の先をせがむわけにはいくまい。握り飯をかじりながら、僕はさりげなく水を向けた。

「船橋をこしらえるくらいなら、蓮台のほうがよかろうに」

いくらか下《しも》の河原には葦簀《よしず》張りの小屋があり、間もなく到着なさる戸田越前守様の御駕籠を乗せるのであろう、立派な輿《こし》が置かれていた。大勢の川越え人足がたくましい裸を陽に灼いていた。

大小の渡し舟に目をやって、老いた船頭が聞きづらい訛りでぼそぼそと呟いた。若いやつらは祝儀にありつける、というようなことを言っているらしかった。

「手間や銭金じゃあねえんだよ、石川さん。上様が御大名と同じことをなすっちゃならねえのさ」

それから玄蕃は船頭を手招きして、過分の心付けと握り飯を与えた。

石を踏みながら、やっと川越えの旅人がたどり着いた。大きな葛籠《つづら》を背負った丁稚《でっち》を、意地の悪そうな手代《てだい》が叱りつけ、そのまたあとから薬売りが追ってきた。

ただ働きをせずにすんだ船頭は、上機嫌で鼻唄まじりに棹《さお》さし、渡し舟はいくらか石を噛んで利根川に乗り出した。

川風がたちまち熱をさますと、あまりの心地よさに眠気が兆《きざ》した。

「くたびれたかい。石川さん」

「いや、腹がくちくなったら眠くなった」

「なにじじむせえこと言ってやがる。若えうち《わけ》は飯を食ったら力が出るもんだぜ」

困ったことに、押送人よりも罪人のほうが元気がいい。日光社参の自慢話でもしてくれれば目も覚めるだろうが、どうやら玄蕃にはそのつもりがないらしい。

僕と同じ年頃だったと言っていたから、さぞかし勇んで御供をしたことだろう。

ふと僕は、僕が今の玄蕃の齢になったとき、この流人送りの道中をどんなふうに思い出すのだろうと思った。自慢話になるのだろうか。それとも、思い出したくもない傷になっているのだろうか。

渡し舟はやや下《しも》に流されながらも、向こう岸の桟橋をめざしていた。遥かに望む山なみは日光だろうか。

僕らは舳先《へさき》に座り、ほかの旅人たちは遠慮して艫《とも》に身を寄せ合っていた。

若き日の記憶が甦ったのだろうか、玄蕃がふいに語り始めた。

「舟を並べて板を渡しただけじゃねえのさ。その上に芝を敷きつめて、両端には青竹の勾欄《こうらん》をずうっと立てての。ところどころに小松を植えた」

いくら何でもそれは大げさだろうと、僕は玄蕃の顔を見つめた。あんがいのことに、僕をからかっているふうはなかった。

「道をつけた、と」

玄蕃は肯いた。

「わかるかえ、石川さん。将軍家と御大名は、それぐらい格がちがうってわけさ。上様は蓮台に乗って川を越えたりなさらねえ。源氏の棟梁が進む先には、八幡大菩薩《はちまんだいぼさつ》が道をこしらえるのだ」

それから、僕の耳を呼んで言った。

「のう。ばかばかしいとは思わねえか」

耳から冷水を流しこまれたような気がした。

上様のなさることを、「ばかばかしい」と言ったのだ。言葉のはずみではなく、まるで不実を詰《なじ》るように。

「無礼であろう」

僕が咎めると、玄蕃は酷薄な感じのする唇を歪めて笑い返した。

「無礼者か。なかなかおっしゃるのう、御与力様よ」

臆してはならない。今は旗本と与力ではなく、罪人と押送人なのだから。

抜き差しならぬやりとりが聞こえたのか、旅人たちは怯えてちぢこまった。それはそうだろう。逃げ出すこともできぬ渡し舟の上で、二本差しに十手取縄まで帯びた侍が言い争いなど始めたら、生きた心地がするまい。

僕は息を入れて、雄大な利根川の流れを見はるかした。

天下一の大河ゆえ、坂東太郎《ばんどうたろう》と称される。筑紫次郎《つくしじろう》の筑後川《ちくごがわ》も、四国三郎《しこくさぶろう》の吉野川《よしのがわ》も、この利根川の弟分なのだ。

ここに舟を繋げて橋とするだけでもたいそうな話なのに、芝を敷きつめ青竹の勾欄を設《しつら》え、小松まで植えて道とするなど、まったくもって信じ難い。

つまり、幼いころから聞かされてきた「天保卯の年の日光社参」は、御供をしそびれた同心たちの想像に過ぎなかったのだと僕は知った。

征夷大将軍には三百諸侯の御大名が臣従し、八万騎の旗本が直属する。その仕組みを支えているのはひとえに武士の格式で、僕の出自は底の底と言える鉄炮足軽だった。一段上の与力に這い上がるだけでも、よほどの努力と幸運が必要だったのだ。

ならばこの侍を憎め。番町の屋敷に生まれて空腹も知らず、あげくに破廉恥罪を犯し科《とが》を負って腹も切ろうとせぬこの侍を、もっと憎め。

斬ってしまおう、と僕は思った。

五

きぬさんへ。

道中の三夜目は下野国佐久山《しもつけのくにさくやま》という宿場です。贅沢な流人は例によって、本陣だ脇本陣だと駄々をこねましたが、どうにかなだめすかして三百文の上旅籠に落ち着きました。

喜連川《きつれがわ》と大田原《おおたわら》という、二つの御城下の間にある小ぢんまりとした宿場です。泊り客も少くて人目につきません。

きのうは杉戸から十五里も歩いたでしょうか。途中の栗橋というところで初めて関所を越えました。むろん公用ですから、面倒は何もありません。それから利根川を舟で渡ってひたすら歩きに歩き、宇都宮まで伸《の》すつもりだったのですが、思うところあってひとつ手前の雀宮《すずめのみや》に宿をとりました。

すぐうしろから、宇都宮城主の戸田越前守様の御行列が迫ってきたのですよ。御乗物や御道具を担いだ何百人もの大名行列ならよほど遅かろうと舐めくさっていたところ、これが速いのなんの。途中の茶店でのんびりしていたら、御先触れに追いつかれてしまいました。

流人が言うには、大名行列はたいそうお金がかかるので、ともかく一刻でも早く到着するよう先を急ぐのだそうです。呑気な旅人が御行列に尻をつつかれてあわてる、というのはよくある話だとか。

なるほど言われてみれば、式日や月次《つきなみ》の御登城の折に御府内を行きかう行列も、たしかに足が速いですね。

そうしたわけで、御殿様の帰国をお迎えする宇都宮御城下はさぞかしあわただしいだろうと思い、手前の雀宮に泊ったという次第です。

それと、もうひとつ。僕と流人は一見したところ公儀の役人ですから、もし御城下で目に留まれば、誰が出てきて何を訊ねられるやらわかったものではありません。かくかくしかじかと説明するのもややこしいし、嘘をつくのもいやですね。

そうこう考えれば、やはり御城下は避けて、鄙《ひな》びた間宿《あいのしゅく》に泊るのが賢明です。それも御天領ならなおいい。

おっと、面倒な御役向きのことなど書いてはいけませんね。

それにしても、関八州の御大名は半年ごとの参勤御暇《おいとま》、ずいぶんご苦労な話です。ならば信州や磐城《いわき》の御領分で、一年に一度のほうがずっといいでしょう。

宇都宮宿の追分で、日光街道は西に折れます。いよいよここから奥州道中の始まりです。流人は若い時分に日光を見物したことがあるらしく、道中の勝手も心得ているようでしたが、むろん追分から北へと向かうのは初めてでした。

別の世界に歩みこむ、などと言ったら大げさにすぎましょうか。でも、鬼怒川《きぬがわ》の渡しは前日の利根川とはちがって、何となく三途の川を渡るような、妙な気分にさせられたものでした。

いや、ご安心、ご安心。宇都宮まではまがりなりにも流人が道中案内をしてくれたわけですから、少々心細くなっただけです。それに、尻をついていた戸田越前守様の御行列もいなくなり、日光参詣の旅人とも別れてしまって、街道はめっきりわびしくなりました。

宇都宮から喜連川までは鬼怒川の渡しを挟んで六里あまり、早めの宿をとろうかとも思いましたが、やはり御城下の宿場は面倒が起こりそうな気がして先を急ぐことにしました。

喜連川の御殿様は、かの足利《あしかが》家が末裔で、知行五千石の旗本ながら十万石の格式を与えられているそうです。御大名といえば一万石以上ですから、喜連川家は唯一の大名待遇、そのうえ参勤も免除、奥方や御嫡子も在国勝手とあっては、「天下の客分」と称されるのも肯《うなず》けます。

そもそも徳川家は新田《にった》家の子孫ですから、同族の足利家に気遣いをし、なおかつ先代の源氏の長者に対して相応の敬意を払っているのでしょう。

などと、これらは流人の知識の受け売り。彼はまこと唾棄すべき科人ではありますが、めっぽう物知りなのです。

喜連川のあとさきは上り下りの山道で、道中には珍しい懸橋などもあり、何やら物見遊山の気分で歩いているうちに、とっぷりと日が昏《く》れてしまいました。

佐久山は静かで小さな、よい宿場です。しかし根が道楽者の流人は物足らぬらしく、喜連川は賑やかだったとか、大田原まで伸《の》せばよかったとか、酒を飲みながらぼやくことぼやくこと。もっとも、大きな宿場に泊ったところで、流人ごときに何が許されるはずもありませんが。

それでも遊蕩《ゆうとう》の限りをつくした男には、この宿場の鄙びようが退屈に思えて仕様がないのでしょう。まったく、性根まで腐り切った侍です。

こうして二階の窓辺から眺めていても、辻に立つ常夜灯のほかには明かりが見当たらず、家なみは夜空に貼りつけた影絵になっています。ときどき腹をすかした野良犬がうろつくばかりです。夕食の折に蒲鉾《かまぼこ》をひとかけ投げてやったのが癖になったのか、窓の下にお座りをして鼻を鳴らしますが、あいにくくれてやるものはありません。

流人の大鼾《おおいびき》には閉口しています。かと言って、僕が先に寝入ってしまうわけにはいきません。どうにかならぬものかと思っても、これぱかりは本人に苦言を呈して改まるものでもありますまい。

酒が回ったころ、按摩《あんま》を呼ぼうなどと言い始めましてね。いくら何でも流人に按摩はいかがなものかと思いもしたのですが、自前で払えば文句はなかろうと、また駄々をこねるのです。

そこで、体を揉んでぐっすり眠れば鼾もかくまいと思い、折しも窓の下を通りかかった按摩に声をかけました。

手探りで梯子段《はしごだん》を上がってきた按摩がまず言うには、

「按摩上下《かみしも》十六文とは申しますが、そいつは昔っからの決まり文句てえやつで、きょうびは三十と二文を頂戴いたしますがようござんすか」

そんなことは先刻承知のうえ。夜鳴き蕎麦《そば》だって二八の看板を掲げていても、まさか十六文で食わせはしません。

僕は按摩の代金など知りませんが、肩から足までほぐして三十二文なら、高いとは言えますまい。

ちょっと眠たくなってきました。では、きぬさん。父上様母上様にくれぐれもよろしく。おやすみなさい。

乙より

「はなから代金を差すとは、おぬし正直者じゃな。よし、気に入った。取っておけ」

膝の上に狙いよく投げられた二朱金を指先で検《あらた》めて、按摩は仰天した。

「あいにく釣銭の用意がござんせん。帳場で崩していただきますので、少々お待ち下さんし」

「いよいよ正直者だの。取っておけと申しておるではないか」

三十二文の客が一夜にせいぜい一人か二人、お茶を挽《ひ》く晩も珍しくはない。二朱金の祝儀を頂戴したのは、何年か前に仙台の御殿様のお召しに与って、おみ足を揉ませていただいた折だった。

「そしたら、お侍様。せめてお供連れの上下も揉ませておくんなさい」

「正直者の上に欲のないやつだ。では気のすむようにせい。のう、石川さん」

呼びかけられた連れの侍は「いやいや」と拒み、「そう言うな」と畳みかけるやりとりがあった。

口のききようから察するに、主人と家来ではないらしい。若いうちは按摩など、痛いかこそばゆいかで気持ちよくはないから、遠慮しているわけでもないのだろう。

「それがしの奢《おご》りではない。按摩の好意なのだから揉んでもらえ」

いったいどういう間柄なのだろうか。年かさの客はひとかどの武士にちがいないが、若いほうの客が目下とも思えなかった。

「まあ、一杯やれ。こやつはからきしでな、盃が淋しがっていたところだ」

「やや、畏れ入ります。頂戴いたします」

いける口の按摩だが、客から酒をふるまわれることはない。過分の祝儀にもましてその盃はありがたかった。どこのどなた様かは知らぬが、何と心の寛《ひろ》い御方だろう。

「かような鄙の宿場では商いになるまい」

「ここで生まれ育った者にござんす。喜連川も大田原も知りません」

客はふうっと、やさしげな溜息をついた。それから、名を訊ねられた。

「得悦《とくえつ》と申します」

「何やら芝居《しばや》のようだの。殺せば化けて出るか」

「それは宅悦《たくえつ》。よく冷やかされます。祟《たた》るほどの器量はござんせんのでご安心」

得悦という名は師匠からいただいた。揉まれた客が法悦を得る、というありがたい意味があるらしい。四谷怪談に登場する按摩が、似たような名であることはあとで知った。

師匠は旅の座頭《ざとう》だった。江戸と白河《しらかわ》の間を往還して、木賃宿に泊りながら旅人の体を揉む道中按摩である。佐久山に立ち寄るのは、前後の喜連川にも大田原にも地の按摩がいるからで、それらの縄張りを侵してはならないというのが、道中者の仁義であるらしかった。

その座頭の噂を耳にして木賃宿を訪ねたのは、算《かぞ》え八つの凩《こがらし》の吹く日だった。言おうにも言い出せず、杖をついたまま門口に立っていると、「おまえ、見えぬか」と座頭のほうから声をかけてくれた。

弟子にしてくれろと言われたって、てめえが食うだけでかつかつだ。連れ歩くわけにはいかねえが、見よう見まねで覚えるんなら邪慳にはしねえ。

師匠はそう言って、頭を撫でてくれた。それからは、せいぜい月に一度やってきて佐久山に三晩泊り、また流れてゆく座頭から按摩の手ほどきを受けた。

たがいに見えぬのでは見よう見まねもあるまいが、常人にはわからぬ勘のよさがあった。客のない晩は師匠の体を揉み、あれやこれやと教えられた。そして師匠のいない間は、野良仕事で凝り固まった父母の体をほぐした。

そうして十五になったとき、師匠から得悦の名を頂戴したのだった。

揉まれた客が法悦を得る。読み書きはできぬがその意味が嬉しくてならず、初めて師匠の顔を指でたしかめた。存外年寄っていたのには驚いた。

翌る月、師匠は佐久山に来なかった。翌月もその翌月も来なかった。木賃宿の亭主が言うには、通りすがるが泊らぬのだそうだ。

だとすると、たがいにそうとは気付かずすれちがっているのかもしれなかった。おのれの身の不自由を、得悦は初めて不憫に思った。

師匠が佐久山をやり過ごすわけはわかっていた。道中者の仁義なのだ。

「こそばゆくはないですかね。痛かったらそう言っておくんなさい。いくらでも按配《あんばい》いたします」

先に揉んだのは若いほうの客である。年かさの客に勧められて、しぶしぶ蒲団に横たわった。

「いや、いい按配だ」

得悦には按摩のうまいへたなどわからないが、客には揉まれ上手と揉まれ下手がある。しょっちゅう揉まれている客は按摩に身を任せ、慣れていない客の体は固い。

「もそっと力を抜いておくんなさい」

客が息を吐き出すと、武術で鍛え上げた体がいくらか緩んだ。

それにしても芯が固い。これはただの揉まれ下手ではないな、と得悦は思った。何か格別のお務めを申しつかっているのか、それともどこか具合でも悪いのか。

小笛を吹きながら旅籠の前を通りかかった得悦を、二階から呼び止めたのはこの侍の声だった。そのときふと、胸騒ぎを覚えたのはたしかである。客の声が含む吉凶を、得悦の耳はしばしば聞き分けた。

しかし「按摩上下十六文」と呼ばわりながら小笛を吹いて、宿場を流しているのだから今さらいやとは言えぬ。まして夜五ツを回ってこれを逃せば、まずこのあとはあるまいと思えた。

そうした不安も御大名並みの祝儀をはずまれてかき消えたが、いざ体を揉み始めると、やはり芯の固さが気がかりでならなくなった。

「過分のお足を頂戴いたしまして、そのぶんたっぷり揉ませていただきます」

声を探りたいと思うが、若い侍は無口だった。かわりに年かさの侍が言った。たぶん窓ぎわで涼みながら、酒を飲んでいる。

「十六文を三十二文と言うたが、揉み賃の相場は四十八文《しじゅうはちもん》であろう」

「へい。そう聞いてはおりますが、三味《しゃみ》も箏《こと》も弾けぬどころか、鍼《はり》も打てぬ按摩は、三十二文がせいぜいでござんしょう」

「まったく、正直の上に馬鹿がつくの。きょうび江戸では、小金を元手に高利貸などして大儲けする按摩がおるらしい」

「へい。そんな噂はかねがね」

ざわりと坊主頭の根が締まった。

「噂を信じて、按摩を殺す悪者もいる」

「ご冗談を」と言ったなり、咽が攣《つ》ってしまった。

得悦は気を取り直して、若い侍の体を揉んだ。悪者の気は感じられぬ。芯の固さは気がかりだが、この立派な体の主が懐を目当てに按摩殺しでもあるまい。

目が見えずとも、管弦の道を極め、あるいは鍼灸《しんきゅう》按摩の術を磨けば出世が叶うという。最高位の検校様《けんぎょうさま》の格式は、万石の御大名にも匹敵するらしい。だがむろん、それなりの家に生まれた者の見る夢だろう。出世するには元手がかかるはずだ。

また、格別のご沙汰により高利の金貸しが許されているとも聞くが、どだい三十二文だの四十八文だのの揉み賃を貯えて、種金《たねきん》が作れるとも思えぬ。これもやはり、それなりの家に生まれていなければ、叶わぬ夢にちがいない。

公平に見えて、世の中はやはり公平ではない、と得悦は思う。

もしこの侍たちが按摩殺しではなく、二朱金が木の葉でもなかったなら、明日は村に帰って兄嫁に小遣を渡し、寺に寄って父母の供養をしようか。

若い侍は気持ちよさげに、うつらうつらしているらしい。年かさの侍が物を言うたび、びくりと体をちぢかまらせて目覚める。二人がどういう間柄なのか、あれこれ考えても得悦にはわからなかった。

「お客様方は、どちらのご家中でござんしょう」

思い切って訊いてみた。

「僭越だぞ。分を弁えよ。客の機嫌を取る必要はない」

若い侍が肩の肉をこわばらせて叱った。

「畏れ入ります。申しわけござんせん」

少しわかった。江戸詰のご家中でも奥羽《おうう》諸家の侍ならば、必ず訛りがあるはずなのだ。そして権高な物言いからすると、もしや江戸の御家人様ではあるまいか。

「もうよい。すっかりほぐれた」

若い侍は身を起こした。

「いえ、まだほぐれちゃおりませんが」

「いちいちやかましい按摩だ。もうよいと言うておろう」

肩を叩きながら、怖いことを考えた。

この侍は人を殺《あや》めようとしている。もし按摩殺しの物盗りではないのなら、的はもうひとりの侍しかいない。

「気を悪くするな。あやつは偏屈者での」

若い侍は厠に行ったのだろう。入れかわりに年かさの侍が蒲団に横たわった。

「いえいえ、あたしがご無礼を申し上げました」

二本差しのせいで、武士の体は定めて左の足腰が張る。まさか道中で抜くはずもあるまいに、苦労な話だと得悦はいつも思う。余分な物は何ひとつ持たぬのに、一貫目もある大小の刀はずっと差し続けねばならない。

横向いた左の肩を揉みながら、得悦はさりげなく語りかけた。

「お客様は慣れてらっしゃるが、お連れ様は按摩が初めてでござんしょう。痛くても痛いとは言えず、こそばゆくても笑えずに、往生してらっしゃった」

「なるほど、そんなところだろうの。おお、いい気持ちじゃ」

「へい。この腋《わき》の下なんざ、肩張りのツボなんですがね。揉まれ慣れしてらっしゃらない方は、痛くてこそばゆいばかりで。ところで、お客様――」

「何だ。遠慮なく申せ」

廊下の気配に耳を欹《そばだ》ててから、得悦は小声で訊ねた。

「お腰物は帳場にお預けですかね」

「いや、この宿は面倒を言わなんだ。床の間の刀架けにあるが」

「お二方とも、でござんすか」

首が動いた。二人分の大小を目で確かめたのだろう。それから侍は、押し黙ってしまった。おそらく思い当たるふしがあるのだ。命を取られてもおかしくはない因縁が、何かしら。

「按摩の勘働きと申すは、たいしたものだのう。たしかに当たり前の旅ではない。抜き差しならぬ事情を抱えておる」

この宿の厠は、梯子段を下りて廊下を行ったつき当たりだったと思う。今のうちに逃げ出そうか。いや、前金で二朱も頂戴しているのだから、それはできまい。

「ご用心なさいまし。殺気がございます」

声を絞って、得悦はようやく言った。

侍は得悦に身を任せて、いささかも動ずる気配がなかった。

「おぬしが怖がることはない。無辜《むこ》の者を巻き添えにするほど馬鹿ではないよ」

風のよく通る涼やかな晩である。宿の門口で焚《た》く蚊遣りが効いて、虫も集《すだ》かぬかわりに蚊の羽音もなかった。

おのれの勘にまちがいはないと思う。若い侍の体の芯に凝り固まっていたのは、憎しみだった。それも、今まさにはち切れんばかりの。

「あやつが刀を取りに行ったと思うたか。それで訊いたのだな」

「はい。べつだん勘がいいわけではござんせん。見えぬ分、臆病なだけで」

どうしてこの侍には怖れる心がないのだろう。足腰は長旅の疲れに固まってはいるが、体の芯は柔らかだった。

もしや命を見切っているのだろうか、と得悦は思った。斬られても仕様のないことをしてきたのか、あるいはなすべきことはすべておえて、何の悔いもないのか。

「行先はどちらでござんしょう」

「蝦夷福山の御城下だ」

「おや、それはまたずいぶんな長旅で」

侍はクスッと笑い、「途中で斬られねばの話だがの」と、他人事《ひとごと》のように言った。

この佐久山の宿場で旅人の体を揉み、十年が過ぎ二十年が経つうちに、得悦の指先には体ばかりではなく心の凝りが触れるようになった。だが悲しいことに、体はほぐれても心まではほぐせない。

その伝で言うなら、この侍は体こそ固いが心が凝ってはおらず、むしろ若い侍のほうが悩みを抱えているように思えた。

「ご苦労なすっておいでのようで」

「ああ、苦労も苦労さ」

「いえ、お侍様ではなく、お連れ様の話でござんす」

あ、と頓狂な声を洩らして、侍はしばらく黙りこくった。

「さようか。ふむ、そうかもしれんの。もっとも、その苦労の種は俺だろうがな」

「いや、そうではないと思えますが」

梯子段の軋《きし》りが伝わってきた。厠を使っていくらか気が落ち着いたらしい。

若い侍は無言で障子を開けた。

「ずいぶん長小便だな、石川さん」

せっかく頭を冷やして帰ってきたのだから余計なことは言うなとばかりに、得悦は腰を揉む指に力をこめた。

「何やら腹具合がおかしい。帳場で薬をもろうてきた」

「若いくせに柔《やわ》な体だのう。俺が何ともないのだから、食あたりではあるまい」

侍がわざとつっかかっているように思えて、得悦はいっそう力を加えた。

「水あたりじゃござんせんか。お若い方は大汗をかく分だけ水もたんとお飲みになるから、よく腹をこわされます。だったらたいした話じゃござんせんや」

「あ痛た、少しはかげんせえ。いや按摩、こやつは気を張りすぎて腹を下したのだ。もそっとのんびり行けと申しておるのに、力を抜こうとせぬ。アッ、痛ッ。おぬしも力を抜け」

得悦は掌《てのひら》にしみ出た冷汗を拭った。この場で刃傷沙汰もあるまいが、若い者がカッとなれば何をしでかすかわからぬ。それを承知で年かさの侍は、やれるものならやってみろとけしかけているように思えた。

齢はちがうが御役の上下《かみしも》はないらしい。だが日ごろたがいに含むところがあり、旅の間にまた何か行きちがいがあったりなどして、とうとう若い侍は殺意まで抱いた。

そこまで考えると、拭った掌にまたじわりと冷汗がにじんだ。

無辜を巻き添えにするほど馬鹿ではないと年かさの侍は言うのだが、出張中に同役を斬ったとなれば、おのれも腹を切るか逐電するか二つに一つ、逃げるのならきっと証人も斬り殺すにちがいない。

「どうした、按摩。くたびれたか」

「いいえ、滅相もござんせん。ちょいと汗を拭っておりました」

若い侍は窓辺に倚《よ》って涼んでいるらしい。のっぴきならぬ気は、夜風に乗ってまだ伝ってくる。厠で鎮《しず》めた怒りが、またぞろぶり返したのだろう。

按摩の分際で武士に説教できるはずもなし、ここは遠回しに命乞いをしておこうと得悦は思った。

「のう、お侍様。このごろあたしァ、見えねえってのが都合よく思えてなりません」

侍の腰を揉みながら、得悦は無礼にあたらぬよう言葉を選んで続けた。

「花ももみじも見えやしませんが、そのぶん胸いっぱいに香りは嗅げますし、落葉の舞う音もよく聴こえて、それはそれは風流なものでござんす。で、もっと都合のいいことには、人の顔が見えねえものだから、邪慳にされても恨みようがねえんで」

若い侍は知らんぷりで夜空を見上げているのだろう。

「百姓の次男三男に生まれりゃあ、はなっから厄介だのごくつぶしだのと言われて、よほど体が良けりゃ養子の口もあろうが、せいぜい伝《つて》をたどって小僧に出るか、庄屋さんの作男に雇われるかでござんしょう。ところがあたしァ、見えねえばかりに他人様《ひとさま》の体を揉んで三度の飯が食えます。生まれ育ったふるさとも離れずに、おとっつぁんおっかさんの死に目にも会えやした。そうこう思えば、見えねえ果報が身に余る気がしましての、四十年の上を生きても、まず腹を立てたためしがねえんで」

それは本音である。父も兄たちもけっして穏やかな気性ではないが、得悦にだけはやさしかった。自分はおそらく不自由のおかげで、世間にみちみちている恨みつらみやさまざまの欲を、免れているにちがいない、と得悦は思う。

「都合のいい話でござんすがね」

そう。まこと手っ取り早く、世間のしがらみを免れている。一夜に一人の客にありつけば、帰りしなには一膳飯と一合の地酒にありつける。だからきょうび揉み賃の相場が四十八文と知ってはいても、昔のままの三十二文で十分なのだった。

夜回りの拍子木が通り、あちこちの門口で蚊遣りを消す気配があった。するとほどなく、虫の羽音が返ってきた。

「短気は損気と申しまして、腹を立てても得はござんせん。もっとも、他人様のお情けに与っているあたしに、腹を立てる道理はござんせんが」

それにしても、肉付きはいいが痼《しこり》のない、素直な体である。足腰の凝りは揉みこむそばからほどけてゆく。

「おぬし、名人だの」

横向きに目を瞑《つむ》ったまま侍は言った。

「ご冗談を。江戸のお侍様が、鄙《ひな》の按摩を捉まえて何をおっしゃいますやら」

客あしらいがうまい、という意味なのだろう。江戸に出て立派な師匠につき、吉田《よしだ》流だの杉山《すぎやま》流だのという流儀をきちんと修めなければ、名人とは呼ばれまい。

「冗談ではないぞ。俺はずいぶん按摩にかかってきたがの、これほどツボをはずさぬ技はほかに知らぬわ」

脛《すね》を押す指が思わず止まった。素直な体を持つ侍には、嘘も酔狂もなかろうと思えたからだった。

「どうした。何か気に障るようなことを申したか」

「いいえ。おほめの言葉がもったいなくて」

ふいに得悦は、師匠を思い出したのだった。凩のように嗄《しわが》れた声や節の太い指や、破《や》れ衣《ぎぬ》から漂い出る饐《す》えた臭いまでも。

奥州道中を流れ流れて、どこぞの宿場の木賃宿で、ひっそりと死んでいったのだろうか。

その想像があまりに哀しくて、得悦は侍の足を揉みながら、師匠は薬師如来《やくしにょらい》の化身だったのだと思うことにした。すると、おのれの技が吉田流や杉山流よりも、すぐれているような気がしてきた。

「もったいのうござんす」

それから得悦は、常よりもいっそう心をこめて、侍の体をほぐした。そのうち高鼾が聞こえ始めたので、力を緩め擦《さす》るようにした。これも師匠から教えられた技のうちだった。

得悦が仕事をおえたのは、さらに半刻ののちである。

「ぐっすりお休みのようで。では、これにておいとまいたします」

墨の匂いがする。若い侍は文をしたためているらしい。行灯に照らし出される横顔を思い描いて、苦労は多いようだが悪い人間ではないな、と得悦は思った。

「月はないが、帰り途は殆《あやう》くないか」

「へい、ご心配なく。お天道《てんと》さんもお月さんも、縁のねえ身にござんす。では、ごめん下さんし」

宿を出て夜空を仰ぐと、見えぬ星々が溢れかかるように思えた。杖を頼りに歩き出しながら、得悦は坊主頭をめぐらして小笛を吹いた。


馬の背に揺られながら、僕はおのれの不甲斐なさを呪った。

昨夜のうちに玄蕃を斬ってしまおうと、あれほど思い定めていたのに、とうとう機を得ずぐっすりと寝入ってしまった。

ためらいがあったわけではない。こうと決めたら翻《ひるがえ》らぬのが僕の気性で、しかもけっして腹立ちまぎれではなく、熟慮を重ねたうえでの決心だった。

御奉行様は無言のうちに下知なさったのだ。青山玄蕃を道中で斬れ、と。

姦通は死罪。旗本の首を刎ねるわけにもいかぬゆえ切腹を申しつけたが、いやだと言う。そんな破廉恥漢を大名に預けるなど、話がおかしいではないか。旗本はここまで腐りましたと、世間に言いふらしているようなものだ。

むろん僕は、人を斬ったことなどない。だが剣の腕前では人後に落ちぬはずだから、そうした話であるなら選ばれて当然だろう。押送人の正体は仕置人なのだから。

「いやァ、立派な松並木だのう」

僕の前で馬の背に揺られながら、一夜を生き永らえた科人はのんびりと莨《タバコ》を吹かしている。

馬子《まご》が言うには、那須颪《なすおろし》を和らげるための松並木だそうだが、今の僕らにはころあいの日除けになっていた。このさき大田原の御城下まで、一里も続くらしい。

煙管《キセル》の銀が木洩れ陽に閃《ひらめ》いたかと思うと、トテチテシャン、トテシャン、と声高に口三味線を弾いて玄蕃が唄い出した。

今年より　千度《ちたび》迎ふる春毎《ごと》に
なほも深めに　松の緑か禿《かむろ》の名ある
二葉の色に太夫《たいふ》の風の吹き通ふ
松の位《くらい》の外八文字《そとはちもんじ》
華美《はで》を見せたる蹴出《けだ》し褄《づま》

「イヨッ、トテチテシャン、トテシャン」

叱りつけようとして、僕は声を呑みこんだ。すれちがう旅人は思わず足を止め、下りの旅人は足を速めて追ってきた。

とっさにそれが玄蕃の口ずさんだ長唄ではなく、詞《ことば》の付いた松風に思えたのはどうしたわけだろう。僕はまず笠の庇をつまんで、頭上の松ヶ枝を見上げたのだった。

くらべごしなる筒井筒
振分髪もいつしかに
老《おい》となるまで末広を
開き初《そ》めたる名こそ祝《しゅく》せめ

唄声に惑わされてはならない。僕には考えねばならぬことがある。

過分の路銀を僕に渡すとき、年番与力は言った。「ご天領内はなるたけ馬に乗れ」と。しかし、歩かずに馬に乗ることが、直参の面目を施すとは思えない。宿駅で雇う馬など、みなこのように小さくて見映えがせず、とうてい威を誇ることにはならないからだった。

だとすると、やはり「ご天領内で始末をつけろ」という謎かけではなかったのだろうか。

喜連川と大田原の間にある佐久山宿は、旗本の采地と聞いた。宿場はずれの川向こうは天領で、代官所もあるらしい。ならば玄蕃を斬って面倒が起こらぬのは、佐久山宿しかないと僕は考えたのだった。

押送中の科人にもかかわらず酩酊《めいてい》のうえ悪口雑言《あっこうぞうごん》、あげくに刀を抜かんとしたゆえやむなく斬り捨てた。

余分を言ってはならぬ。それだけでよい。あとは江戸に問い合わせてくれれば話は通ずる。では、いったいどこで気持ちが挫《くじ》けたのだろうと、僕は昨夜の一部始終を思い返してみた。旅籠に入ったのは、話の成り行き上、酒を飲ませなければと思ったからだ。幸い亭主は十手に畏れ入ったのか、刀を預かろうとはしなかった。あるいはそうしたならわしのない宿だったのかもしれない。

通された座敷は街道に向いた二階で、厠は遠いが風はよく通る、と亭主は言った。ほかの客の気配はなく、隣座敷も空いていた。まったくもって、お誂《あつら》え向きの旅籠だった。

夕飯を食い、酒も入っていよいよ潮時と思ったころ、街道の闇に小笛が渡った。

按摩上下十六文。あの情けない呼び声がいけなかった。初めて人を斬る覚悟は、あのとき挫けてしまったのだ。不甲斐ないことに。

二階から按摩に声をかけたのは、玄蕃の注文を無下に断われば、かえって怪しまれるのではないか、と思ったからだ。このさき機会はいくらでもあろうけれど、目論見を悟られたら難しくなる。

だが僕はあきらめたわけではなかった。玄蕃に勧められるまま体を揉まれながらも、挫けた心を立て直そうとした。

代官所の役人にはこう答えるのだ。「押送中の科人にもかかわらず酩酊のうえ悪口雑言、あげくに刀を抜かんとしたゆえやむなく斬り捨てた」と。

しかし玄蕃は酩酊するほど飲んではおらず、悪口雑言もなく、刀も抜いてはいない。按摩は見えぬ分だけ勘がいいというから、問われて答えれば僕の嘘が露見する。ならばいっそのこと、按摩も斬り捨てるか。玄蕃が錯乱して按摩を無礼討ちにし、返す刀で僕にまで斬りかかってきた、という筋書でどうだ。

玄蕃の長唄はまだ続いている。「松の緑」はくり返すほどに調子が上がり、旅人たちは馬のまわりを群れ歩いていた。

「トテチテシャン、トテシャン、イヨッ」

口三味線までが高調子になって、旅人は大喜びだ。

感心している場合ではない。体を揉まれながらふたたび臍《ほぞ》を固めたというのに、どうしてまた挫けたのだろう。

按摩にかかるなどむろん初めてだが、こんなにも心地よいものだとは思ってもいなかった。たしかにこそばゆいし、痛い。だがそれにもまして気持ちがよかった。

あの按摩は、僕の心と体を剝がしたのだと思う。

やにわに起き上がって床の間の刀を執り、初太刀で玄蕃を、二の太刀で按摩を斬る。そんな手順まで考えていたというのに。

剣の極意は心技体の合一だと教わった。その心と体とが、按摩の指でめりめりと引き剝がされてしまったように思える。玄蕃が言った通り、名人だったのかもしれぬ。

「トテチテシャン、トテシャン、トテシャン、と。おい皆の衆、贔屓《ひいき》はありがたいが、天下の大道じゃぞえ。きょうはこれまで」

馬上でお道化ながら玄蕃が扇子を煽り、旅人たちはようやく道中に散った。

それにしても、騎馬の玄蕃は姿がいい。背筋がシャンと伸び、いかにも生まれついて馬に乗り慣れた旗本というふうだった。

たぶんはたから見ても、僕とはえらいちがいだろう。颯爽《さっそう》たる玄蕃の後ろ姿に倣《なら》って、僕も背筋を伸ばすのだが、何よりも尻が痛くてかなわぬ。

馬上与力の家に婿入りすると決まってから、あわてて馬術を習った。ところがいざ御役についてみると、あんがいのことに騎馬で出勤する与力などひとりもなくて、公用外出や捕物の際に、町奉行所の馬で乗り出すのがせいぜいだった。

石川の家には馬がいるし、町奉行所の北側には長細い馬場もあるのだが、僕にはやらねばならぬことが多すぎて、とうてい馬術の稽古までは手が回らなかった。

そんなわけで、僕の手綱さばきは婿入り前に一月ばかり、ほんの間に合わせの稽古をしたきりなのだ。しかも師匠という人は七十に近いと見える年寄りで、大坪流の看板も怪しいものだった。なにしろ杖に頼ってあれこれ言うばかり、馬に乗ったためしは一度もなかった。

僕に目をかけて、学塾にも道場にも通わせて下さった御組頭様も、さすがに馬術までは習わせてくれなかった。御先手組は徒役《かち》だから馬に乗ることはない。まさか格のちがう御与力様の家から婿取りの声がかかるなど、思ってもいなかったのだろう。

尻が痛い。馬の背には蒲団が敷いてあるのだが、その硬さかげんがかえって尻に応えた。

僕は馬を進めて玄蕃に並びかけた。

「大田原からは歩くぞ」

馬に乗りたいと言い出したのはむろん玄蕃だ。いや、そう言ったなり僕の意思などお構いなしに、佐久山宿の問屋場で勝手に馬を注文した。

貫禄たっぷりの玄蕃が人前で何かを言い出せば、僕はもうとやかく言えぬ。口を挟めば話がやこしくなる。まずいことに、どうやら玄蕃はそうした僕の立場に気付いたようなのだ。だからいよいよ勝手をする。

「何と、歩くか。おい、石川さん。てめえの腹が痛むわけでもねえのに、ケチケチするな」

「てめえとはどういう言いぐさだ」

僕が気色ばむと、二人の馬子は首をすくめた。佐久山と大田原の間を往還するばかりの、善良な馬子である。馬上で武士が諍《いさか》ったのではさぞ怖かろう。

「もとい。お手前の出費でもあるまいに、それは石川殿、いわれなき物惜しみではござらぬか」

「ふざけるな」

「いやさ、ふざけちゃいねえよ。それとも何か、石川さん。あんた、仮払いの経費をちょっとでも浮かして、懐に納めようてえ魂胆かえ」

僕は柄袋をむしり取って刀に手をかけた。とたんに馬子たちは曳綱を放り出して逃げ去った。馬は驚き、僕はひとたまりもなく振り落とされた。

何とも情けない話だ。僕は松並木に尻餅をついたまま、玄蕃が気合を入れて馬を追い出し、一町も先でみごとに暴れ馬の轡《くつわ》を取り押さえる一部始終を、ぼんやりと眺めていた。

生まれついての旗本は、きっと幼いころから馬術を教えこまれるのだろう。鉄炮足軽の子とは大ちがいなのだ。

あまりに情けなくて、泣きたい気分になった。僕は放り投げた柄袋を拾い上げて、刀の柄に着せた。

僕の馬を曳きながら玄蕃が戻ってくる。何を言われようと、こればかりは返す言葉もあるまい。心の捻じ曲がったあやつのことだ。きっと馬上で、とっておきの台詞《セリフ》を考えているにちがいない。

僕はまるで土壇場の罪人のように、力なくうなだれて、おのれの影を踏んでいた。馬の影が被いかぶさった。

「のう、乙《おと》さん――」

親しげに名を呼ばれて、僕は馬上の玄蕃を仰ぎ見た。

「馬は金物の音に敏《さと》いのだ。馬に跨って刀を抜こうなんて、もってのほかだぜ」

僕はウンと肯くことしかできなかった。学塾でも道場でも、誰に負けたおぼえはない。でも僕は、馬に乗れなかった。御先手鉄炮組同心、つまり馬に乗る必要もない鉄炮足軽の子だから。

「なにをいじけてやがる。さっさと乗れ」

僕は馬の首を叩いて詫びを入れてから、藁蒲団の鞍《くら》に跨った。松並木の土手に身をひそめていた馬子たちが、おずおずと戻ってきた。

何ごともなかったかのように、僕らの馬は道中を歩み始めた。

「のう、乙さん。いつだかの話の続きをしねえか」

そう言われたところで、僕らは話らしい話をしていない。玄蕃が語りかけてきても、僕はたいがい知らんぷりを決めていた。中途半端な話題など、ましてや思い当たらなかった。

「のう、乙さん。あんた、御徒《おかち》からの御養子さんだろう」

思い出した。杉戸宿の風流な野天風呂で月見酒を酌みながら、玄蕃が訊ねた。「よそからの御養子さんじゃねえのか」と。あのとき僕はびっくりして、話を玄蕃の家族に振り替えたのだ。つまり、僕の身上についてはそれきりになっている。

夏の陽光は雲に翳《かげ》り、街道には稲の匂いのする松風が渡っていた。そのまましばらく進んで拍子が抜けたころ、僕はようやく答える気になった。

「御徒ほど上等ではない。御先手組の同心から貰われてきた」

少し考えるふうをしてから、玄蕃は風に紛れる声で、「ほほう」と呟いた。

御徒衆は日ごろ上様の身辺を警固し、御役高は一律に七十俵五人扶持と聞く。御先手組同心よりずっと格上だ。ならば二百俵格の町与力に縁付いても、さほどふしぎはないと玄蕃は考えたのだろう。あるいは、そうした例を知っているのかもしれない。

だが、三十俵二人扶持の御先手組同心の倅が、二百俵の騎士である町与力の家に迎えられるなど、ありえぬ話なのだ。

「すると、いったんどこぞの養子に入ってから、石川家に婿入りしたのかえ」

「いや。急な事情があって、そうした手順も踏めなかった」

「のう、乙さん。無理強いはしねえが、その事情とやらを聞かせてくれめえか。俺ァ何だか、あんたが気の毒に思えてきた」

僕は石川家の事情を、さほどのためらいもなく語った。実家の窮状を話す気にはなれないが、石川の家については、さほど恥を晒すとも思えなかったからだ。

むろん婿入りしたからには、実家よりも石川の家である。だが貧乏が身にしみている僕にとって、銭金に不自由のない石川家の事情は、深刻でこそあれ恥ずべきものではなかった。

「なるほどのう。跡襲《あとと》りのないまま主が倒れた、と。そりゃあ泡食うわな。で、この際だから誰でもいい、か」

ヒャッ、ヒャッ、と玄蕃は下品な高笑いをした。

「おい。その言い方はなかろう」

「いやいや、ほかの御役ならともかく、町与力は馬鹿じゃ務まるめえ。たとえ分限ちがいでも、腕達者でおつむがよけりゃあ、誰でもいいってわけだ」

「その通りだ。だったらそう言え」

玄蕃は馬上でやや身を引き、僕の騎馬姿をしげしげと見渡した。

「そういや、伝馬町を出るとき牢屋奉行が言ってたな。逃げても無駄だと」

「さようなことは言うていない」

「いや、たしかあんたは去年の講武所撃剣試合とやらで優勝した、心形刀流の免許も得ている、とか。そりゃ、逃げても無駄って意味だろうぜ」

そこでまた高笑いをした。しかし今度は何を考えているやら笑いが治まらず、いっそう高揚して腹を抱えるのだ。

「いいかげんにしろ。何がおかしい」

「ヒェー、苦しい。息が継げぬわい」

「優勝も免状も伊達ではないぞ」

逃げられるものなら逃げてみろ、と言いかけて僕は口を噤《つぐ》んだ。大笑いのわけがわかったのだった。

「さて、それじゃ逃げるか」

玄蕃が手綱を引き寄せた。

「待て、やめろ」

僕はあわてて止めた。このまま馬で逃げられたなら、それきりだ。

「冗談だよ、乙さん。お家の事情まで聞いちまったからにァ、俺が潰すわけにもいかねえだろ。やあ、失敗した。聞くんじゃなかった」

もし押送中の流人に逃げられたなら、僕はどうするだろう。

草の根分けても探し出して、叩ッ斬るか。いや、馬で逃げられて追いつけるはずもなく、見つけられるわけもない。それで結局はおめおめと江戸に帰り、罪に問われるまではないにせよ、叱責のうえ当分の間は謹慎、あるいは町奉行所与力の務めに堪《た》えずとされて、御役替えか。

つまり、入婿として石川の家を護りたければ、腹を切るほかはないのだ。

そこまで考えて僕は、身分こそちがうが武士である限り、僕と玄蕃の間には何の隔りもないのだと知った。

「しかし、あんたも苦労な人だの。世の中には分相応てえ道理があってな、背伸びをしてろくなことはねえのだ」

ごもっとも。僕自身、この半年の間に何べん考えたか知れない。同じ分限の家に婿入りしていれば、どれほど気楽だったろう、と。たとえ貧しくとも、家族が夕餉の膳を囲んで笑い合えるのなら、どれほど幸せだろう、と。

そして、そんなことをふと考えるたびに僕は姿勢を正して、おのれのうちなる卑屈さを叱った。

「するってえと、お家の跡を襲《と》るにしたって、御先代からは何も教わっちゃいねえってわけかい」

「いや、そのあたりは親戚筋や上司の方々に面倒を見てもろうた」

僕は石川家の名誉のためにそう答えた。面倒を見てもらったと言えば嘘にはあたるまいが、周囲は僕に対して冷淡だったと思う。少くとも、事情を知って親身になってくれた人はいなかった。

わからぬことを訊ねても、しばしば知らんぷりをされた。どなたも忙しいのだろうと思っていたが、南町奉行所の上番月が終わって門が閉ざされてからも、やはり人々の冷ややかさは変わらなかった。

町奉行所にかかわらず、どこの御役でも倅は元服すれば父親とともに出役《しゅつやく》して仕事を覚える。

たまに御城内諸門の警固に出る実家の父も、まだ家督を譲ってはいないから、今も兄とともに上番している。申し送るほどの面倒などない門番ですらそうなのだ。

むろん、町奉行所与力の仕事の繁雑さは較べようもない。誰にも教わらずに体で覚えるのはどだい無理だった。

僕は同心たちからは嫉まれ、与力たちからは蔑まれている。そんなことはとうに承知している。だが、月日の経つうちに僕は、僕が疎んじられるもうひとつの理由を知った。

どうやら古株の与力であった石川の父が、人々から嫌われていたらしいのだ。

何がどこがと考えてもわかるはずはない。なにしろ父は寝たきりで、口も満足にはきけぬうえ筆も持てないのだ。達者なころの父を知らないから、人格すらもわからない。つまり、僕が朝に晩に寝所へと出向いて挨拶をする老人は、本来どういう人物であったか知る由もない、それでいて公私にわたり僕の言動のことごとくにかかわり合う、いわば神仏だか魔物だかわからぬ存在だった。

父が人々から忌避されていたことにちがいはない。石川の家に見舞いの客が絶えてないのも、たぶんそのせいなのだろう。そして、親戚筋や同役の家から婿を求められず、御先手組頭を通じて僕を見つけ出したことも、そう考えれば合点がゆくのだ。

「しかしまあ、そんな事情があるんならあんたは上出来だ。見てくれも立派な御与力様だし、まじめのうえに糞がつくわ。それでもうちょいと、肩の力が抜けりゃ言うこたァねえんだがなあ」

他人に褒められたのは、ずいぶん久しぶりのように思えた。

青山玄蕃はろくでもない侍だが、嘘をつかない。そのことだけはわかっているから、立派だの上出来だのと言われて、僕は嬉しくなった。

いつしか松並木の根方に沿って、槿《むくげ》の花が咲いていた。白があり、薄紅色があった。それらがとりどりに長い茎を撓《たわ》ませて風に揺れるさまは、風の調べに合わせて舞い踊るかのようだった。旅人の目を娯しませるだけの花垣を、いったい誰がこしらえたのだろう。

「そんな苦労を背負《しょ》ってるあんたに、とんだ迷惑をかけちまったな」

槿の舞いに目を細めながら、ふと呟いた玄蕃の詫びが僕の胸にしみた。

大田原の宿場で馬を捨て、日照り続きで水かさの減った那珂川《なかがわ》を徒渡《かち》りした。その先は山中に分け入るような登り坂が続いた。ここにこそ馬があればと僕は思ったが、玄蕃は不満を口にしなかった。

左右は昼ひなかから蜩《ひぐらし》の鳴く杉林である。物言えば息が切れる。僕らは黙々と那須野への登りを急いだ。

胸が轟き、汗が滴り落ち、なにくそと足を進めるほど、むしろ無心にはなれなくなった。体とはうらはらに頭がべつのことを考えてしまうのだ。

同じ歩くにしても、江戸市中とはちがって目に留まるものが何もない。人の声も、喧噪もない。すると思い出したくもないことどもが、血の巡りに押し出されるように甦ってくるのだった。

数歩先を行く玄蕃も同じだろうか、と僕は歩きながら思った。

捨ててきた家族のこと。改易されてしまった家のこと。いや、そんな人並みの改悛《かいしゅん》などはあるまい。きっと情を通じた女でも思い出しているのだろう。

玄蕃は相変わらずの健脚だ。たくましい脛《はぎ》を躍らせながら僕の目の上を歩いてゆく。その力強さはともすると、地べたに遣り場のない怒りをぶつけているようにも見えた。やはり僕と同様、思い出したくもないことどもが溢れてきたのかもしれなかった。

草鞋《わらじ》のあしうらが、胸の底に埋めたはずの石を踏んだ。

花もあらかた散った、生ぬるい風の吹く晩のことだった。宿直《とのい》の僕が与力番所で夜なべ仕事をしているところに、表門詰の同心がこっそりやってきて、妙な伝言をした。「北の同心が石川様に取り次げ、と」

北町奉行所の役人が南を訪ねてくるのは、べつだん珍しくもない。むろんその逆もしばしばある。南北の町奉行所は月番交代で、その夜は北の当番月だった。

よほど急な用件でこちらの調書を見たいのか。だにしても名指しにされたのは気味が悪かった。もっとも、見習与力の僕がひとりで抱えている事件などはないから、宿直の与力に取り次げ、という意味なのだろうと思ったのだが。

いそいそと表門に向かった。門続きの同心詰所の前に、着流しの同心が立っていた。提灯の上明りに照らし出された顔には憶《おぼ》えがなかった。

「石川様でございますな」

背が高く目つきの鋭い、熟練の定廻りと見えた。そこで僕は、もしや石川の父と僕を取りちがえているのではないかと思い、そのようなことを言った。

「いや、石川乙次郎様へ」

用向きを訊ねても、仔細は申し上げられぬ、ご同道下されよ、と言うばかりだった。同心の分限で与力に無理強いをするなど、生半可な話ではあるまい。

思い当たるふしは何もなかった。門番の同心を闇に呼び寄せて訊ねれば、たしかに北の役人で、まちがいのない者だと言う。

そこで僕は、言われるままに同道した。みちみち同心は、僕の問いには答えようとせず、「他言はいたしませぬのでご安心を」だの、「ご苦労なされますのう」だのと、むず痒《がゆ》い言い方をするばかりだった。

南町奉行所を出て鍛冶橋を渡り、御濠ぞいに歩いた。呉服橋御門内の北町奉行所に向かう様子はなかった。

出役《しゅつやく》して間もない僕は、何かとんでもない粗忽《そこつ》をしたのではないかと考えた。北の御奉行様か御目付かに呼び出され、どこかちがう役所か御屋敷かで、こっぴどく叱られるのではなかろうか、などと。そう思うほどに、無言の同心を問いつめる気も喪《うしな》われた。

さらに竜閑橋《りゅうかんばし》を渡って、同心は神田の町人地に歩みこんだ。時刻はすでに九ツを回っていただろう。月は高く、まっすぐな道の先には駿河台の稜線が瞭《あきら》かだった。

同心は木戸脇の辻番所の前で足を止めた。一町に一軒ずつ設けられている当たり前の辻番所が、何やら破《や》れ傾いた御堂のように見えた。月かげがあたりの屋根瓦をてらてらと濡らしていた。

「お連れしたぞ」

同心が言えば「へえい」と声が返って、たてつけの悪い戸が引き開けられた。

上がりかまちには堅気とは見えぬ大貫禄が半纏《はんてん》を羽織って腰掛け、三白眼の子分どもが一斉に僕を睨みつけた。

「お顔を拝見」

大貫禄が挨拶もなく言い、同心が提灯の上明りを僕の顎に向けた。

「ちげえねえや。石川の御与力様でござんすね。あっしァ、このあたりで十手取縄を預かっておりやす、紺屋《こうや》の熊《くま》てえ者にござんす。夜分お呼び立てして申しわけござんせんが、こればかりァこっちから出向くわけにもいかねえもんで」

若い衆が奥の板戸を開けた。とたんに僕は、夢なら覚めよと目を瞑《つむ》った。

猿轡《さるぐつわ》を嚙まされ、後ろ手にふん縛られて、弟と妹がうなだれていたのだった。

紺屋の熊五郎《くまごろう》という二ツ名は知っていた。北は神田川の柳原土手、南は紺屋町から鎌倉河岸までの神田一円を取り仕切る大親分だ。

「仔細を承わろう」

平静を装ってそう言ったが、たぶん僕の顔は青ざめていたと思う。

「いえね、旦那。あっしァ、これをネタに金をゆすろうなんてえ、ケチな男じゃござんせん。そこんところはひとつ、ご安心なすって下さんし。しかしまあ、よく似たご兄弟でござんすな。ひとめ見てそうとわかりやす。旦那にとっちゃ、さぞかし迷惑でござんしょうが」

紺屋の熊五郎は、手下《てか》千人を養うと言われる大器量だ。十手取縄を預かっているとはいえ、働くのは子分どもで、いちいち熊五郎が番屋に出張ってくるわけはない。

つまり、何かをしでかした弟と妹が、僕の名を出したのだ。兄が南町奉行所の与力と聞けば、定廻りの同心もおいそれとは手が付けられず、まずは僕を呼び出そうという話になった。「こっちから出向くわけにもいかねえ」と熊五郎が言ったのは、事を内々にすませたいという配慮にちがいなかった。

「屋敷を訪ねたか」

僕はさしあたっての気がかりを口にした。この夜更けに石川の家に来られたのでは、母や妻に嘘をつかねばならないと思ったからだった。

「いえ、北町奉行所で南の勤番を確かめ申した」

さすがは熟練の定廻りだ。

僕は胸を撫でおろした。おそらく弟と妹が、僕の事情を説明したのだろう。そういうことなら石川の家を巻きこむべきではないが、もし宿直ならば今夜のうちにけりがつく、と北の同心は気を回してくれたのだと思う。

「おう、お与力様にこのザマを見ていただいたんだ。お縄を解いてやれ」

それから熊五郎は、二人がしでかした事の顚末をとつとつと語った。僕に対する遠慮は何もなく、そのぶん虚飾もないとわかった。聞くだにおぞましい話だった。

神田岩本町《いわもとちょう》のさる大店《おおだな》の主を、おせんが誑《たら》しこんだ。四十を過ぎてまじめ一方の商人が、十六の小娘に言い寄られたのではひとたまりもない。初めは小遣銭を渡していたものが、そのうち一両だ二両だ、やれ着物だ帯だとせがまれ、しまいには与之介がお店に乗《の》っこんで、よくもかわいい妹を傷物にしやがったな、という脅迫めいた話になった。つまり、美人局《つつもたせ》だ。

店主にはむろん女房子供がいる。しかもまずいことには番頭上がりの入婿だった。与之介は十両よこせば勘弁してやると言うのだが、財布は姑《しゅうとめ》と女房が握っているので都合はつかぬ。ましてや兄妹の性悪さからすると、それで縁が切れるとも思えなかった。そこで店主はやむにやまれず、熊五郎に相談したのだった。

「あっしァ御法などよくは存じませんが、十両盗めば首が飛ぶてえことぐれえは知っておりやす。そりゃあ、美人局だって同《おんな》しでござんしょう。したっけ、こいつらの首はともかく、さんざ苦労をかけたにちげえねえおまえ様まで、世間を狭くするのは忍びねえ。そこで、夜分お迎えに上がったてえ次第《しでえ》でござんす」

それから熊五郎は僕の肩に手を置いて、「けっして下心はござんせん」と重ねて言った。

盗ッ人のほうがまだしもマシだ。僕は与力の分限も忘れて、熊五郎と北の同心に頭を下げた。詳しい話など聞きたくもない。振り返って与之介とおせんの顔を見るのもいやだった。どうかなかったことにしてほしいと、僕は子分どもにまで懇願した。

「おおい、石川さん。どうした、どうした、息が上がっちまったか」

玄蕃が坂の上で手を振った。夏空が豁《ひら》け、光がはじけている。どうやら峠をきわめたらしい。

貧乏は怖ろしい、と僕は思った。幼い日々を振り返るにつけ、与之介とおせんが生来の性悪だとは思えない。貧乏に食い潰されてしまったのだ。疫病に体を蝕《むしば》まれるように、あんなにも素直で愛らしかった与之介とおせんは、心を貧乏に乗っ取られてしまった。

峠の頂は木が払われて、彼方の地平に小さな富士が望まれた。僕らはころあいの岩に腰を下ろして、この先はもう見られぬだろう富士を眺めた。むろん玄蕃にとっては、金輪際の見納めにちがいなかった。

江戸は起伏に富んだ厄介な土地柄だが、そのかわり小高い場所に立てば、手に取るように富士を望むことができた。富士見町だの富士見坂だのはあちこちにあった。

「のう、石川さん。みちみち何を考えていなすったんだえ」

遥かな富士に目を細めたまま、玄蕃が訊ねた。まったく、変に勘のいいやつだ。僕は汗を拭いながら答えた。

「のらくら者の弟がおっての。立場が立場ゆえ、迷惑を蒙っている」

愚痴をこぼすつもりはなかった。毒を吐き出すにはころあいの相手だと思った。

「部屋住み厄介がまともに育たねえのはあたりめえさ。珍しくもねえ話だ、気に病んでいたらきりがねえぞ」

「知ったかぶりはするな。おぬしのような御旗本にわかるはずはない」

「いやいや。御禄にかかわらず、部屋住みはいるもんだぜ。そんで、たいがいはのらくら者になっちまう。それも、旗本を笠に着ている分だけ手に負えねえ」

「手に負えぬのはおぬしのほうだろう」

さすが気に障ったとみえて、玄蕃は一瞬真顔になったが、じきに「ちげえねえ」と肯いた。

もし玄蕃に部屋住みの弟がいるのなら、いきなり闕所改易という話にはなるまい。不埒《ふらち》な当主を押し込めるか隠居させるかして、弟が跡を襲《と》ればどうにかなろう。

僕らは岩の上に腰を下ろしたまま、長いこと富士を見つめていた。のらくら者の弟の話は袋小路に嵌まって、僕は語ろうとせず、玄蕃も深く訊ねようとはしなかった。

「旗本屋敷からは富士が見えよう」

僕はつまらぬことを訊いた。千石取りの旗本ならば、たぶん屋敷地も千坪ぐらいあって、庭の高みからは富士が見えるのではないか、などと思ったのだった。

「いや。番町はあんがい低くて、富士なんざ見えやしねえ。麴町《こうじまち》の通りまで出りゃあ、馬の背の道だから見える。市ヶ谷の御濠を渡った向こうっ河岸《かし》ならまちげえねえな」

武役五番方の御旗本が住まう番町を、僕は知らなかった。麴町の通りから市ヶ谷土手まで拡がるその御屋敷町は、牛込界隈に住まう御家人の子供らが足を踏み入れられるようなところではなかったし、町奉行所の与力や同心も縁がなかった。

慶長元和《げんな》の昔から、将軍家直率《じきそつ》の騎馬武者が住まう町だった。東は千鳥ヶ淵に接し、御城から大声で呼べば届くほどだ。

「あんたの家からは見えたかい」

たぶん、生まれ育った家のことを訊ねているのだろう。僕は富士を眺めたまま苦笑した。

「板塀に囲われている」

大縄地の家なみは建てこんでいて、景色が見えるような隙間はなかった。いや、貧乏同心の家族には、そもそも風流をする余裕などなかった。花を咲かせるよりも芋や菜をこしらえねばならぬ暮らしのどこに、富士の姿の入りこむ隙があるだろう。

牛込榎町の大縄地は、世間から「同心屋敷」と呼ばれる貧民窟だった。武士の見栄だけに支えられたあんな場所に生まれ育った子供が、まともな人生を歩むはずはない。うまく運んだように見える僕も、きっとみずからはそうと気付かぬ、汚れや歪みを抱えているにちがいなかった。

ところで、与之介とおせんがお白洲に引き出されることはなかった。実家の父母の了簡ずくで与之介は紺屋の盃を貰い、おせんは熊五郎の家に住み込んで、女房に面倒をかけることとなった。それきり音沙汰ないのは、うまく運んでいるからだと思う。

峠の先も上り下りの山道が続いた。これまでずっと平らかな道中であったせいか、なかなか足腰にこたえた。

間宿《あいのしゅく》とも言えぬ山中の村で一休みしたときには、はや陽は西に傾きかけていた。

日光十六里。江戸四十一里。仙台五十里。会津二十四里。道端の一里塚にはそう刻まれていた。四日がかりではるばる歩いてきたが、それでも仙台までのなかばにも達していない。そして、その先もまだまだみちのくの旅は続くのだ。

茶店の婆《ばば》が言うには、今から白坂《しらさか》宿や白河の御城下をめざしたなら、難所の峠で日が昏れてしまうらしい。まさかこのご時世に山賊は出ぬにせよ、食いつめたお尋ね者が追い剝ぎぐらいはやりかねぬから、次の芦野《あしの》宿に泊るがいい。

妙に親身になってそう勧めながら、婆はけさがた代官所から届いたという人相書を、ほれ見よとばかりに僕の鼻先で拡げた。
稲《いな》妻《ずま》小《こ》僧《ぞう》事《こと》上州《じょうしゅう》無《む》宿《しゅく》勝《かつ》蔵《ぞう》
文《ぶん》政《せい》九《く》年《ねん》戌生《いぬのうまれ》　三《さん》拾《じゅう》五《ご》歳《さい》
身丈五尺三寸程　眉太獅子鼻色浅黒
月代《さかやき》濃ク右頬引疵《ひききず》一寸五分程
後背ニ黒雲稲光様刺青《いれずみ》有《これ》之《あり》
右之者儀　七八年来乾分《こぶん》一味引連《ひきつれ》
御府内商家ニ度々《たびたび》押込《おしこみ》　金弐《に》阡《せん》五《ご》百《ひゃく》両余
強盗ニ及ヒ遣捨《つかいすて》候由《そうろうよし》
追而《ついて》ハ　捕押《とりおさえ》若ハ《もしくは》討果《うちはたし》候《そうろう》手柄ニ付《つき》
金五拾両
居《い》処《どころ》突《つき》留《とめ》届出《とどけいで》候《そうろう》手柄ニ付《つき》
金拾両之褒美被遣《つかわさる》者也
芦野陣屋代官

いかにも獰悪《どうあく》な人相書の下に、そのような仔細が刷られていた。

「ほう、懸賞首か。きょうび珍しいの」

玄蕃が横あいから覗きこんだ。やはり御旗本は世事に疎いらしい。江戸市中に稲妻小僧の名を知らぬ者はいないはずだ。

そう言えば、僕が南町奉行所に出仕したころ、その一味の幾人かを北の捕方が挙げたと聞いた。

「代官所から人相書が出てるんじゃや、ここいらに足跡があるってことかい」

へへっと、玄蕃は面白そうに笑った。

六

小女に足を洗わせながら、なにげなく旅籠の立派な造作を眺め渡し、勝蔵はひやりと息を詰めた。帳場の脇に、てめえの人相書が貼りつけられていた。

幸い似ているとは思えぬが、顔の下には何やらこまごまと書いてある。面構えの特徴といえば、鰓《えら》の張った四角い顔と獅子鼻ぐらいで、まずそんな面相は珍しくもあるまい。

これだこれだと思い直し、勝蔵は汗を拭うふりをして頰の古傷を隠した。

「お客さんは、どちらまで」

子守り女がようやく出世したと思える小女は、何もそこまでというほど丁寧に足を洗いながら、愛嬌たっぷりに訊ねてきた。訝《いぶか》しむ様子はない。

「仙台さ」

「あら、お江戸から」

「どうしてわかる」

「サだのゼだのは江戸の人って」

小女は白い前歯をこぼして笑った。器量よしだが頭もよさそうで、これはあんがいうっかりできぬ。

落ち着け。人相書は似ても似つかぬ。東海道や中山道ならともかく、よもや奥州道中まで手が回るとは思ってもいなかったが、念のための変装も怠りない。仙台平《せんだいひら》を買い付けにゆく江戸の小《こ》商人《あきんど》という体《てい》で、まず疑われるはずはなかった。

「お一人部屋なら、お酌に上がりましょうか」

「一丁前に粉かけやがる。おめえさんが来るわけじゃあるめえ」

「おあいにく」

「なら用はねえ」

飯盛女を買いたいのは山々だが、背中《せな》の稲妻を晒すわけにはいかなかった。

そこまで考えて勝蔵は思い当たった。たぶん、宿場ごとに呼んでいる飯盛女の誰かしらが訴え出たのだ。ゆんべのお客は稲妻小僧だ、と。さもなくば、江戸の御朱引から四十里を隔てたこの山間《やまあい》の宿場に、狙い定めた手配書など回るはずがなかった。

そのとき、日除け暖簾を分けて二人の侍が入ってきた。勝蔵は顔を伏せた。腰に差した朱房の十手が目に入ったのだった。

うろたえてはならない。勝蔵は素知らぬ顔で小女に語りかけた。

「おめえさん、齢はいくつだえ」

「十三です」

「はあ、ずいぶん大人びた娘だの。それじゃあまさか、酌をせえとは言えねえ」

侍たちは勝蔵に並んで腰を下ろした。盥《たらい》が運ばれてきた。

このあたりの地侍ではなかろう。ちらりと見た旅姿は垢抜けていて、江戸詰の御陪臣か御家人か、と勝蔵は勘を働かせた。

そして十手を差しているからには、稲妻小僧を追っている捕方とも思えた。

咽の渇きを覚えて、勝蔵はかたわらに置かれた湯ざましをずるずると啜った。

「さて、さっぱりしたわい」

過分の心付けを渡すと、小女はかえって丁寧に足を拭い、脛《はぎ》まで揉み始めた。

気付かれてはいない。いったん座敷に上がってから、夜に紛れてずらかるほかはなかろう、と勝蔵は肚をくくった。

「まだ七ツ前だぞ。白坂まで行けぬはずはあるまい」

「おい、石川さん。何をぐずぐず言うておるのだ。もう足を洗《あろ》うているのだぞ」

おや。どうやら二人は仲たがいしているらしい。芦野で泊るか白坂まで伸《の》すか、そんな話で険悪になるわけはないから、もともと反りが合わぬのだろう。

ざまァねえや。息のかかるところにお尋ね者が腰かけているのに、ああだこうだと揉めていやがる。

「酒はたいがいにしておけ。日のあるうちに飲み始めてはならぬ」

「下戸《げこ》が何を偉そうに言う。まったく、ああせえこうせえと、いちいち面倒臭いやつだ。おい、女中。酒の仕度をせよ」

「いいかげんにしろ。おのれを何様だと思うているのだ」

つまらぬ言い争いが気に障って、勝蔵はつい話に割って入ってしまった。

「お黙んなせえ。お侍がみっともねえ」

シマッタと思っても声は取り返せぬ。しかも女どもが一斉に立ち上がるほどの大声だった。けっして向き合わず、暖簾ごしの入陽に目を細めたまま勝蔵は続けた。

「いやはや、とんだご無礼を。道中のごたごたは、どんなまちがいを起こすかわかりゃしません。ましてやお武家様は金物をお持ちでござんす。お控え下さいまし」

深々と頭を下げた。理はこちらにあるのだから無礼討ちでもあるまいが、面と向き合ってはならない。

勝蔵はそそくさと上がりこみ、顔をもたげずに畏れ入ったふりをして玄関を離れた。

悪党の癖に妙な義心のある、この気性が厄介なのだ。今の説教にはてめえの首がかかっていたというのに、物も考えず口が動いてしまった。

梯子段を上るとき、ふと気になって目の下の人相書を見た。殺しても捕まえても五十両。居場所を教えただけで十両。もし見まちがえでなければ、たしかにそう書かれていた。懸賞首だ。

二階の吹き抜けから玄関を見下ろすと、二人の侍は勝蔵の説教などどこ吹く風で、まだああだこうだと言い争っていた。

よほどの確執を抱えているのだろうか、たがいのほかには何も目に入っていないようで、勝蔵にとっては物怪《もっけ》の幸いだった。しかも今さっきの説教で面通しはすませたようなものだから、もう疑われることもあるまい。

通された座敷は田舎間《いなかま》の三畳で、狭苦しいがいざというときには、街道に面した庇屋根づたいに逃げられそうである。

稲妻小僧の二ツ名の由来は、背中の刺青ばかりではなかった。逃げ足が早く、身が軽い。だから子分三人が一網打尽となった捕物でも、肝心の勝蔵ひとりが逃げおおした。

「やれやれ」

番茶を啜りながら、勝蔵は柄にもなく弱音を吐いた。あの役人どもに捕まるとは思えぬにしろ、山間の宿場の夕空を仰げば、広い世間がとうとうこうまで狭くなったような気がしたのだった。

いんやまだまだと、勝蔵は顎《おとがい》を振った。

それにしても、五十両の懸賞首とは畏れ入った。この首にそんな大金が懸かっているとは知らなかった。当分の間は左うちわで過ごせる金だ。押し込み強盗だって一夜に五十両の揚がりがあれば御の字だった。

風に当たって煙管《キセル》をくゆらせているうちに、気分が落ち着いた。なになに、これまでにはもっと危ねえ場面が、いくらでもあったじゃねえか。それをひとつ残らず潜り抜けたればこそ、稲妻小僧の二ツ名を蒙ったのだ。たまさか腐れ役人と同宿したぐれえで、何を痺れていやがる。

おっと、その腐れ役人どもが梯子段を上がってきやがった。酒を飲むだの飲ませぬだの、相も変わらずどうでもいいことで揉めている。

口のききようからすると、齢はちがっても上下《かみしも》はないらしい。酒癖の悪い同役を、片方が宥めているのか。だにしてももう草鞋は脱いだのだから、飲むなと言うのもずいぶんお堅い話だと勝蔵は思った。

障子の隙間から覗けば、役人どもは吹き抜けの廊下をぐるりとめぐって、向こう座敷に上がった。一安心である。

勝蔵は障子を開け、聞こえよがしの大声で言った。

「おおい、さっそく一本つけてくんねえ」

言ってしまったあとで、やっぱり聞こえよがしも大人げねえと思い直し、「お向かいさんにもな。ご無礼のおわびにおごらせてくれ」と付け足した。

まったく、てめえでてめえが嫌になる。ようやく一安心したというのに、またぞろ余計を言ってしまった。説教したきりでは、どうにも後生が悪いのは当たり前だが、嫌がらせを言った同じ口で、酒をおごらせてくれもねえものだろう。

向こう座敷から、「やあ、かたじけない」と嬉しそうな声が返ってきた。銚子をつまんでやって来たらどうする。勝蔵は声高に言い繕った。

「いえいえ、首が飛んでもふしぎじゃなかったもんで。これにてお許し下さんし」

答えはなかった。どうやら勝蔵の一言で、飲む飲ませぬの悶着は終わったらしい。

この気性でよくも命が繫がっているものだと、勝蔵はしみじみ思った。


この時刻からなら次の峠は越さず、手前の芦野宿に泊るがいいと茶店の歯欠け婆《ばば》ァは言った。音に聞こえた稲妻小僧が、今さら追い剝ぎでもあるまい。ましてやこちらは、浪々の身とは言え二本差しの侍である。

野老山権十郎《ところやまごんじゅうろう》は婆ァが拡げた人相書に目もくれなかった。面構えも添書もすっかり頭に入っている。書き物をいちいち持ち歩くようでは、賞金稼ぎとは言えぬ。

稲妻小僧の手配を知ったのは、宇都宮の城下だった。高札場の脇で客を呼ぶ瓦版売りの口上によれば、一夜の相手をした飯盛女が刺青に思い当たって届け出たらしい。

さて、風をくらって逃げ出したお尋ね者が、のんびり道中をしているとは思えぬ。それでも宇都宮を立った翌日には、こんな峠の茶屋にも当地の代官名で人相書が回っているのだから、飯盛女が届け出る前に足取りは捉まれていたのだろう。

だとすると、これぞ賞金稼ぎの出番だと権十郎は勇み立った。

このあたりの沿道は、大名の領分と旗本の知行地が入り組んでいる。那須七党と呼ばれた古来の豪族が、そのまま徳川将軍家に本領を安堵されたからである。

大田原領を過ぎれば黒羽《くろばね》の大関領となり、じきに旗本芦野家の采地に入る。

こうした諸家にしてみれば、江戸の巷《ちまた》を騒がせた大泥棒など他所事《よそごと》にすぎず、そもそも逃げてきたのが迷惑で、追手を出してまで引っ捕えるつもりはあるまい。そこで、賞金稼ぎの出番が回ってくる。

「のう、お侍様。きょうの泊りは芦野宿になさいまし。稲妻小僧は天下の悪者だで」

権十郎ははたと思い当たった。まさか稲妻小僧が、そうとわかる盗ッ人装束で旅をかけているはずもなし、おそらく芦野宿の生まれ育ちにちがいない歯欠け婆ァは、当のご本人にも同じことを言っただろう。

「いい宿屋はあるか」

「はい、ございますともさ。そりゃもう立派な旅籠で、酒も料理もうまいこと。で、ここだけの話ですけど、別嬪の飯盛女もたんとおりますで」

宿の名を聞くと、野老山権十郎は深編笠の紐をきりりと結んで立ち上がった。

芦野宿の先には、関東と奥州の境とされる明神峠《みょうじんとうげ》がある。その難所を越えれば、御譜代阿部《あべ》播磨守様の白河領となる。

もし稲妻小僧が茶店の婆ァにおのれの人相書を見せられたなら、宿場改めがあるかもしれぬ白河城下には泊るまい。日の高いうちでも手前の芦野宿に草鞋を解いて、明日は一気に白河領を越すだろうと権十郎は読んだ。

それにしても、五十両は太い。多年にわたる賞金稼ぎの渡世を顧みても、懸賞金と言えば罪状にかかわりなく一両か二両がせいぜいのところで、どれほどの極悪人でも十両の値はつかなかった。

このごろ物の値段が鰻上りになっているせいもあろうが、さすがは天下の大盗賊稲妻小僧である。

正直のところ、見たためしもない五十両の大金はまるで実感を欠くのだが、稲妻小僧を討ち取ったとなれば直参に取り立てられ、御旗本までは望まぬが町方与力ぐらいには出世できるのではあるまいか。などと思えば、芦野宿に向かう山間の道ももどかしくてならなかった。

野老山権十郎は生まれついての浪人である。つまり、父親が浪人のまま急な病で死に、商家や賭場の用心棒稼業を引き継いだ。そのうちたまたま、返り討ちに果たした押し込み強盗が一両の懸賞首であった果報がきっかけとなって、賞金稼ぎという荒くれた稼業に身を置くこととなった。

むろんそれだけで食い凌ぐことはできぬ。お尋ね者が多く潜む上州野州を渡り歩き、博徒《ばくと》の食客として噂話を集め、ときには親分の意を汲んで見知らぬ人を斬り、喧嘩の助っ人も務める。まかりまちがえば、おのれの首に懸賞をかけられてもふしぎのない渡世だった。

当然のなりゆきとして、女房子供は持たぬまま四十の坂を越えた。だが権十郎には、おのれの人生をはかなむ気持ちなどない。むしろ、武士を捨てきれなかった父親を憎んでいるくらいだから、女房も子供も欲しいとは思わなかった。

道場にも通えず、剣術の師匠はもっぱら父親だったが、斬った人の数だけ腕には覚えがあった。どこかでふいに終《しま》いとなっても嘆く者はいない。亡骸《なきがら》の引き取り手もなく、無縁墓に葬られるのがおちだろう。そんな人生ならば、さっさとけりをつけたほうがよかろうなどと、このごろ考えるようになった。だからこそ五十両の懸賞首は、いよいよ太く思えるのである。

やがて芦野宿に至ると、権十郎は茶店の婆ァが勧めた那須屋なる旅籠をめざした。

なるほど、総二階の立派な造作である。酒も料理も上等で、別嬪の飯盛女も置いているという。

暖簾を分けたとたん、まず目に飛びこんだのは、玄関で足をすすぐ二人の侍だった。十手を差しているからには、稲妻小僧を追っている役人だろう。先を越されてはならない。

「ごめん」と一声かけて框《かまち》に腰を下ろすと、たちまち小女が盥を運んできた。十手者のひとりが西陽に手をかざしながら権十郎を睨みつけた。しかし、げっそりと痩せた浪人体がとうてい稲妻小僧ではないと悟ったのか、じきに目をそらした。

「いらっしゃいまし。おひとり様でらっしゃいますか」

「相部屋でもかまわぬ」

「いえいえ、お部屋はたんと」

幼さの残る小女は、眩《まば》ゆいほどまっすぐに権十郎を見上げてほほえんだ。

客が飯盛女を呼べるよう、多くの小座敷を用意してあるという意味らしい。

ふと、この娘も幾年か経てば客を取るのだろうかと思った。思うだに痛ましくなって目をそらすと、何やら言い争いながら十手者が梯子段を上りかけていた。日のあるうちから酒を飲む飲まないのと、つまらぬことで諍《いさか》っているらしかった。

梯子段の裏では、番頭が十手者の大小を刀簞笥《かたなだんす》に納めていた。

「ご無礼とは存じますが、お腰物を預からせていただきます」

宿の主らしい年寄りがやってきて、丁重にそう言った。お定めではあるまいが、飯盛女を置く宿屋はあらまし同様である。女をめぐっての悶着を、刃傷沙汰にさせぬためであろうか。

刀を手放したくはないが、おのれだけ手元に置く理屈はなかった。

「十手は預からぬのか」

梯子段を見上げて権十郎は訊ねた。亭主は困ったふうに肩をすぼめ、

「お役人様に十手取縄までよこせとは、なかなか」

「役人の出張なら、本陣でも脇本陣でも使えばよかりそうなものだ。どうして飯盛旅籠などに泊

る」

「それはまあ、お役人様とて男にはちがいございませんから」

日の高いうちから十手者が飯盛旅籠に投宿するとは怪しい。さてはここに稲妻小僧がいると、目星をつけたのではあるまいか。

「芦野陣屋の役人かの」

「いえ。御陣屋のお侍様なら、みなさま見知っております。おそらくは江戸からのご出張かと」

亭主も旅の十手者を訝しんでいるようだった。だが宿にしてみれば客は客、余計な詮索はできまい。

「役人が預けたのなら、浪人の身で嫌だとは言えまい」

権十郎は刀と脇差を、亭主の膝前に押し出した。くたびれ果てた大小である。柄巻はほつれかけ、鞘には漆が上塗りされている。研ぎを重ねた身はすっかり痩せて、歩くたびにかたかたと鳴いた。

「たしかにお預かりいたします。お名前を頂戴できましょうか」

「野老山権十郎」

「珍しいお名前で。どのような字を」

あれこれ言うのも面倒臭く、「仮名でよい」と権十郎は言った。実は武張った姓名が好きではなかった。

「では、ご無礼いたします」

亭主はその場で短冊に「トコロヤマ様」と書き、紙縒《こより》で下緒《さげお》に結わえつけた。武士の魂を一夜でも預かるのだから、目の前でそうするのは礼儀であろう。

「脚絆《きゃはん》は洗っておきますね」

小女がまたまっすぐに権十郎を見上げてほほえんだ。飯盛旅籠とは言え、まこと行き届いた宿である。どこかに的が流連《いっづ》けているような気がして、権十郎は吹き抜けを見渡した。


僕と玄蕃が通されたのは、上等の八畳間だった。

窓を開けると目の下には小体な庭が設《しつら》えられていて、その向こうは豊かな雑木の山だった。

玄蕃は酒を飲むと言って聞かない。僕はせめて日が落ちてからにしろと叱った。そんな下らぬやりとりが宿場に入ったころから続いた。僕らは意固地になっていた。

あげくの果てには、「お侍がみっともねえ」などと、旅の商人にたしなめられる始末だった。座敷に上がってからもまだ意固地になっている僕らが、よほど肚に据えかねたのだろう、吹き抜けの向こう座敷から「ご無礼のおわびにおごらせてくれ」などと同じ声がかかった。それでようやく、僕と玄蕃の意地の張り合いは終わった。

玄蕃はのんべえだが、酒癖が悪いわけではない。道中の飯屋や茶店で勧められても、断わるだけの分別はある。だから旅宿での二合や三合は大目に見ているのだが、物事の是非は僕が決めねばならない。

はたからはけっして押送人と流人には見えぬだろうけれど、僕は玄蕃のわがままを寛《ゆる》してはならなかった。一方の玄蕃には、僕のような俄《にわ》か与力の若僧に、あれこれ言われたくはない旗本の意地があるのだ。

おごりの酒はすぐに運ばれてきた。二人前の膳に、二合の銚子と香の物が載っていた。下戸の僕は、まさか意地で飲むわけにはいかないから、「飲め」と膳を押し出すほかはなかった。

駆けつけ四合の酒をふるまわれて、玄蕃は鬼の首でも取ったような高笑いをした。言うに事欠いて、「ざまあみやがれ」はなかろう。僕はしみじみ、こんなやつに弟や妹の愚痴をこぼしてしまったおのれを、情けなく思った。

ふと、この宿はいささか勝手がちがうと思った。妙に愛想がよく、活気に満ちている。造作も立派で、建具なども凝っていた。座敷の壁は鮮やかな紅殻色《べんがらいろ》だ。

「女を買おうとまでは言わねえよ」

「当たり前だ」

語気強く言ったあとで、僕は気付いた。ここは飯盛旅籠にちがいない。

「何だい、乙さん。あんた今ごろわかったのかえ。俺ァ峠の茶店で、あれこれ言われたときピンときたぜ。あれァ遣《や》り手婆ァだ。大方、この宿に長くいた宿場女郎のなれの果てだろう」

言いながら玄蕃は、背うしろに置かれていた衝立《ついたて》をずいと引き出した。

「これが何だかわかるかえ。二人連れがそれぞれ飯盛女を揚げて牀入りってえとき、蒲団を並べるんじゃあんまりだから、こいつを立てて目隠しにする」

僕はあらぬ想像をして胸が悪くなった。

「女郎買いは許さんぞ」

「だから、買わねえと言ってるじゃねえか。安心しろって」

「ならば、なぜそうと知っていてこの宿に入ったのだ」

「そりゃあ、乙さん。たまにァ色気のある宿屋も面白かろう。茶店の婆ァだって、客を引いたとなりゃ義理も立つってもんだ」

飯盛旅籠は御法度にちがいないが、むろんそれは立前である。旅人のあらましは男なのだから、よほど小さな間宿か、さもなくば何か格別の理由でもない限り、飯盛旅籠はどこの宿場にもある。たとえ立前でも御法度ならば女郎とは呼べない。しかし飯盛女がたまさか客とねんごろの仲になったのなら、御法がどうのという話でもあるまい。つまり、飯盛旅籠とは宿場の女郎屋で、飯盛女はけっして女中でも酌婦でもなかった。

街道ぞいに格子を繞《めぐ》らせ、遊郭の顔見世よろしく飯盛女を並べている光景は、この道中でもしばしば目に留まった。

しかし——たとえ立前にしろ御法度ならば、どうしてこの宿は僕らの十手取縄に畏れ入らなかったのだろう。

「ハハッ、そいつは簡単な話だ。奥州道中を往来する侍が、みなさんお泊りになるんだろう。そうとなれァ御領主の芦野殿だって、よもや御法度とは言えめえ。宿場の繁盛は米の飯さ」

大ぶりの盃をクイとあけて、玄蕃はおかしそうに僕を睨《ね》めつけた。相変わらず背筋は凛と伸び、膝も崩さない。

「のう。おまえさん、やっぱりまだ女を知らねえな」

僕は玄蕃から顔をそむけた。雑木の山は穏やかな代赭《たいしゃ》色に染まっていた。

「家内がおる」

先日と同じ答えを返した。

「いやさ、婿入りの事情からすると、そのあたりにも何か無理があるんじゃねえかとな。御家のご内実に立ち入るつもりはねえが、人に言えぬ苦労なら聞いてやるぜ。どうせ後腐れのねえ島送りだ、いくら愚痴をこぼしたってかまわねえだろう」

夕昏れとともに繁くなった蜩《ひぐらし》の声が、玄蕃に加勢しているような気がした。

無理があるといえばそうなのかもしれない。身分ちがいの結婚はさておくとしても、十五の齢よりさらに二つ三つも幼く見えるきぬが、おのれの妻だとはいまだに思えない。せめてあと一年、許嫁《いいなずけ》のままでいられたなら、さほどの成長はせぬにしろ、妻としての心構えくらいはできていただろう。

きぬが不憫でならない。誰がどう見てもまだほんの子供なのに、小さな口に鉄漿《かね》を打ち、夜は氏素性のちがう男と同衾するのだ。どれほど耐え難く、どれほど怖ろしい思いをしたことだろう。だから僕はつとめて、夫ではなく五年前に死んだきぬの兄になりかわろうとした。すると、妻は僕を怖れなくなったのだが、僕はいっそう、このいたいけな少女が僕にとっての何者なのか、わからなくなった。

夕景色に目を向けたまま、僕は唇を引き結んだ。弟妹の愚痴はこぼしても、夫婦の間の無理については、いっさい口にしてはならない。それは僕ひとりの苦悩ではなく、きぬの苦悩でもあるからだった。

「おお、いい風が通るの。この旅籠はなかなかうまく考えてある」

寄せくる夕風は、開け放たれた障子から玄関の吹き抜けへと通ってここちよい。考えて設えたわけでもなかろうが、これほど涼やかな座敷はかつて知らなかった。

吹き抜けのぐるりを、片仮名のコの字に小座敷が繞《めぐ》っている。向こう岸の部屋は障子が閉《た》てられ、独り酒を酌む商人の影を、赤い入陽が隈取っていた。

「どおれ、酒をおごられて知らんぷりもできめえ。挨拶のひとつもしてこよう」

銚子をつまんで立ち上がろうとする玄蕃を、僕はきつくとどめた。

「勝手はするな。おのれの分をよく弁えよ。酒はともかく、素町人と酌みかわすなどもってのほかだ」

「やれやれ。二言目には勝手をするな、分を弁えよと、やかましいやつだの」

たしかに僕は、同じ説教をくり返している。勝手をするな、分を弁えよ、と。だが、その苦言には二通りの意味があることを、玄蕃は知っているだろうか。

ひとつはむろん、科人としての立場を忘れるな。そしてもうひとつは、旗本らしくふるまえ、である。

玄蕃の日ごろの行状がどのようなものであったかは知らない。それはともかく、五番方新番組の騎士は、多くの御家人どもが仰ぎ見る旗本中の旗本でなければならなかった。どれほど落ちぶれようと、青山玄蕃は偉い侍であってほしいのだ。

たとえば、今さっきも玄蕃は話の中で、「御領主の芦野殿」とさりげなく口に出した。僕の記憶ちがいでなければ、芦野中務《なかつかさ》様は交代寄合《こうたいよりあい》三千石の御旗本だ。その大名並みの御殿様を「芦野殿」と呼ぶからには、実は青山玄蕃も同格かそれ以上の旗本ということになる。御家人中この下はない鉄炮足軽から見れば、いやそうした出自を持つ僕だからなおさらのこと、青山玄蕃は権現様のご采配のもとに馬上天下を取った、三河武士の裔《すえ》でなければならなかった。

それが、このザマだ。

破廉恥罪を犯したあげくに、腹も切ろうとせず御家を潰し、下卑た町言葉を使って恥じず、あまつさえ飯盛旅籠に上がって、酒をめぐんでもらった素町人と盃をかわそうとする。すなわち、御旗本として勝手はするな分を弁えよという僕の説諭は、僕自身の存在にかかわるほどの、切実な願いだった。

梯子段を軋ませて、身なりの悪い浪人体が二階に上がってきた。覗き見た僕と目が合うと、浪人はあからさまにそっぽうを向いた。

一ッ風呂浴びたいところだが、まさか明るいうちに稲妻小僧の看板を晒す度胸はない。ましてや向こう座敷の役人どもは、てめえの足取りを追う捕方かも知れぬ。

宿に入れば何はさておきまず風呂、湯上がりに酒と飯が順序だが、こうとなっては夜中に忍んで冷めきった風呂に入るほかはねえか。いやいや、そうじゃあねえ、役人どもが寝静まるのを待ってずらかるのだ。

夏の日脚は長く、西向きの窓からあかあかと照りつける。障子を開ければ風は通ろうが、向こう座敷から丸見えでは気味が悪い。いよいよこの三畳間に追いつめられたような気分になって、勝蔵は脂汗を流しながら酒を飲んだ。

だが、まんざらでもないのである。どうも勝蔵にはヒヤヒヤを楽しむ稚気《ちき》があって、泥棒も金欲しさというより、痺れるような気分を味わいたいふしがあった。

思えば石川五右衛門《いしかわごえもん》にしろ鼠小僧次郎吉《ねずみこぞうじろきち》にしろ、先年江戸城の御金蔵から四千両を盗み出した富蔵藤十郎《とみぞうとうじゅうろう》にしろ、金欲しさの一心であそこまではできまい。銭金よりも、あれこれ知恵を絞って企んで、命を的に忍び込んだり押し入ったりする、あのドキドキやヒヤヒヤがたまらないのだ。

勝蔵は盃を舐めながらにんまりと笑った。何を今さらとも思うが、なるほどそんなてめえの本性に気付けば、追手かも知れぬ十手者にこっちから声をかけたり、風呂に入りたいなどという呑気も合点がゆく。

おっと、いけねえいけねえ。今度ばかりはヒヤヒヤを楽しんでいる場合じゃあねえのだ。ここで取っ捕まったら、まちげえなく鈴ヶ森か小塚ッ原で磔獄門、いや場所も場所だし、手っ取り早く芦野の御陣屋で首を打たれるかもしらねえ。つるかめ、つるかめ。

などと思いながらも、勝蔵のにんまり顔はいっかなおさまらぬ。ヒヤヒヤと肝の縮み上がる分だけ、得体の知れぬ歓びが胸にせり上がってくるのだった。

「お早いお着きでございますねえ。ごゆっくりなさいまし」

女中の甲高い声にびくりと肩をすくめて、勝蔵は障子の隙間に顔を寄せた。百日鬘の浪人が梯子段を上ってきた。

「さあさあ、こちらへ。お隣とは唐紙じゃござんせんから、お気遣いのう」

女中は廊下にかしこまって障子を開けると、そう言っていやらしい笑い方をした。

「女はいらぬ」

「おやまあ、そう堅いことはおっしゃらず。別嬪ぞろいでござんすよ」

やりとりを覗き見ながら、無粋な男もいるものだと勝蔵は呆れた。よしんば飯盛旅籠と知らずに上がったにせよ、のっけから「女はいらぬ」はあるまい。女郎屋とちがって、女を買うか買わぬかは客の勝手なのだ。

女中は機嫌を損ねたらしく、「お風呂をどうぞ」とぶっきらぼうに言って梯子段を下りていった。

どうしたわけか浪人は部屋に入ろうとせず、深編笠を手にして佇んだまま、吹き抜けから階下を見おろしていた。連れを待つふうでもなく、目つきは険しかった。しばらくそうしてから、二階の回り廊下を見渡した。勝蔵はそっと障子から離れた。

これはますます油断がならなくなった。吹き抜けのぐるりを囲んで、街道に面した西陽の当たる部屋にお尋ね者の懸賞首。東側の向こう座敷に十手取縄の役人が二人。

それだけだってよっぽどのっぴきならねえ図だというに、南の小座敷に上がった浪人が凄腕の賞金稼ぎだったらどうする。

これまでにもずいぶん危ねぇ場面はあったが、今の今はとびっきりのヒヤヒヤだ。たまらねぇや。

勝蔵はひりついた咽に酒を流しこんだ。落ち着け、落ち着け、ともかく酒を過ごしちゃならねえぞ。よおっく考えるのだ。

まず向こう座敷の役人は、お尋ね者を追っているにしてはいささか呑気すぎる。江戸町奉行所の者が御朱引外に出張するなど聞いたためしもなし、八州廻りとも思えぬ。だとすると何のことはない、旅の侍が十手を差しているだけか。

そしてあの浪人者にしても、あんなふうに絵に描いたような賞金稼ぎがいるとは思えぬ。うっかり飯盛旅籠に上がってしまって今さら出るに出られず、きょろきょろしている、というところか。

そこまで考えると、気分が落ち着いた。

西陽がようやく山の端《は》に沈んだ。煙管《キセル》に火を入れ、窓の縁《へり》に腰を下ろす。夕空を見上げて、烏《からす》でさえ帰る塒《ねぐら》はあるに、と勝蔵は柄にもなくみじめな気分になった。

街道は谷川に沿っており、宿場にも清水の流れる堀割が通っていて、ところどころに青々とした柳が植わっていた。旅人ではなく、ましてやお尋ね者でもなく、藪入りでここに里帰りした商家の奉公人なら、どんなに幸せだろうと思った。

丁稚からまじめに働いていれば、今ごろはいっぱしの手代で、馬鹿ではないのだからぼちぼち番頭に上がってもいい齢回りだろう。だが勝蔵には、はなからまともな人生を送るつもりがなかった。

八つの齢に庄屋の肝煎《きもいり》で、江戸の商家に奉公に出た。それはそれで果報者だったはずだが、三年が過ぎて一丁前に読み書き算盤《そろばん》を覚えると生意気の虫が湧き、平穏だがつらい奉公に我慢ならなくなった。

店を飛び出てからはどこでどう食い凌いだものか、ともかく里には帰らず物乞いもせずに生きてきた。ふと気が付けば、稲妻小僧の二ツ名を頂戴していたのだった。

てめえの生まれ育ちは考えぬようにしている。それをけっして訊ねぬのは、無宿人の仁義だった。やくざ者が仁義を切るとき、必ずまっさきに生国を口にするのは、「無宿人ではない」という意味なのだ。

莨《タバコ》を喫《の》みながら閑《のど》かな宿場町を眺めているうちに、忘れていたはずのふるさとの夕景色が甦った。親は達者だろうか。それとも、行方知れずの倅を心に留めながら、死んで行ったのだろうか。

手配書によれば、勝蔵は「上州無宿」となっている。だが無宿人はてめえの出自を語らぬから、それはお上が勝手にそう呼んで分別しているか、本人がそうと偽っているかのどちらかなのだ。

悪党は里の親兄弟に累が及ぶことを怖れ、また生国の名を穢すことを怖れる。

では勝蔵の生国はどこかというと、実はこの下野《しもつけ》だった。それもここから程遠からぬ塩原《しおばら》である。むろん里をめざして奥州道中を下ったわけではないが、きのう大田原で塩原道の分岐《わかされ》に立ったときは、さすがに胸が疼《うず》いた。

そう、手配書にある「稲妻小僧事上州無宿勝蔵」は、正しくは「野州無宿」なのだった。塩原道の分岐は、目を瞑ってやり過ごした。それからの足は何かに追い立てられるように速かった。追手よりも怖い何ものかが、勝蔵、勝蔵、と低い声で呼びながら、追いすがってくるような気がしてならなかった。

明神峠は朱《あか》く昏れ残っている。境明神《さかいのみょうじん》とも呼ばれるのは、そこが下野と奥州を隔てる峠だからだった。関八州はこの芦野宿で終わる。

下りの旅人はみな一様に夕空を仰ぎ、これからでは峠を越えられまいと足を止める。ここぞとばかりに女たちが袖を引く。この宿には顔見世の格子などないが、ひとめでそうとわかる女たちが縁台に腰を下ろして並んでいた。

陽のあるうちは影もかたちもなかったものが、いったいどこから湧いて出たかと思うほどである。

表で客を引けぬ女は、やがてこの座敷に上がりこんで酌をするのだろうが、さてどうしたものかと勝蔵は顔をしかめた。

今夜ばかりは、女を買うのもまずかろう。飯を食ったら闇に紛れてずらかるのだ。だが、ひとつ気がかりがある。

向こう座敷の役人どもは、酒を飲む飲まねえで揉めているくらいだから、枕を並べて飯盛女を抱くとは思えない。ましてや南座敷の浪人は、はなから「女は買わぬ」と宣言した。すると、表で客を引けなかった女は、早着きの客にも断わられてお茶を挽くことになる。

ここはせめて、俺が買ってやらにゃかわいそうだ、と勝蔵はけっして男の欲ではなく、男の務めとしてそう思ったのだった。

昏れなずむ街道を見おろして、どうかひとり残らず買われてくれろ、と勝蔵は願った。しかし当たり前だが、若い順に売れてゆく。残りものを買って罪障滅却《ざいしょうめっきゃく》でもあるめえが、無事に峠を越えて逃げおおすぐれえの功徳《くどく》は授かろう。

勝蔵の願いが通じてか女たちは次々と客を引き入れ、暮六ツの鐘が渡る芦野宿には、柳の葉の騒ぐ静けさが戻ってきた。

通された座敷は南向きの四畳半で、両隣との仕切りは唐紙ではなく、何やら艶めいた色の壁である。

いかにも飯盛旅籠の造作だが、女を買うつもりのない野老山権十郎にとっては、息苦しいだけだった。

賞金首がすでに明神峠を越えて、奥州に入ってしまったなら諦めるほかはない。深追いしたところで居場所のつきとめようもなし、ならばこれからやってくるほうに賭けて、二日三日はこの宿にとどまろうと権十郎は思った。むろん、今晩のうちにけりをつけられれば願ったり叶ったり、きっと泊り合わせているにちがいないと、いいふうに勘を働かせている。

路銀は乏しい。日ごろは筵敷《むしろじき》に雑魚寝《ざこね》の木賃宿にしか泊らぬ。女を買うなど滅相もない。

いや、実は懐具合ばかりではなく、このごろとんと色気がなくなった。まだそんな齢でもあるまいに、留女《とめおんな》に袖を引かれてもうっとうしいばかりなのだ。

さては早目に涸《か》れたか、と思いもするが、長い貧乏暮らしでさほど無駄遣いをしたはずもなく、しいて言うなら涸れたのではなく錆びてしまったらしい。

あれこれ言いわけしても始まらぬので、「女はいらぬ」と断わったところ、女中はいかにも涸れた男を馬鹿にするような目付きで、権十郎をしげしげと眺めた。

腰を落ち着ける前に、旅籠の中を見渡した。大小は預けてしまったから、素手で捕まえるほかはない。絞め殺してもかまわぬが、当人に自白させたほうが賞金の払いも早いのだ。そのためにはまず、宿のかたちを知っておかねばならぬ。

玄関は三間《さんげん》幅の大間口、懐の温い旅人ならついつい吸いこまれるだろう。玄関の板敷は広く、今は火の気のない大きな囲炉裏《いろり》が切ってある。秋ともなれば煙が吹き抜けを上がって二階座敷を温め、天窓から出て行くという仕掛けである。

二人連れの十手者は東側の座敷。酒を飲むの飲まないのという、つまらぬ言い争いは決着がついたらしい。まだはたちそこそこに見える若い侍が壁に背を預けて、酒を飲み始めた連れを睨みつけていた。

野老山権十郎は吹き抜けの柱に倚《よ》りかかって、髭面を撫でた。

どうもやつらは様子がおかしい。お尋ね者を追っている役人が、人前で仲たがいなどするだろうか。

連れの声が聞こえた。

「のう、石川さん。飯盛女も悪かねえぞ。何も旅に出てまで女房殿に操《みさお》を立てることもあるめえ」

何と下卑た物言いだろう。とうてい役人とは思えぬ。

「与太もたいがいにしろ」

若い侍は怒鳴り返し、ハッとこちらに気付いて障子を閉めた。それから二人はぼそぼそと、また揉め始めた。

追手が酒だ女だもないものだ。宿場のお定めだとしても、刀は預けまい。それに、街道を見おろす西側の座敷に入らぬのも、おかしいと言えばおかしい。

やはり捕方ではなかろう。大名行列の先触れが、これ見よがしに十手を差しているというのはどうだ。

ところで、その西側の座敷にも一間だけ人の気配がある。障子に独り酒を酌む人影が映っていた。横顔からすると商人であるらしい。

飯盛女に口説《くど》き落とされた旅人は、足を洗ったあと階下《した》の座敷に通されてゆく。おそらく亭主は、正体の読めぬ二人連れの役人が気がかりなのだろう。

階下の廊下の奥に雪隠《せっちん》と風呂。その手前に女たちの部屋があるから、かまわず覗いて下さいな、と女中は言っていた。

むろん権十郎に女は無用である。今夜はこの吹き抜け越しに、じっくりと稲妻小僧を探すとしよう。

まずは風呂だ。女までは買わぬにしろ、せっかく内風呂の付いた上宿に泊るのだから、冷めぬうちにじっくりと汗を流させていただこう。いったい熱い風呂に入るなど幾月ぶりであろうか。

そう思うと矢も楯もたまらず、権十郎は醬油で煮しめたような腰手拭を抜いて肩にかけ、梯子段を下った。

玄関の板敷を奥へとたどれば、内庭に向いた座敷から女たちのなまめかしい声が洩れ出ていた。

「のう、お夏《なつ》。この忙しい時刻におまえを呼びつけたのは、何もこうして火鉢の向こう前に座らせて饅頭《まんじゅう》を食わせるためじゃないんだ。もううすうすは勘づいているだろうがね」

エッ、と小さく驚いて、若い娘の声がおどおどと答えた。

「あの、おかみさん。それは、きょうにもお客を取れってことですか」

「そうさ。まったくおまえは器量よしのうえに頭もいい。体だってほれ、もう一丁前の女じゃあないか」

「でも、まだ当分は先の話だと思っていたから、きょうのきょうなんて」

権十郎は立ち止まり、内庭を眺めるふりをして耳を攲《そばだ》てた。

声には聞き覚えがあった。ひとりはちゃきちゃきと働いていたこの宿のおかみ。もうひとりは玄関で足を洗ってくれた、愛くるしい小女である。

きょうから客を取る。すなわち、これから水揚げという話だと気付いたとたん、権十郎の体はこわばってしまったのだった。

江戸ならば女郎にしても芸妓《げいぎ》にしても、仰々しい儀式があるにちがいない。しかし宿場の飯盛女のそれは、こんなにもあっけないものなのだろうか。

「ほれ、承知していたんじゃないか。だったら今さら四の五の言うもんじゃあない。あたしだって、はなからそのつもりで部屋の割り振りをしたんだ。いいかね、まずは祝儀をしこたまはずんでくれそうな商人《あきんど》。次にはお役人様。二人連れのどっちでもいいが、義理をかけておいて損のないお客だろう。それから、一人旅のお侍は、たぶんご浪人だろうけれど、年の分だけ世慣れてらっしゃろうからおまえにとっちゃころあいの相手かもしれない。どうだね、お夏。ほかのお客は下の座敷に押し込んで、上に三部屋、それもわざわざ隣座敷は空けてあるって、あたしの気持ちも汲んでおくれな。どなたにするかは、おまえが決めていい。話はあたしがつけてやる」

権十郎は思わず唇を噛んで目をつむった。もし小女が、年の分だけ世慣れている男を選んだにしても、自分は断わるだろう。

痛ましい沈黙のあとで、小女の忍び泣きが洩れ聞こえてきた。

「のう、お夏。うちはおまえを、八年季の二十両で買ったんだ。それがどういうことか、わからぬおまえじゃあるまい」

「はい、承知してます」

お夏の涙声に、権十郎の胸はいっそう詰まった。

足を洗いながら眩ゆいほどまっすぐに自分を見上げた顔は、瞼に灼きついている。いまだ幼さの残る、まこと鄙《ひな》にも稀な器量よしだった。

男が錆びてしまってからというもの、なぜか若い女に目が向く。むろん色気とは無縁の情であった。浪々の身でなければ、あれくらいの娘がいるのではないかという、今さらどうしようもない悔悟である。

「わかっておくれな」

しみじみとそう言ったあとで、おかみは深い溜息をついた。

これもまた、鬼ではない。ほんの子供の時分からの八年季の奉公に、二十両の前払いがなされるはずはないのだ。飯を食わせて育て上げたあとは、宿場女郎として稼がせる。親ともども飢え死ぬほかはなかった子供だとしたら、むしろ鬼ではなく仏なのかもしれぬ。

そして悲しいことに、誰々がどのように山分けしたかわからぬその二十両の大金は、とうてい八年季で返せるはずがない。飯盛女の揚代など、せいぜい一分か二分なのである。

「ちょいと、お客さん。立ち聞きはおよしなさいまし」

肩を叩かれて振り返れば、いかにも気丈そうな年増女郎が、化粧も物凄く佇んでいた。

「何を立ち聞きなどと。庭を眺めておっただけだ」

お夏という娘も借金を背負ったまま、こんなふうに荒れすさんでゆくのだろうか、と権十郎は思った。

「お茶ッ挽《ぴ》きなんだけど、いかがかね」

「いや、男はとうに店じまいだ。おかみにもそう言うておけ」

権十郎は何も聞かなかったふうに、湯屋へと向かった。

「おかみさん、その話は聞き捨てならねえ。割りこませていただきますよ」

お内証《ないしょう》の障子を開けたなり、お栄《えい》は首筋を掻きながら火鉢の向こう前に座った。

「なんだい、お栄。あんたが口を挟む話じゃなかろう。お茶ッ挽きの腹いせに、きれいごとを言うつもりかえ」

お栄は紅《べに》の剝げ落ちた唇をひしゃげて、けらけらと笑った。

算え十三の水揚げが、いくら何でも早過ぎるということは、旦那さんもおかみさんも承知しているはずだった。それでも無理を通さねばならぬくらい、那須屋のお内証は火の車なのだ。

きょうびの不景気では、飯盛旅籠にも客はつかない。口入れ屋や女衒《ぜげん》にも借金があって、女の稼ぎは右から左へと流れるだけだと聞いている。夏の間にどうにか踏ん張らねば、秋冬にはめっきりと旅人が減ってしまう。

「何だね、おかみさん。その、きれいごとってのは」

おかみは煙管《キセル》の雁首《がんくび》をくるりと回して、俯いた小女の顔に向けた。

「水揚げには早過ぎる、もう二年三年は待って下さい、そのぶんあたしが稼ぎますから、ってかい。おまえさんの言いそうなこったが、どっこいあんたが那須屋の金看板だったのは、十年も昔の話だ」

さすがは親も同然のおかみである。ひとつ屋根の下で暮らした歳月は、実の親よりずっと長い。

だが、お栄には意地があって、きれいごとと図星を指されても、引き下がるわけにはいかなかった。

片膝を立ててお栄は見得を切った。

「そいつァちゃんちゃらおかしいや。いいかね、おかみさん。今さっき廊下で粉をかけた浪人は、女を買う気などない、男はとうに店じまいだとぬかしやがった。あれァ文なしだ。立派なお侍たちは、酒を飲むの飲まねえのって揉めてるぐらいだから、とても女なんぞ買えますめえ。すると、残るは商人の旦那てえことになるが、あれを口説くのはお茶を挽いたあたしだ。そこに水揚げのどうのと言われたんじゃ、立つ瀬がありません。聞き捨てなりませんや」

言い返そうとせずに、ぷいと横を向いたおかみの眶《まぶち》は涙をたたえていた。

親も同然の人なのだから、胸のうちはわかる。だが親ではないのだから、本音で語り合うことはできなかった。

「耄碌《もうろく》しちまったか、おかみさん。お客の分別がつかぬあんたじゃあるまい。この器量よしの水揚げなら、値差しで一両、祝儀で一両、つごう二両や三両の大枚をはたかにゃならねえはずさ。そんな真似ができるのは、買い付けの商人しかおりますめえ。それとも何か、ほんのおぼこのお夏を、妙な仕掛けで欺《だま》くらかそうてえ魂胆かえ」

ここまで言えば、とりあえずきょうの水揚げはなかろう、とお栄は読んだのだった。だにしても遠からぬうちの話になろうが、それならそれでお夏も気構えをしようし、噛んで含めるようにして得心させることもできる。

けっして思い出したくない十五の春の一夜を、お栄は同じさだめの娘たちの誰にも味わわせたくはなかった。

お夏が顔をおおい、声を殺して泣き始めた。夜が怖いのではなく、おかみとお栄の情に気付いたからなのだろう。こんなにも賢い子供を叩き売った親を、お栄はしんそこ憎んだ。

せわしなく煙管《キセル》を使ったあと、思い切ったように雁首を火鉢の縁《へり》に叩きつけておかみは言った。

「あんたは好《い》い女だ。嫁に行ったらさだめし亭主を出世させたろうに」

「もう遅いさ。さて、そうと決まれば口説いてこなけりゃ。どこのなにがし様だえ」

「江戸は京橋の伊勢屋《いせや》さん。仙台平の買い付けにいらっしゃる」

「へえ。伊勢屋稲荷《いなり》に犬の糞って、何やら思いつきのような名前ですねえ。よもや例のお尋ね者じゃありますめえな」

軽い冗談に応えて、おかみもお夏も笑ってくれた。帳場に貼ってある稲妻小僧の人相書は二階の客とは似ても似つかない。

「それじゃ、おかみさん。ご無礼つかまつりました」

お栄は心をこめて頭を下げ、お夏の肩に手を置いてお内証を出た。

玄関には大きな吊行灯《つりあんどん》が掛かっている。おかげで急な梯子段の足元も明るい。

日が落ちたとたん、鈴虫が一斉に集《すだ》き始めるように飯盛女たちの嬌声が高くなった。お定めによれば、飯盛女は一軒の宿に二人とされているらしいが、どうしたわけか那須屋は六人も抱えている。

お栄が買われてきた二十幾年もの昔も同じだったから、御法度に触れているわけではあるまい。飯盛旅籠が繁盛すれば宿場も賑わい、ひいては芦野の御陣屋も潤うので、ずっとお目こぼしが続いているのだろう。

その六人の中では、お栄が抜けた年かさだった。去年の暮に三つ齢下の女が病で死に、抜けた大年増になってしまった。

派手なばかりの襤褸《ぼろぎ》着の褄《つま》を取って梯子段を上りながら、お栄は齢を算《かぞ》えた。三十三。いつの間にかこの大階段の踏板の数を越してしまった。それでも、この齢まで生きられるのは果報者だった。二十幾年の間に、年季が明けて那須屋を出たお女郎は、数えるほどしか知らない。

そんなお栄が、若い女たちと客引きに出て、毎度お茶を挽くのは当たり前の話だった。だが、行灯の入るころになってから早着きのお客の部屋を訪ね、口説き落とすという奥の手があった。ほかの女たちも、そうした旅人はお栄の客と見て遠慮した。

広座敷の侍たちは食事をしているらしい。障子に映る二つの影は、相変わらず仲たがいをしているようで、ときおり剣呑な声が聞こえた。この雲行きではとうてい、女を買うどころではあるまい。

浪人は長湯に浸っているらしく、座敷には灯が入っていなかった。あの風体が飯盛旅籠に上がることすら珍しい。「男はとうに店じまいだ」などと言っていたが、ならばどうしてここに泊るのだろう。

廊下を回った西の一番は街道に面して眺めもよく、狭いなりに床の間まで付いた上等の部屋だった。ここに通されたお客は、たいがいその気になってくれる。

伊勢屋稲荷に犬の糞。冗談にもそんなことを言っちゃいけない。

「ごめん下さいまし」

艶めいた声を繕って、お栄は言った。

「お酌に上がりました。話し相手になすって下さんし」

侍に比べ、商人は得てして用心深い。へたに媚びを売らず、羞《はじら》いつつ近寄ることが上手に落とすコツだった。たとえば、「ゆえあって苦界に沈んだ武士の妻」のようにだ。若い時分に、お栄を仕込んでくれた古株の飯盛女が、そう言っていた。

もっとも、羞いなどというものは、とうの昔に煙《けむ》になっている。そういうそぶりをするだけだ。

一息あって、「おう、入んねえ」と張りのある声が返ってきた。

「ごめん下さいまし。お栄と申します」

床柱に背を預けて酒を酌んでいた男が、ゆっくりと振り向いた。行灯を引き寄せ、お栄の膝元にずいと進める。

顔を見たいのだろう。昼日なかの店先では齢のごまかしようもないが、行灯のあかりで好《い》い女に見せる自信はあった。

肌は白く、肩の丸みはちょうど男の掌《てのひら》におさまるほどで、首筋には若い女にない色気がある。

しかし物言う前に、二人は行灯を挟んで見つめ合ったまま息をつめた。

「かつぞうさん」

「おえいちゃんか」

同時に紛れもないたがいの名を口にした。塩原の里の隣り家で生まれ育った幼なじみだが、生き別れたのは八つと六つだったのだから、紛れもなくそうとわかったのは、仏様が教えてくれたとしか思えなかった。行灯のあかりに照らし上げられた男の顔を見たとたん、真白な辛夷《こぶし》の花や蟬の声や、もみじや綿雪がいっぺんに降り落ちてきて、ふるさとの季節の中にいつもあった勝蔵の顔が、遥かな歳月などくそくらえと吹きとばして顕《あら》われたのだった。

確かめる間もなく、「かつぞうさん」と声が出た。そして、たぶん勝蔵も同じだったのだろうと思うと、引き会わせてくれた神様だか仏様だかがありがたくて涙が出た。

言葉は何ひとつ繫がらなかった。お栄は媚びも羞いもなく勝蔵の手をたぐり寄せた。子供の時分とどこも変わらぬ、穢れのない手だった。

それからしばらくの間、お栄はじっと目を瞑って、帰らざるふるさとの音を聴き、匂いをかいだ。

八つの齢で村を出たきり、奉公に上がった勝蔵の消息は伝わらなかった。ほどなくして、お栄も売られてしまった。だが、いつも手を繫いでいてくれた勝蔵のやさしさを、なぜかお栄は忘れたことがなかった。だから自分が売られてゆく峠道でも、女衒の差し出した手を握ろうとはしなかった。勝蔵のやさしさが穢れてしまうような気がしたからだった。

八つと六つでは、惚《ほ》れた腫《は》れたもあるまい。親がつれなく当たった分だけ、幼なじみの情けが身にしみたのだと思う。しいて言うのなら、勝蔵がお栄のふるさとだった。真白な辛夷の花や、蟬の声や、もみじや綿雪の中にいるのは、父母でも兄たちでもなく、勝蔵ひとりだった。

「こんなになっちまって」

お栄は派手なばかりの襤褸着の襟を斉《ととの》え、帯から手拭を引き抜いて、頬や首筋をごしごしとこすった。

おちぶれた幼なじみをよほど不憫に思ったらしく、勝蔵も俯いて泣いてくれた。

番頭に出世したのか、あるいは暖簾を分けていただいてお店《たな》の主人になったのか、それでも昔のままにやさしい人だった。

「立派におなりなすった。あたしでよけりゃ、たんとかわいがっておくれな」

強がりの台詞《セリフ》は毒の苦さだった。それでも勇気をふるって、お栄は飯盛女の科《しな》を作った。

この人を惑わせてはならない。しゃんとしなけりゃ。

「おめえを抱けるはずはなかろう」

「おや、年増じゃおいやかね」

ちがう、とばかりに勝蔵がかぶりを振った。あたしのことを忘れてやしなかったのだと思うと、いよいよ口が苦くなった。

「そう言わずに抱いておくれな。きょうはお茶を挽いちまったんだ。のう、お客さん。かわいがっておくれな」

勝蔵という名を、二度言うのはつらかった。お栄は俯いたきりの勝蔵ににじり寄った。腕を絡めると、ふるさとの日向《ひなた》の匂いが濃くなった。

「仙台平の買い付けに行きなさるって、たいしたものだ」

勝蔵の肩に頬を寄せてお栄は言った。答えはなかった。幼なじみのおちぶれようを見れば、出世を誇ることなどできないのだろう。ならばなおさら、今夜はそのおちぶれぶりを、味わわせてやるほかはないとお栄は思った。そう肚をくくると、怖ろしさと情けなさとで体がわなわなと震えた。

「おめえ、借金はいくらある」

いけない。話を変えなくちゃ。

しかしほかの話など思いつくはずもなく、お栄は男の首にしがみついた。

「そんなの知ったことかね。あたしは好きで男に抱かれてるんだ。いろんな男に、死ぬまで抱かれていたいんだ」

そう言ってがむしゃらに男を押し倒すと、勝蔵は抱き寄せようとはせずに、大きな掌《てのひら》で頭を撫でてくれた。あの日と同じ手ざわりがお栄を泣かせた。

合わせた頬が涙でぬめった。

「俺ァ、商人《あきんど》じゃねえ」

片頬の痼《しこり》に気付いて、お栄は顔をもたげた。ほのあかりの中に向こう傷が浮かび上がった。

「わかったかい」

まさかと思う。帳場に貼られた人相書とは似ても似つかぬが、お尋ね者の右頬には一寸五分の引疵《ひききず》があると書かれていた。

「与太もたいがいにしとくれよ」

「与太じゃねえさ」

花を抱くほどのやさしげな力でお栄を引き起こすと、勝蔵は潔く諸肌《もろはだ》を脱いだ。稲光の閃《ひらめ》く黒雲の刺青にお栄は息を呑んだ。

「汚れちまったのはおたげえさまだ。のう、お栄。借金はいくらある」

この人はちっとも汚れていない、とお栄は思った。これまでに抱かれた幾百幾千の男たちの中にも、こんな清らかな人はいなかった。ふるさとの村の風や水のように、勝蔵さんは八つの齢のままどこも変わっていない。

だから、お栄は重ねて言った。

「大きなお世話だよ。あたしは好きで男に抱かれているんだ。さあ、抱いとくれな」

着物の胸をぐいと開くと、さすがに顔が毀《こわ》れてしまった。

「よせやい」

勝蔵の指がお栄の襟を斉えた。

「意地の張り合いをしたって仕様があるめえ。きょうはおめえを買いっ切りだ。ゆっくり話をしようじゃねえか」

お栄はこくりと肯いた。

「嬉しいよ。なら、おかみさんにそう言ってくる」

ともかく一度ここを出て、心を落ち着かせねばならないとお栄は思ったのだった。

むろんおかみさんは、目を丸くして驚くだろう。若い時分ならともかく、一晩二分《にぶ》の買い切りなど、ここしばらくありついたためしがなかった。

「ついでに一本つけてくれ」

銚子の首をつまんで、勝蔵が初めてほほえんだ。幼いころと同じ笑顔が懐かしくてお栄も笑い返した。

「お湯を使ってきたらいかがかね」

勝蔵は少し考えるふうをしてから、

「いや、俺ァ冷え風呂が好きだから、あとにすらあ。何をするわけでもあるめえし、それでよかろうが」

言いながら勝蔵は、そそくさと片肌脱いだ着物に袖を通した。そのしぐさでわかった。ほかのお客に彫物を晒すわけにはいかないのだ。

座敷を出たあと、お栄はいくども振り返った。夢を見ているのではないかと思ったからだった。だが、障子には紛れもない勝蔵の影が映っていた。

梯子段を下りかけてお栄はよろめいた。夢ではないと確かめたとたんに、現《うつつ》の重さがのしかかってきたのだった。

勝蔵と生きて出会えただけでも信じがたいのに、借金はいくらあるかと訊かれた。そのうえ、お尋ね者の大泥棒であるらしい。夢の中にしかありえぬ話だ。

手すりにすがって梯子段を下り、帳場の脇に貼られた人相書をぼんやりと眺めた。似ても似つかぬのは幸いだった。勝蔵はこんな悪相ではない。

稲妻小僧事上州無宿勝蔵。まるで気に留めていなかった。「上州」ではなく「野州」とあれば、あるいはもしやと思ったかもしれない。勝蔵などという名前は珍しくもなかった。

御府内商家ニ度々《たびたび》押込《おしこみ》 金弐阡五百両余 強盗ニ及ヒ遣捨《つかいすて》候《そうろう》由《よし》——。

そこまで読みたどると、腰が抜けてしまった。お栄は板敷にぺたりと座りこんだまま、似ても似つかぬ人相書を見上げた。

二千五百両。一両の小判すらめったに拝めぬ宿場女郎にとって、その高がどういうものか、まるで見当がつかなかった。

だがひとつだけ物差しがある。自分は二十両で売られてきた。その借金が増えているのか減っているのか、お栄は知らない。

飯盛女が十人前で二百両、百人前で二千両、と指を折ってお栄は肩をすぼめた。その先を考えるのはやめよう。

「どうした、具合でも悪いか」

吊行灯の落とす影が忍び寄った。肩ごしに振り返れば、湯上がりの浪人が背うしろに佇んでいた。

「いえね、ちょいとめまいがしたもんだから」

「もしや、この人相書に思い当たる顔でもあるのか」

「ハハッ、そんなこたァござんせんよ。梯子段を踏みはずしちゃいけないと思って、休んでただけです」

浪人はお栄の前に屈みこんで心配げに顔色を窺い、「ごめん」とひとこと言うと額に掌《てのひら》を置いた。

お栄は目を瞑った。色気のかけらもないが、いい人だと思った。

「熱はないようだが、無理はするなよ。よもや、客を取るのではあるまいな」

「その、よもやでござんす。あいにく、腹が痛えの風邪《かざ》ッ引《ぴ》きだので休めるほど、甘い稼業じゃあござんせん」

浪人はあたりを見渡してから、小声で思いもかけぬことを言った。

「すまぬ。一晩ぐらい養生させてやりたいが、おまえを買う金がない」

いったいこの人は、どうして浪人などしているのだろうとお栄は思った。人は見かけに寄らぬとは言うが、この思いやりは千石物だ。

だが、そうは思ってもお栄のねじけた心はべつの口をきく。

「フン、文無しがきれいごとをお言いでないよ。さあ、商売商売」


僕と青山玄蕃の間には話材がない。

齢は一回りの上も離れているし、氏素性はちがうし、何よりも流人と押送人の間柄では、めったな話もできなかった。

江戸の生まれ育ちで、上下《かみしも》の隔りはあるものの同じ幕臣。僕らのかかわりといえばたったそれだけだった。

たとえば、江戸の町名や坂道の由来、旬の食べ物、番方と町奉行所のしきたり、話の種になるのはせいぜいそんなところだった。たがいの気性などわかるわけがない。

道中の旅人は二人連れが多かった。黙りこくって歩けばくたびれるから、おのずと道連れを探すらしい。そして、話が合わなければ別れ、相性がよければ歩き続ける。長旅とはそうしたものなのだ。

だが、僕と玄蕃は好むと好まざるとにかかわらず、ともに歩かねばならない。退屈すると玄蕃は僕を茶化し、僕は玄蕃を叱りつけた。はたから見れば、ずいぶん奇妙な取り合わせにちがいない。

「ほほう。おい、石川さん。何やら面白くなってきたぜ」

玄蕃は立ったり座ったり落ち着かぬ。

「みっともない真似はするな。こっちへこい。話し相手になってやる」

窓際で団扇を使いながら、僕は玄蕃を叱った。

何という破廉恥な侍だろう。退屈した玄蕃は、廊下に向いた障子のあちこちに指先で穴をあけ、覗き見を始めたのだった。

「あんたの話なんぞより、よっぽど面白いわえ。お茶を挽いた飯盛女が、向かいの座敷に入って行きやがった。ま、早着きの客のうちどれかと言やァ、あの商人《あきんど》のほかはおるめえの」

僕は夜の闇に目を向けたが、耳は尖ったままだった。飯盛旅籠のただなかにいるというだけで、胸が高鳴っていた。

「つまらぬことを言っておらずに、風呂に入ろうぞ」

「いや、風呂なら浪人者が使っている。あんな虱《しらみ》だらけの野郎と相風呂なんざ、まっぴらごめんだ。オッ、話がまとまったな。さっそく始まるか、見てみろ乙さん」

僕は思わず立ち上がって障子に歩み寄った。穴はいくつもあいている。

こんなにも穴だらけにして、宿は何と思うだろうか。

「そりゃあ、あんた。お尋ね者を追っている役人が、客の顔をひそかに検《あらた》めていた、ってことでよかろう」

向こう座敷の障子には、客と女の影がぼんやりと映っている。やにわに女の影が男を押し倒して、僕と玄蕃は「オオッ」と声を上げた。

「たまらねえなあ。どうだね乙さん、俺たちも」

障子穴を覗きこんだまま、「許さん」と僕は言った。

「なになに、冗談だ。そうムキになりなさんな。いいかね、石川さんよ。俺ァ向こう座敷の客が、稲妻小僧じゃあるめえかと疑っている」

僕は障子から目を離した。これは聞き捨てならぬ。

「何だと」

「冗談じゃあねえよ。あの商人はずっと顔を伏せたまんまだった。汗を拭くふりをして、手拭をほっぺたに当ててやがった。向こう傷を隠していると見た」

「そうと気付いていたなら、なぜ早く言わぬのだ」

「言うてどうする。引っくくっててめぇの手柄になさるかえ。俺ひとりで手一杯のあんたに、このうえ面倒をかけるわけにはいくめぇ」

玄蕃は僕をからかっているのだろう。言われてみれば、たしかに商人が顔を隠していたような気もするが、向こうから声もかけてきたし、無礼の詫びだと言って酒までよこしたではないか。

「そこは俺もよくわからん」

玄蕃は紅殻《べんがら》色の壁に背を預け、盃をあけてから続けた。

「稲妻小僧ほどの大泥棒が、何を考えてるかなんてわかるものかよ。捕《と》れるものなら捕ってみやがれ、ってところかもしらねえし、あるいは――」

僕はかたずを呑んだ。

「あるいは、何だ。さっさと言え」

「こっちもわけありと読んで、見なかったことにしておくんなさい、か」

まさか。僕は咽の渇きを覚えた。

たしかに僕と玄蕃は、妙な取り合わせに見えるだろう。だが、いかな稲妻小僧でもそこまで勘は働くまい。流人と押送人だ、などとは。

「もひとつ、気になることがある」

玄蕃は酒まみれの息を吐きながら指を立てた。

「あの浪人。おかしいとは思わねえか。女はいらねえとぬかしァがった。やつには木賃宿が似合いだ。だったらどうして、わざわざ飯盛旅籠に泊る」

「われわれも女など買うつもりはない」

「ハハッ、そのつもりも何も、あんたが飯盛旅籠と気付かなかっただけじゃねえか。のう、石川さん。どうでえ、その衝立の向こっかしとこっちかしで」

「許さぬと言っておろう」

「冗談だよ、冗談。さあて、そこで俺は考えたんだ。あの浪人は、稲妻小僧の目星をつけて商人の後を追っている、賞金稼ぎじゃあるめえか、とな」

僕は玄蕃の手から銚子を奪い取って、ぐびぐびと酒を飲んだ。

捕押《とりおさえ》若《もしく》ハ討果《うちはたし》候《そうろう》手柄ニ付《つき》金五拾両。それほどの懸賞首ならば、血まなこで探す賞金稼ぎもいることだろう。

「酔っ払うなよ、石川さん。だとすると、これから何が起こるかわからねえ」

「お尋ね者を目の前にして、高みの見物などできぬわ」

十手を取ろうとする僕の手を、玄蕃の手が握り留めた。

「あんた、何様のつもりだえ。どさくさ紛れに俺が逃げでもしたらどうする。ましてや、御朱引の外で町方与力が捕物なんぞ、手柄どころか悶着の種だと思わねえか」

そうかもしれない。僕はもう一口だけ酒を飲んで心を鎮めた。

「浪人は刺青を確かめるつもりで、長風呂を使っているんだろうぜ。どっこい稲妻小僧はお見通しさ」

いったい何という晩だ。

「わかったかい、石川さん。俺たちは、風呂になんぞ行っちゃならねえのさ。こうやって知らんぷりを決めるほかねえのだ」

もしや玄蕃は、宿に着いたとたんから稲妻小僧に気付いていたのではあるまいか。疑うどころかひとめでそうと確信して、いよいよ酒だ酒だと騒ぎ始めた。僕の注意をそらすために。

「おっと、どうしたどうした、始まらねえのか」

ふたたび障子の穴を覗きこんで、玄蕃が呟いた。

僕も口を拭って目を凝らした。女が座敷から出てきた。敷居を隔てて二言三言やりとりがあったが、声は聞き取れなかった。

吹き抜けの太梁《ふとはり》から下げられた吊行灯のあかりが、女の所作を煽《あお》るように照らし上げた。ぞろりと着た衣の柄や帯の紅《くれない》が薄闇に映えて、人間ではない何ものかが顕われたような凄味があった。

「いい女だの」

僕にはわからない。むしろ畏れる気持ちが先に立った。

「さては口説き落とせなかったかえ」

「うるさい。黙っていろ」

「いや、そうじゃなさそうだの。話がまとまって、風呂か」

「様子がおかしいぞ。具合でも悪くなったのではないか」

女はよろめくように梯子段を下りてゆく。覗き穴が間に合わなくなって、僕と玄蕃は右と左に障子を少し開けた。

手すりにすがってようやく階下《した》にたどりつくと、女は板敷にへこたれてしまった。そしてしばらく、まなざしを宙に浮かべていた。

神棚でも見上げているのだろうか。よほど具合が悪くなって、神頼みでもしているように僕には見えた。

「まちげえねえや。あそこいらに、人相書が貼ってあった」

僕は鳥肌立った。玄蕃の勘が的中したのだ。女は二階の客の正体に気付いて、人相書を確かめに下りてきた。

「もはやこれまでだ。行くぞ」

「やめとけ、乙さん。あんたの出る幕じゃねえって」

僕は声を絞って言い返した。

「この期に及んで何を言う。向こう座敷に躍りこんでお尋ね者を引っ捕える。おぬしも手を貸せ」

とたんに玄蕃は僕の首を抱えこみ、大きな掌《てのひら》で口を被った。

「てめえの分を弁えろと言っとろうが。いいか、俺が科人《とがにん》だということを忘れるな」

僕は肚を定《き》めた。玄蕃の言い分はもっともだと気付いたからだった。

分を弁えろ。それは僕が道中ずっと、罪人の玄蕃に言い続けてきた台詞《セリフ》だった。だが、罪人には罪人の分があるように、役人には役人の分があるのだ。それは知らねばならぬ身の程であり、守らねばならぬ領分であり、逆らってはならぬ道理でもあった。僕の分とは、押送人としての使命を全うすることのほかにはない。

「ヤヤッ」と小さく驚いて、玄蕃の力が緩んだ。

「まずいぞ、これは」

僕らは桟敷に這い出た。たしかに、まずい。こともあろうに湯上がりの浪人が、呆然と人相書を見つめる女のうしろに現われたのだった。これが芝居の一場ならば、チョンと柝《き》が入り、大向こうから懸声のひとつふたつは飛ぶところだろう。

吐き気がこみ上げてきた。僕は座敷に這い戻り、窓にもたれて嘔吐《えず》いた。脂汗が月代《さかやき》からにじみ出た。

何が起ころうと知ったことか。たとえ修羅場となっても加勢はするまい。僕は今こそおのれの分を弁えなければならないのだ。

玄蕃が背中をさすってくれた。

「おぬし、逃げるなよ」

「逃げねえよ」

「かかわりあうなよ」

玄蕃は少し考えるふうをしてから、「なるたけな」と呟いた。それが答えになっているかどうか、僕にはわからなかった。

見上げれば山の端《は》に、不細工に欠けた月が懸かっていた。柱に鬢《びん》を預けて眺めているうち、そのかたちすら叢雲《むらくも》に呑みこまれてしまった。
僕は僕の苦悩の、いかに手前勝手であるかを知った。世間は苦にまみれている。

七

御陣屋には枳《からたち》の垣根が繞《めぐ》っている。

もともとはその鋭い刺《とげ》によって攻め手を防ぐための垣であるらしいが、今では春先に咲く清楚な花を賞《め》で、秋の果実を煎じて胃薬とする。

生垣ですらそうなのだから、太平の世が続くうちに、御陣屋のかたちも変わってしまった。

かつては小高い山の中腹に築かれた、堅固な城砦《じょうさい》であったらしい。そう思ってよくよく見れば、たしかに草に埋もれた空濠や腰曲輪《こしぐるわ》や土塁の遺構が目に留まる。御陣屋は昔の二の丸で、今は大樹の繁る裏山が御本丸だったそうだ。

芦野家は那須七党と称された古豪であり、慶長の昔に徳川幕府に忠誠を誓って、旧来の所領を安堵された。家統をたどれば源平合戦で名を馳せた那須与一につらなる名族である。

したがって、身分は旗本であってもこの地は芦野家の知行所ではない。大名と同様、父祖代々の領分三千石余であった。

二十八代当主芦野中務《なかつかさ》の殿席《でんせき》は江戸城中帝鑑間《ていかんのま》、つまり譜代大名並みの格式を持ち、毎年の暮には参勤して将軍家に新年を賀する。世に交代寄合と称される別格の旗本であった。

だが、身分は旗本で格式が大名というのは、並大抵ではない。少い年貢で見栄を張らねばならぬのである。よって恒年の参勤道中など覚束なく、御殿様はいつしか神田明神下の江戸屋敷に居ずっぱりとなった。

清水儀右衛門《ぎえもん》は算え六十四の老役ながら、芦野陣屋を預かる国家老である。古来の豪族ゆえ開府以来国替えもなく、わずかな家来衆もみな家族のように親しかった。黒船来航も桜田騒動も他所事《よそごと》で、御領内にはここしばらく事件らしい事件もない。

だから儀右衛門には、ふいに降って湧いたこの出来事が、いまだ夢に思えてならなかった。

御陣屋は蟬の声に被われている。西向きの庭の彼方には、雄大な那須の山々が望まれる。平生《へいぜい》とどこも変わらぬ客間に、わけのわからぬ風体の者どもがみっしりと居並んでいるさまは、夢としか思えぬ。

急な客人と聞いて表座敷に出てみれば、わけのわからぬ人々はすでに上がりこんでいた。

一同を率いてきたのは公用中の御番士様で、姓名は青山玄蕃、江戸表におわす御殿様とは昵懇《じっこん》の仲だという。なるほど、さもあらん旗本の風格が備わっていた。

驚いて上座を譲ろうとすれば、いやいやお気遣は無用、と謙《へりくだ》って言う。

青山玄蕃と、その家来らしき若侍だけならば、ご昵懇の御旗本が御殿様の不在を知らずに、旅の途中で陣屋を訪ねたという図であろう。だが、二人のうしろには現《うつつ》にありえぬ人々が犇《ひしめ》いていた。

青ざめた顔の宿場役人。本陣の亭主。那須屋の主とおかみ。

それだけなら、何か許しがたい無礼でもあったのかと思うところだが。

めかしこんでも堅気とは見えぬ年増女。月代《さかやき》の伸びるに任せた百日鬘《ひゃくにちかつら》の浪人。そして、小ざっぱりとした旅姿の商人。

わからぬ。六十四にもなって、世間のたいがいのことはみなまで聞かずに察するけれど、こればかりはわからぬ。

呼びにきた用人が困り顔で言うには、話がまるで見えぬゆえ御家老様が直々に聞き届けて下されれ、と。

これはたしかにややこしそうな話である。清水儀右衛門は頭を下げて詫びた。御殿様を「中務殿」と呼ぶからには、たいそう偉い侍にちがいない。

「この者どもの無礼の段は、ご昵懇の誼《よしみ》をもちまして、なにとぞご寛恕《かんじょ》のほどを」

すると青山玄蕃は如才ない口調で、「いやいや、そこもとが詫びを入れる話ではない」

少し間を置いて、「江戸表の中務殿にとっても、手柄となろうぞ」

いよいよわからぬ。だが、とりあえず儀右衛門は胸を撫で下ろした。

雲が切れて庭先に午《ひる》下りの陽光が照りつけると、ひときわ油蟬の声が高くなった。人々はみな俯いて、しきりに汗を拭っていた。

「それなる商人体の者は、御陣屋がお探しの稲妻小僧にござる」

玄蕃が指さし、儀右衛門は戦《おのの》いた。

「しばらく、しばらく、青山様。このところやや老耄《ろうもう》いたし、聞きちがい勘ちがいがしばしばござりまする。今いちどお願いいたしたい」

誰も笑わぬところをみると、冗談ではないらしい。

「では、今いちど申す。商人体の者がかの大盗賊、稲妻小僧にござる」

エッ、と儀右衛門は声を上げ、廊下に控えていた家来衆がたちまち寄って商人体を囲んだ。

「お手を煩すような真似はいたしやせん。御陣屋がお尋ねの稲妻小僧こと上州無宿勝蔵にまちげえござんせん」

堂々と名乗った。この巌《いわお》のごとき貫禄は、たしかに一介の商人とは思えぬ。八百八町《はっぴゃくやちょう》を騒がせて芝居や講談の種にまでなった怪盗、稲妻小僧やもしれぬ。

気を取り直し、一同の末席に座る男を凝視したまま、儀右衛門は言った。

「にわかに信じがたい。江戸より逓伝《ていでん》されてきた人相書とも、似ているとは思えぬ」

さては五十両の懸賞金めあての、詐欺《さぎ》話ではあるまいかという疑いが頭をかすめたのだった。

那須屋を舞台に手の込んだ芝居を打ち、宿場役人や本陣の亭主まで巻きこんで陣屋に乗り込んできた。

そう考えたほうが、平穏な御陣下で本物の稲妻小僧が捕まるよりも、よほどありうる話に思えたのである。

「おや。何をお疑いかな、御家老」

青山玄蕃がふしぎそうに訊ねた。

「なにゆえ縄を打たれませぬのか。ご出張の仔細は存じ上げぬが、十手までお持ちのご両人が、お尋ね者に縄をかけぬは腑に落ちませせぬ」

「もはや逃げ切れぬと観念し、神妙に自訴したる者を縄でくくらずともよかろう」

「いいや、青山様」と、儀右衛門は無礼にあたらぬよう道中羽織の胸元を見つめながら、きっぱりと抗弁した。

「捕まろうが自訴しようが、どのみち死罪を免れぬ極悪人にござりまするぞ。腹の中で何を考えおるやら、わかったものではござりますまい」

おのれらの企みはお見通しだ、と因果を含めたつもりである。だが、一同の表情は変わらなかった。

用人がやってきて、「御家老様、これを」と、紙縒《こより》を挟みこんだ冊子を儀右衛門の膝元に置いた。掌《て》を添えて耳元に囁く。

「御家紋にまちがいはござりませぬ」

武鑑《ぶかん》である。これには大名の名鑑のほかに、幕府諸役人のものもあった。

青山玄蕃を名乗る侍が、あからさまに不快の色を表した。委細かまわずに儀右衛門は武鑑を開いた。

主君と昵懇の仲の御旗本を辱《はずかし》め、併せてその手柄を疑うなど、腹を切るぐらいではすまされまい。だが儀右衛門のうちには、罪を怖れるよりも悪を憎む気持ちがまさっていた。

御家紋は葉菊《はぎく》。菊の立ち姿を象《かたど》った紋様は珍しく、よもやそこまで手の込んだ欺《だま》しはあるまいと思えた。

それでも儀右衛門は怯まなかった。たとえ腹を切るはめになろうと、万が一にも詭計《きけい》に惑わされてはならぬ。下野《しもつけ》の名族芦野家の矜持は、今まさにおのが身にかかっていると思った。

武鑑を膝の上に伏せ、侍の目を真向睨みつけて儀右衛門は訊ねた。

「ご実名《じつみよう》を承りたい」

憮然として侍は答えた。

「お疑いとあらば、あえてお答えする。青山玄蕃幸直《ゆきなお》。幸《さいわ》いに直《なお》ると書く」

儀右衛門は目を瞑った。

「御役職は」

「新御番三番組士である」

「御屋敷のご在所をお聞かせ願いたい」

「市ヶ谷御門内三番町」

「まこと御無礼ながら、御禄高をお訊ねいたしまする」

この質問にはさすがに侍の顔色が変わった。父祖代々の家禄を問うなど、このうえの無礼はあるまい。

「なるほど、老耄なされておるようだ」

「いいや。老いたりとは申せ、いささかの耄碌《もうろく》もござりませぬ。お答えを承りたい」

少し考えるふうをしてから、侍はおもむろに答えた。

「知行三千二百五十石を頂戴しておる。しからば、御番頭、御組頭の格式にもかかわらず御番士の一騎に甘んじたるは、偏《ひとえ》にそれがしが不徳といたすところである」

芦野家にまさる大禄である。「千石取りの御大身」という言葉もあるくらいだから、三千石を超す大身などめったにはいない。武役番方ならば御番士どころか侍大将たる御番頭様、役方ならば立派な御奉行職の格式だった。

儀右衛門同様、人々も仰天したらしい。誰もが青山玄蕃の背中を、ぽかんと見つめている。稲妻小僧を取り囲んだ陣屋の侍たちなどは、ひとたまりもなくその場にひれ伏した。

だが、それでも清水儀右衛門は怯まなかった。無礼の次第はさておき、家老として留守居として、この一件は粗相なく裁量せねばならなかった。芦野はご先祖様より伝えられた領分であり、おのが生まれ育った故郷だった。

儀右衛門はふと、青山玄蕃の家来とおぼしき若い侍の表情を怪しんだ。青山家の陪臣ならば、何をそうも驚いている。主人に対する無礼を咎めるどころか、ほかの連中と同様に仰天しているのはどうしたわけだ。

儀右衛門のまなざしに気付いて、青山玄蕃の語り始めたいきさつは、人々を二度仰天させた。

「よろしいか、御家老。それなる武鑑の記載にまちがいはござらぬが、実は大まちがいがござっての。青山家の知行三千二百五十石はさきごろ召し上げられた。番町の屋敷もすでにない。闕所改易のうえ、身は蝦夷の地に流刑と相成った。この者は押送人ゆえ、科人の仔細を承知していなかったのでござろう」

そこでようやく、若侍が名乗った。

「南町奉行所与力、石川乙次郎と申しまする。さなる次第により、ご挨拶の遅れましたることはご容赦下されませ」

ようやく話が見えた。流人と押送人が、お尋ね者と芦野宿に泊り合わせ、説諭してここまで連れてきた。しかし、だにしても人が多過ぎよう。

儀右衛門は改めて一同を見渡した。やはり腑に落ちぬ。

「ええい、面倒くせえ。まだお疑《うたげ》えなら、これでどうだえ」

お尋ね者が辛抱たまらぬとばかりに、着物の両袖を抜き上げた。

「ほれ、とくとご覧《ろう》じろ。紛れもねえ稲妻小僧の看板でござんす」

さあどうだとばかりに背を向けた。黒雲に稲光の刺青、これで疑いようはあるまい。稲妻小僧である。

「了簡いたしました。しからば青山様、ことの次第をお聞かせ下されませ」

気負けせぬよう背筋を立てて、清水儀右衛門は言った。

稲妻小僧の手配書が、隣国の黒羽陣屋から届いたのは数日前である。江戸からのお触れがそのように逓伝されてくるのは、珍しい話ではなかった。書面を写し取り、本陣と問屋場、宿場内の大旅籠に「芦野陣屋代官」の触書として配布した。芦野は大名並みの領分ではあるが、建前としては旗本芦野家の知行所であるから、公の文書については代官名を称する。

儀右衛門は悔いねばならなかった。おのれは芦野家の国家老である前に、知行所の代官であるはずなのだ。だのに平安な里にぬくぬくと暮らしているうち、その本分を見失ってしまった。おのが務めは年貢や冥加《みょうが》金をつつがなく納めさせることのみと思うようになり、悪人の手配書などは絵空事だった。

青山玄蕃はなかば振り向き、扇子の先を浪人体に向けて語り始めた。

「それなるは野老山《ところやま》権十郎と申し、剣の道を極めんとて諸国の道場をめぐりおる武芸者である。昨夜は那須屋方に投宿しておったところ、同宿人中にお尋ね者を発見し、みごと召し捕った。なお、それがしは科人であり、石川殿は押送人であるによって、一切手出しはしておらぬ。捕物は野老山殿おひとりの手柄である。さよう承知されたい。よろしいか、御家老」

儀右衛門は肯《うなず》いた。青山玄蕃の声は朗々としていささかの淀みもなく、虚偽があるとは思えなかった。

「しかるに、野老山殿は剣一筋の武芸者ゆえ、賞金稼ぎのごとき真似はしたくないと申す。それはそれで見上げた心がけではあるが、芦野陣屋代官名の手配書が出ておる限り、要らぬから払わぬでは御尊家の面目にかかわろう。それがしとて、芦野中務殿の御領分なれば、気が気ではない」

ごもっともである。金の話が出たなら気を付けねばならぬと思っていたが、どうにも理路整然として疑いようがない。

ふいに、野老山権十郎なる者が、目をとざし腕組みをして口を挟んだ。

「拙者はビタ一文いらぬぞ。修行中の武士が金を稼いで何とする」

青山玄蕃が扇子で畳を叩いた。

「承知しておる。それがしと御家老で丸く収めるゆえ、おぬしは黙っておれ」

儀右衛門は「マアマア」と二人を宥めた。生来諍《いさか》いを好まぬたちである。

「ご覧の通りの頑固者にござる。けさ方も知らんぷりで早立ちするところを、どうにか引き止めて御陣屋まで連れて参った。お尋ね者のほうがよほど神妙じゃ」

「へい、神妙でござんす。けっしてじたばたいたしやせん」

人々は笑い、空気が和んだ。悪党とは言え、さすがは多くの手下を率いて江戸を荒らし回った稲妻小僧である。見得を切るにしても合の手を入れるにしても、まこと間がよい。

青山玄蕃は滔々《とうとう》と話を続けた。

「物騒な世の中ゆえ、十手など差して旅しておったのが悪かった。役人と勘違いされて、お尋ね者を押しつけられても困るのだ。さりとて下々の者どもに、実はそれがしも罪人じゃなどとどうして言えよう。そこで、かかわり合《お》うた者を引き連れ、御陣屋に罷り越したる次第にござる。話はややこしいが、これでおわかりかの、御家老」

わかったようでわからぬけれど、わからぬと言えば老耄を疑われそうな気がして、清水儀右衛門は深く肯きつつ、「了簡いたしました」と答えた。

「しかしながら青山様。それがし、ひとつだけ得心ゆかぬことがござりまする」

頭《こうべ》を垂れたまま怖る怖る訊ねた。

「遠慮のう申すがよい。そこもとは芦野中務殿が代官である」

儀右衛門は思わず膝前に双手《もろて》をつかえた。気圧《けお》されてはならぬ。

「飯盛女まで同道なされたるは、いかなるご所存にござりましょうや。まして陣屋の座敷まで引き連れるなど、こればかりは了簡いたしかねまする」

たとえ大禄の旗本であろうと、客間に通されるのはご本人のみ、士分は廊下か次の間に控え、そのほかは庭先が道理であろう。青山玄蕃が一同を引き連れて、強引に上がりこんだのである。かくして暑熱のさなか、身分も何もなく人がこみあう牢獄か煮物のごとき有様となった。

「遅ればせながら、無礼の段はお詫びしておく。しかるに、こうして顔を並べさせねばわかりづらい話ゆえ、致し方なかった」

詫びると言いながらも、青山玄蕃の物言い物腰は偉そうだった。いや、そもそも偉いお方なのだから仕方あるまい。

女中が冷や水を運んできて、儀右衛門と玄蕃の膝前に置いた。

「かたじけない」

ひとこと礼を述べて、玄蕃は湯呑を掲げた。大身の旗本は茶の心得もあるとみえて、挙措は優雅である。

そうしてさんざ気を持たせたあとで、ようやく話の続きが始まった。

「褒美の五十両は、それなる野老山権十郎が受け取るべきである。畏れ多くも上様の御裁可を得た懸賞金を、要らぬと申すは無礼千万、要らぬならば有難く頂戴したあと、賽銭箱《さいせんばこ》にでも投げこめばよい。さて、そこで――」

青山玄蕃はなかば膝を回して、扇子の尻を飯盛女に向けた。

「その者は名をお栄と申し、長く那須屋にて養われおる女である。昨夜、商人体の客が稲妻小僧であると気付いたるは、このお栄であった。厠を使うと見せて並び座敷の権十郎に伝え、召し捕りとなった次第である。よって、このお栄にも褒美を取らせて然るべきであろう。権十郎が要らぬと申すのであれば、飯盛女を身請けしたということでよいではないか。よもや宿場女郎の借金が、五十両で足らぬはずもあるまい。そうとなれば宿場内の話である。仔細についてはそこもとと那須屋、本陣亭主等、芦野在のおのおのにてお決めなされよ」

清水儀右衛門は西向きの庭に顔を向けた。枳《からたち》の垣根に、番《つがい》の鵯《ひよどり》が戯れていた。遥かな那須の連山から風が寄せてきて、儀右衛門の胸をすかせて過ぎていった。

青山玄蕃の語る捕物の経緯を、鵜呑みにしたわけではない。だが、真実はどうであれ、厄介な話をずいぶん都合良くまとめてくれたものだと、儀右衛門は感心したのだった。

まさしく那須連山から吹き寄せる風に吹かれて、汗の引く思いである。

懸賞金はもともと幕府が示したものだが、とりあえずは当家が立て替えねばなるまい。時節がら陣屋の御金蔵に余裕はなく、いざとなれば本陣を預かる名主か領内の商家を頼らねばならぬ。なおかつ、武者修行中の武芸者は金を受け取る気がなく、流人と押送人を足止めはできない。

そこで、捕物に功のあった飯盛女の借金に充てる、ということにすれば他所者《よそもの》のかかわらぬ内々の話になる。

現金のやりとりはない。年増女郎の借金ならばせいぜい十両かそこいら、多少の色はつけるにしても、いずれ幕府からは五十両の金が下りてくる。三千石余の領知で大名並みの見栄を張らねばならぬ当家にとって、まこと有難い収入である。

「いかがかな、御家老」

清水儀右衛門は一同の表情を窺った。那須屋の主人夫婦は揃って肯き、権十郎は無念無想の腕組みをし、飯盛女は顔を被って泣いている。おそらく陣屋を訪ねる前に、青山玄蕃は説得をおえていたのであろう。

しかし、ひとつだけ懸念があった。

「青山様のご采配、おみごとにござります。さりながら、かような話をなにゆえそれなる稲妻小僧にまで聞かせねばならぬのか、それがしにはわかりかねまする」

しばらく不穏な沈黙があり、儀右衛門は「青山様、ご説明を」と返事をせかした。すると、のしかかる油蟬の声を叩いて、稲妻小僧が凄んだ。

「おう、御代官様よ。八方丸く収めようてえ青山様のお骨折りに、どうして水を差しなさる。五十両は俺の首に懸かった金だぞえ。ならばこの口が物を言うても罰は当たるめえ。いいか、俺ァ天下の悪党だが、ひとつぐれえは善行を施して、あわよくば極楽往生してえと願っているのだ。四の五の言いやがるんなら、首が飛んでも七代祟ってやるからそう思え」

その啖呵《たんか》で決着はついた。清水儀右衛門は深々と頭《こうべ》を垂れた。

「ご無礼の数々、お許し下されませ」

青山玄蕃は朗らかに笑った。

「なになに、中務殿とは昵懇の仲じゃによってな。流謫《るたく》の身となっては、生きてふたたび相見《あいまみ》えることもあるまいが、お国元での騒動に、いくらかでも力添えができたのは幸いでござる。折あらば、よろしゅうお伝え下され」

この旗本はいったい、何の罪を問われて流謫されるのであろうと儀右衛門は考えた。もしや桜田騒動に連座したか、あるいは家を捨て命も賭して尊皇攘夷を説いたか、いずれにせよひとかどの志士にちがいあるまい。持説を曲げず潔く罪に服する人ゆえ、語るところはかくも明晰《めいせき》で、その笑顔はかくも晴れがましいのであろう。

「御代官様にお願いがござる」

野老山権十郎が平伏して言う。大手柄を立てたうえ銭金など要らぬというこの武芸者の、たっての願いとあらば聞き届けてやらねばなるまい。

「勝蔵めはすでに前非を悔い、神妙にいたしおりますれば、縄を打たぬは武士の情け、向後もよろしくお取り計らい下され 」

言うたとたん権十郎は、どすんと音の立つほど額を畳に打ちつけた。

「あいわかった。天下の極悪人ゆえ死罪を免れるはずもあるまいが、この陣屋に留め置く間は、さよう計らおう」

それから儀右衛門は、陣屋の御門まで一同を送った。約束通り縄を打たぬままの勝蔵を伴ったのは、何かしら考え及ばぬ深い事情があるような気がしたからである。

「では青山様、道中息災に」

「大儀である。あとは頼むぞ」

一行のうしろ影を見送りながら、勝蔵が呟いた。

「御代官様。どうか深い詮索はなさらねえで下せえやし」

「そのつもりはない。年寄りと思うて見くびるな」

遠ざかりながら、飯盛女だけがときおり振り返った。そのつどひといろの緑の中に、裾の紅絹《もみ》が翻った。

ふと枳の花の残り香を嗅いだように思って、清水儀右衛門はあたりを見回した。

八

関東と奥州を隔てる明神峠を越えると、緩い下りがしばらく続いた。

山は大樹に被われており、谷川から吹き上がる風が汗みずくの体を冷やした。

「急ぐなよ、石川さん。下りはのんびり行かねえと、膝が笑っちまうぜ」

そう言いながら青山玄蕃は、頤《おとがい》を人形めかして振り、ケタケタと笑った。こやつの中には、二人の人間が棲んでいるのではないかと、僕は疑い始めている。

すでに白河領である。白河の御殿様と言えば、かの松平定信《さだのぶ》公を思いつくが、今は御譜代十万石阿部播磨守様が御領分であるらしい。

峠には「白河の関」があるものとばかり思っていた。ところが、それは歌に詠まれた大昔の話であるらしく、関所ではない玉垣を繞《めぐ》らせたふたつの御社が鎮まっているきりだった。

神社がふたつ並んでいるとは奇妙な風景だが、玄蕃が言うには「珍しくもねえ、面白くもねえ」のだそうだ。

芦野宿での騒動が無事に落着したのは明神様の功徳かと思い、賽銭をはずんで掌《て》を合わせていると、「あんた、ばかか」と玄蕃が嗤《あざわら》った。

「この、罰当たりめ」と僕が罵れば、玄蕃は大あくびをしながら、

「罰ならとうに当たっておるわ」

そしてまた顎を振って、人も神も馬鹿にするように笑った。

「お国境だから、神様も二柱なんて理屈があるものかえ。賽銭が倍になるだけさ」

そう言って玄蕃は、さっさと峠を下って行ってしまったのだった。

芦野宿には二夜泊った。一夜目に騒動が起こり、僕が止めるのも聞かず玄蕃は顔をつっこんだ。騒動とは言え、大捕物があったわけではない。お尋ね者と賞金稼ぎ、そして年増女郎の三人を膝前に据えて、玄蕃はそれぞれの事情を聞いたのだった。

むろん、ろくでなしの玄蕃ではなく、立派な玄蕃の出番だった。公用中の役人が、たまたま那須屋に泊り合わせたのだ。

三人を僕らの座敷に連れてきて、酒を酌みながら夜の白むまで語り合った。

世間は何と苦に満ちていることだろう。その世間にたった十九年しか生きていない僕は、それぞれの人生を聞き、いくらかでもその苦を偲《しの》ぶほかはなかった。一晩中、黙って蚊を追っていただけだった。

そして、明け烏の鳴くころに話がまとまった。いやしくも御法の番人として、この結論を看過してよいものかどうか僕には迷いがあったのだが、異議を唱える気にはなれなかった。小さな世間と、ささやかな苦しか知らぬ僕は、口を挟む器量ではないと思ったのだ。

筋書はこうしたものだった。

一夜の客が稲妻小僧であると気付いたお栄が、旅の武芸者にその旨を報《しら》せた。腕に覚えのある野老山権十郎《ところやまごんじゅうろう》は、ただちに躍りこんでお尋ね者を取り押さえた。騒動を聞いた僕と玄蕃が駆けつけたとき、すでに稲妻小僧はここが年貢の納めどきと観念していた。

――と、そういう話にしたのだ。事実は懸賞首を追いつめて勇み立つ賞金稼ぎを、玄蕃が宥めすかし、あまつさえ勝蔵とお栄が語り合う座敷を訪ねて説得したのだが。

僕にはわからない。しばらくして、暑い暑いとぼやきながら、一同が桟敷廊下をぐるりと巡って僕の部屋にやってきた。お栄は階下《した》から岡持《おかもち》に酒を載せて提げてきた。

そのさまは、まさか人の命と大金がかかっているとは思えず、同宿の旅人がたまさか意気投合して、広い座敷で酒を酌むことになった、とでもいうふうだった。ほんの小半刻ほどの間に、西向きの三畳間の障子の向こうで何が話し合われたのか、十手を握りしめて見守っていた僕には、まったくわからない。

「だからよォ、石川さん。あんたは知らぬほうがいいと言っとろうが」

のんびりと坂道を下りながら、玄蕃は鼻唄まじりに答える。僕らはそっくり同じ問答を、幾度もくり返していた。

のちのち咎められたときのために、僕は知らぬほうがよい、という配慮であるらしい。だが、それではまるで子供扱いされているようではないか。

「ぼんやり考えごとをしてて、蹴つまずくなよ。道中の怪我はたいてい下り坂だぜ」

「ぼんやりしてはいない。ずっと考え続けているのだ」

「なお悪いや。何でもかんでも、どうしてそう思いつめるのだえ」

玄蕃は十手を抱えて口三味線を弾きながら、新内《しんない》を唸り始めた。相も変わらず、高く冴えたいい声だった。

ふと僕は、玄蕃を斬ってしまおうと考えていたおのれの短慮を恥じた。少くとも彼の裁量によって、悪党は神妙に捕えられ、飯盛女は苦界から放たれ、賞金稼ぎはこれをしおに足を洗うと誓ったのだ。

春雨の　眠ればそよと起こされて
乱れそめにし浦里は
どうした縁でかの人に
逢《お》うた初手《しょて》から可愛さが
身にしみじみと惚れぬいて
こらえ情《じょう》なき懐かしさ
人目の関の夜着《よぎ》のうち
あけてくやしき鬢《びん》の髪

「俺は何もしちゃいねえよ。やつらののっぴきならねえ事情を聞いていたら、うめえ話を思いついただけさ」

唄いながら玄蕃は言った。

「ならばなにゆえ、それがしをのけものにしたのだ」

ケッと玄蕃は嘲《あざけ》った。

「のけものにしたんじゃなくって、あんたがのいていたんだろう。もっとも、女も知らねえ小僧をまぜる話じゃあるめえが」

小僧よばわりされても腹は立たなかった。たしかにその通りなのだ。

しばらく行くと、街道を水流れが横切っていた。山肌を伝ってくる沢が、うっすらと道を伝っているのだった。

玄蕃は木洩れ陽を見上げ、急に侍の声音に変わって、「少々早いが、飯にしようぞ」と言った。

村人の心配りであろうか、竹樋から清水が流れ落ちており、そのかたわらに苔むした地蔵と、丸太の腰掛けが並んでいた。

笠を脱ぎ、濡れ手拭で汗を冷やして、僕は玄蕃の話を待った。


のう、乙次郎。

奥州に入ったとたん、何やら風の色が変わったと思わぬか。

江《こう》は碧《みどり》にして鳥いよいよ白く、山青くして花燃えんと欲す。

まさに詩歌《しいか》のままの天然だ。山静かにして太古に似たり。関東の山川は人に征されたが、奥州はいまだ穢《けが》れてはいない。

明神峠を越えたとき、おぬしも感得したであろう。風が変わった、と。あるいは、ふいに耳目が聡《さと》くなったような気がしたかもしれぬ。下り坂で楽になったせいではないぞ。穢れなき風に吹かれて、頭まで回り始めたのだ。

そこでおぬしは、芦野宿での出来事をあれこれ考え直した。何もかも忘れよと、あれほど言うたのに。八方丸く収まったのだから、もうよいではないか。のちのち何か訊ねられたなら、くたびれて寝こけている間に流人めが旗本風を吹かして裁量したことゆえ、よくはわからぬと言えばそれまでだ。おぬしの本分は流人の押送ゆえ、誰も文句はつけられまい。

了簡できぬと言うなら仕方がない。ずっと問われ続けるのも面倒だしの。

だが、よいか乙次郎。おぬしは流人を見張っていただけで、この件には一切かかわりがないぞえ。

よし。では、おとついの晩の出来事を審《つまび》らかにいたそう。

俺はあの旅の商人が、お尋ね者にちがいないと読んでいた。しからば、なにゆえ十手取縄を怖れぬ。なぜ逃げ出さぬ。のみならず、どうしてわれらに面と向き合《お》うて物を言うたり、はては向こう座敷から声をかけて、酒をおごったりしたのだ。

いや、それよりもまず妙に思うたのは、追手のかかった凶状持ちが、まだ日も高いうちからなぜ芦野宿に草鞋を解くのか。あの時刻ならば一気に明神峠を越えて、奥州に逃げこむのが道理であろう。

そこで俺は考えた。あやつの胸の内には、よほど迷いがあるのではないか、とな。逃避行に身も心もくたびれ果て、他人様《ひとさま》から奪った金でさんざいい思いもしたことだし、もうこのあたりで手終《てじま》いにするかと、弱気の虫が騒ぎ始めていた。

御陣屋に自訴すれば話は早い。だが、そこまでの踏ん切りはつかぬ。首を洗って自訴するなど、稲妻小僧には似合わぬと思うたのやもしれぬ。

奥州まであと一歩の宿場で、たまさか同宿した役人に気付かれるという筋書は、なるほど芝居めいてふさわしいの。思い出してもみよ、立派な梯子段と吹き抜けの桟敷廊下は、大団円の大立ち回りにもってこいではないか。

しかしあいにく、その役人たちは江戸からの追手でもなければ、八州取締役の巡察でもなかった。あろうことか、蝦夷地に向かう流人と、その押送人だ。

いったいどうすればよいのかと、俺は頭が四角くなるほど考え続けた。そうは見えなかったであろうがの。

なぜ相談してくれなかったか、と。

おい、乙次郎。見習与力が何を偉そうに言う。おぬしに相談したところでどうにかなるのか。話がややこしくなるだけであろう。そして結局は力ずくの捕物となり、旅籠も宿場も大迷惑、怪我人が出るやもしれぬではないか。

かかわりあうな、とおぬしは言うた。だが俺は、ころあいを見てあやつの部屋を訪ね、酒を酌みながら説得しようと考えていた。逃げるのなら逃げてかまわぬ。自訴するなら御陣屋まで付き添うのもやぶさかではない。いかに流人の身とは申せ武士である限り、そのくらいはかかわりあわねばなるまい。ちがうか、乙次郎。罪人の俺は善悪を論《あげつら》う立場ではないが、はたの苦を見て知らんぷりは卑怯ぞ。

ところが、説得の機を窺《うかご》うているうちに話が難しゅうなった。お茶を挽いた飯盛女が上がってきたのだ。

それからの顚末はおぬしも見た通り、座敷を出てきたお栄が人相書の前でへこたれているところに、野老山権十郎が登場した。

あのみすぼらしい浪人者が、女を買う金を持っているとは思えぬ。ならばどうして飯盛旅籠に泊る。賞金稼ぎが、つけ狙っていた懸賞首をとうとう追いつめた。二階桟敷の端の、もはや逃げ場のない三畳の小座敷に。

まこと胸の悪くなる場面であったたな。

しかし、乙次郎。武士ならば男ならば、見て見ぬふりはなるまいぞ。

俺は梯子段の上から、しばらく二人の様子を窺っていた。

権十郎もお栄も、世間の底の底を這いずり回る人間にちがいない。桟敷廊下の高みから見下ろせば、階下《した》の二人はいかにもそのように思えた。

お栄は青ざめており、権十郎はしきりにその身を労っていた。浪人とは言え、士道を弁えた男だと思うた。そうして、二言三言やりとりをしたのち、お栄がいきなり権十郎の足元に両手をついて懇願したのだ。「どうかお見逃し下さんし」と。

権十郎はおもむろに懸賞首の潜む座敷を見上げ、それから顔をめぐらして俺に目を留めた。

「邪魔だてなされるな」とその目は言うていた。

こやつには何か思うところがある、と俺は気付いた。懸賞首を上げんとして逸《はや》っているふうがないのだ。おなごの情に絆《ほだ》されて、おのれの欲を捨てたようにも見えた。

いったいそのとき、権十郎が何を考えていたのかは知らぬ。だが、殺気や闘志が伝わらなかったのはたしかだ。

「悪いようにはせぬ。拙者に任せておけ」

権十郎はそう言うてお栄を立ち上がらせ、抱きかかえるようにして梯子段を上ってきた。そして、俺に向こうて少しも臆せずに言うた。

「何様かは知らぬが、邪魔だてはなされるな。下々には下々の道理がある」

そのとき権十郎は、深い事情など何も知らなかったはずだ。すなわち、「おなごが泣いて手をついたのだから、聞かぬわけにはいかぬ」というほどの心積りだったのであろう。

「邪魔はいたさぬ。力になりたい」

権十郎の胸にすがって嘆き続けるお栄を見つめながら、俺はそう言うた。お栄は俺に向こうて手を合わせた。

「お役人の中には、変わった御仁もおるものだの」

権十郎は俺を信じてくれた。そうしたわけで、三人は西向きの小座敷に向かったのだ。

独り酒を酌む勝蔵の影が障子に映っていた。

さて、聞くところに寄れば、勝蔵とお栄は同じ村の隣家にて生まれ育った幼なじみ。生き別れたのちはたがいの身を案じていたというが、好いた惚れたの齢でもあるまいし、血を分けた兄と妹のように想《お》い合うていたのであろうの。

めぐりあいは偶然か。いや、当たり前に考えれば、勝蔵はお栄の居場所を知っていた。で、早い時刻にもかかわらず峠を越えずに那須屋に投宿した、と。

だが、二人は口を揃えて、このめぐりあいは神仏のお導きだと言うた。

おぬしも知っての通り、俺は神仏の功徳などてんから信じぬ。しかし人生には、たしかにそうとしか思えぬ偶然がしばしば起こるものだ。

「夜分おそれ入る。同宿の貧乏侍でござる。そこもとに力添えいたしたい」

権十郎が障子ごしに膝をついて言うた。少しばかり考える様子があって、「どうぞお上がりなさんし」と、落ち着き払った勝蔵の声が返ってきた。

なぜ逃げぬのだと思うた。稲妻小僧ほどの盗ッ人ならば、いざというときの用心は怠りなかろうし、窓から屋根伝いに逃げるのもたやすいはずではないか。

そのときはまだ、勝蔵とお栄のかかわりを知らなかったゆえ、ああやはりこやつは逃避行にくたびれ果て、飯盛女にも面が割れて観念したのだな、と思うた。あるいは、飯盛女におのれの正体を告げて、人を呼びに行かせたのか、とな。

勝蔵とお栄、権十郎と俺の四人《よったり》が三畳間の行灯のほの明かりのもとで顔をつき合わせている図を想像してみよ。思い返すだに息が詰まるわい。

「お察しの通り、あっしが稲妻小僧こと勝蔵でござんす。こうして名乗ったからにァ逃げも隠れもいたしやせん。みなさま方に今生《こんじょう》のお願いがござんす。どうかお聞き届け下さんし」

そう言って勝蔵は双手《もろて》をついた。しかし頭は下げず、上目づかいに俺と権十郎を睨みつけていた。

性《しょう》の善悪はさておき、あの男はよほどの大器量だぞえ。俺も権十郎も、一瞬であやつの気魄《きはく》に呑みこまれてしもうた。

「さっそくのお許し、痛み入りやす。では、お情け蒙《こうむ》りまして、勝手なお願いをさせていただきやす」

否も応もあるものか。男の貫目《かんめ》がちがうのだ。

そうしてまず、勝蔵はお栄とのかかわりを語った。夜盗の声色であろうか、潜めてはいてもはっきりと聞こえる、低く静かな声だった。

しょせん俺たち江戸者には、ふるさとへの愛着も、幼なじみの情の濃さもわかるまい。だが、想像しなければならぬ。

別れた齢は勝蔵が八つ、お栄が六つ、それでも折にふれてはたがいを思い出し、身を案じていたという。はたしてそんなことがあろうか。ましてや二十幾年もの歳月を隔てて、出会《でお》うたとたんにそうとわかるなどと。

何の嘘も企みもないとしたら、答えはほかにないと俺は思った。

口べらしのために小僧に出された勝蔵は、盗ッ人稼業に身を堕とした。お栄は身を叩き売られて飯盛女になった。そんな二人は、生まれ故郷に帰りたくても帰れまい。あるいは、帰る気にもなれまい。つまり、恨みつらみがなく、幼き日のあたたかな思い出しかないおたがいが、勝蔵とお栄にとってのふるさとだったのだ。

権十郎は話を聞きながら、ときおり目を瞑って深く溜息をついた。やつの生まれ育ちなどは知らぬが、おそらく思いは俺と同じであったろう。

「この世に生まれ落ちて三十と五年になりやす。長《なげ》えか短けえかは考えようでござんしょう。あっしァ、存分に生きたような気がしているもんで、土壇場も磔獄門も怖くはござんせん。そんなことより、どうせくたばるのなら、命の高売りはできねえものかと頭をひねっておりやした。そこに、このお栄とバッタリ出くわした。日ごろ信心のかけらもねえのに、ありがてえ話じゃござんせんか」

身請けをしてやりたいのだが、あいにく手元に金はない。取りに帰るにしろ届けさせるにしろ日はかかる。ならば手立てはひとつきり、てめえの首に懸けられた五十両でお栄を引けねえものか。

むろん俺は、そんな話を頭から鵜呑みにしたわけではない。何かしら魂胆があるのではないかと、あれこれ考えていた。なにしろ相手は天下の大泥棒だ。

夜更けとともに風が立った。汗が冷えると心も落ち着いてきた。

よほどおのれの身の上を明かそうかと思うた。おぬしを追うているわけではない、実はお縄のかかっていない流人なのだ、と。しかし、いたずらに話をややこしくするだけで、何の得もあるまいと思いとどまった。

みながみな、ぎりぎりの剣ヶ峰に立っているのだ。

「あっしァ命を捨てます。どうかそのお命代の五十両を、こいつに投げてやっておくんなさい」

勝蔵は権十郎を睨みつけたまま手をついた。それから俺に向き直って、

「お役人様も、ご無体はおっしゃらねえで下さんし」

泣きを入れているわけではない。勝蔵は命を張った勝負に出ていた。

のう、乙次郎。流人も悪くはないぞえ。もとの身分の俺ならば、こんな話は聞く耳持たぬわ。だがあの夜の俺は、お尋ね者や賞金稼ぎや飯盛女と、同じ目の高さで語り合うことができた。ましてや刀も脇差もなければ、ただの旅人だ。

刀というものはの、腕前がどうのではなく、持っているだけでまともな話し合いができぬのだと俺は知った。

丸腰の浪人も、ただの旅人に過ぎなかった。だから俺と同様、疑いつつも勝蔵の話を聞いていた。

「それがしは賞金稼ぎを生業《なりわい》としている。ここまで追いつめて懸賞金を捨てることなどできぬ」

権十郎はそれでもお栄に憐れみの目を向けながら言うた。勝蔵の話を聞いてからというもの、俺もかたわらでしゃくり上げるお栄が、いたいけな小娘に思えてならなかった。

「ごもっともで」

勝蔵は三白眼を権十郎に据えた。

「二千五百両もの大金を、遣い捨てられるはずはござりますめえ。隠し金はそっくり差し上げます」

つまり、当座の五十両を捨ててくれれば、稲妻小僧の隠し金はそっくりくれてやる、というわ

けだ。

人相書の文面を思い返してみよ。

御府内商家にたびたび押しこみ、金二千五百両余強盗に及び、遣い捨て候由《そうろうよし》——たしかに遣い果たせるはずはない。盗ッ人は金遣いの荒さで足がつく。稲妻小僧が長いこと尻尾を摑ませなかったのは、派手な暮らしをせず、遊里で大尽遊びなどしなかったからで、だとするとどこぞに金はたんまり隠してあるはずなのだ。

穴を掘って埋めたか。惚れた女に預けたか。少くて千両。へたをすれば二千の上だろう。

「三途の川の渡し賃が六文。あっしがこのさき入用な金は、それだけでござんす。隠し金はお二人で好きにお分け下さんし。半分にしたって、一生左うちわで暮らせる金でござんす」

俺は思わず、「どこにあるのだ」と問い詰めてしもうた。作り話やもしれぬと思うたからの。

勝蔵は四角い顔を綻《ほころ》ばせて笑った。

「ハハッ、そりゃあお役人様、今ここで口にできるはずはござんせんや」

「だが、芦野陣屋につき出されてからでは何も言えぬぞ」

「簡単な話でさあ。お栄にだけ教えておきます」

勝蔵はやおら伝法に片膝を立て、盃をくいとあけて不敵に笑うた。それから、「さあ」と答えをせかせるように、権十郎の胸に盃を押しつけた。

「頭のいいやつめ。情に訴えると見せて、理詰めできたか」

「いいえ。世の中、情理は裏と表でござんす。道理の通らぬ情に絆《ほだ》されてはなりやせん。情のねえ理屈を通してもなりやせん」

も少し生まれ育ちがましであったなら、この男は世の中を変えただろうと思うた。

いまだ嘘か実《まこと》かはわからぬが、勝蔵は隠し金のありかをお栄にだけ教えておく、と言うたのだ。おのれの命代でお栄を苦界から解き放つ、たったひとつの手立てだった。かけがえなきふるさとを買い戻す、まさしく命の高売りにちがいあるまい。

はてさて、おぬしも気が気ではなかったろうな。向こう座敷では四つの影が角突き合わせて、何やらぼそぼそと相談している。立ったり座ったり、桟敷廊下を行きつ戻りつするおぬしの姿が目に浮かぶわ。

しかし、よくぞ堪《こら》えてくれた。あの剣ヶ峰の用談中に、おぬしが十手を揮《ふる》うてご用ご用と躍りこんできたら、それこそ何もかもご破算になっていただろう。

ああ、那須の山々の何と美しいことか。こうしたふるさとの景色を持つ者は幸せだ。江戸にはそれがない。富士や筑波嶺《つくばね》が見ゆるは高台の屋敷町で、町人地はあらまし谷地《やち》であるから山などは望めぬ。

しいて言うなら町のたたずまいそのものが景観ということになるが、それもたびたび火事で丸焼けになって相を改める。

ふるさととはあの那須岳の麓なのだと、お栄は言うておった。指呼《しこ》の間にあるのに、遥けきところなのだな。

おぬしは遊女の運命など知らぬであろう。宿場女郎から吉原の花魁《おいらん》まで、格のちがいはあるが苦労はみな似たようなものだ。

いくら働こうと借金はなくならぬ。やれ利息だ衣裳代だ、手間賃だ部屋代だと難癖つけられて、なくなるどころか減りもせず、しまいには身を壊して死んでゆく。

お大尽に身請けされるなどというのは、よほど美形の太夫で、それとてめったにある話ではない。ましてや飯盛女の身請けなど、聞いたためしもないわい。

さよう。身請けだ。

聞いたためしがなくとも、借金をきれいさっぱり返しておのれの女房にするというなら、文句のつけようはあるまい。ましてや客も引けなくなった年増女郎なら、旅籠も御の字だろう。

ああだこうだと話し合《お》うているうちに、俺は一計を案じた。

懸賞金をお栄にくれてやるというから話に無理があるのだ。旅人が一夜を伴にした飯盛女に惚れた。たまさか同宿したお尋ね者を引っ捕えたるは天佑《てんゆう》、懸賞金で女を引くと決めた。

どうだ、妙案であろう。野老山権十郎とお栄が、夫婦《めおと》になればよいのだ。嘘偽りのない実《まこと》の夫婦に。

俺がその説を開陳《かいちん》したときの、それぞれの顔は忘られぬ。

お栄はエエッと頓狂な声を上げて口を被った。どうやら客を取るには選《え》り好みなどないが、夫婦になるといえば話はべつであるらしい。

「しばらく、しばらく」

権十郎は俺がみなまで語らぬうちに、片手を突き出して割って入った。

「それがし、ご覧の通り四十を過ぎての寡男《やもお》暮らしで、今さら所帯を持つなど思いもよらぬ。何も実の夫婦にならずとも、そういう話にするということでよいのではござらぬか」

いいや、と俺は頤《おとがい》を振った。

「大きな嘘はばれづらいが、小さな嘘は綻びるものだ。実の夫婦になれ」

同じ目の高さで生きてきた二人なら、きっと添いとげるだろうと俺は思ったのだ。梯子段の下で、お栄は権十郎にすがりつき、権十郎はわけもわからぬままお栄を労っていた。同じ苦労を味わってきた証《あかし》ではないか。

うろたえる二人をよそに、勝蔵はじっと考えこんでいた。こう、賽の目を読む博奕《ばくち》打ちのように、顎をさすりながら。しばらくそうしたあと、膝をぽんと叩いて、何もかも読み切ったように言うた。

「それでよござんしょう。あっしに異存はござんせん」

晴れがましい顔であったよ。磔にかけられても、きっとこいつはこんな顔で空を仰ぐのであろうと思うほどの。

それから勝蔵は、膝を揃えて手をつき、今度はきちんと額を伏せて権十郎に礼を尽くした。

「どこのどなたさんかよくは存じませんが、どうか末永くお頼み申しやす」

おい、とせかされてお栄も三ツ指をついた。それで権十郎は否《いや》と言えなくなった。もっとも、内心はまんざらでもなかったのであろうがの。

「よかったな、お栄。これでおめえも、一足飛びに御新造様だ」

勝蔵は手をついたまま顔だけお栄に振り向け、まことしみじみと、それこそ父親か兄のようにそう言うた。

話のあらましはそんなところだ。あとは蒸し暑くてたまらぬゆえ、広い座敷に移って飲み直すことにした。おぬしにも大筋は承知しておいてほしいしの。

どやどやと押しかけられて、おぬしもさぞ仰天したであろう。いったい何がどうなっているのだ、と。

だが、おぬしは何も訊ねなかった。ただ俺たちの話に、黙って耳を傾けていただけだった。

俺を信じてくれたのか。さもなくば、おのれには手に負えぬ話だと思うたのか。いずれにせよ、おぬしがおとなしくしてくれていたせいで、すべては丸く収まった。お手柄じゃぞえ、それは。

ところで、権十郎とお栄はとりあえず江戸に戻ると言うておったが、今はどのあたりであろうの。女連れでは捗《はか》が行かぬし、今夜はせいぜい大田原か佐久山、明日は宇都宮まで届くまい。ならばいっそ、日光詣での寄り道でもしていったらよいな。急ぐ旅でもあるまいし、話を聞けば権現様も大喜びで、ご加護もあろうというものだ。

那須屋のおかみが言うておった。

「嫁に行ったらさだめし亭主を出世させる女だと思っていたが、あのご浪人じゃさすがに手遅れか」

そんなことはあるまい。百日鬘を剃って着物を新調すれば、あんがい見映えのする侍になろう。実は別れしなに知恵をつけてやった。金を手にしても小商いを始めようなどと思うな。蔵前の札差《ふださし》に相談して、御家人株でも買え、とな。

どうだ、乙次郎。おぬしもきょうびの御家人のていたらくはよく存じておろう。ひとかどの旗本とて、ほれ、この通りだ。ならば氏素性は悪くとも士道を弁えたる権十郎のほうが、よほど御役に立つはずではないか。

おかみの踏んだ通り、お栄は亭主を出世させる。そして、お栄も晴れて御新造様だ。これまでの苦労は水にして、勝蔵の情だけ忘れなければそれでよかろう。

了簡したか、乙次郎。では、昼飯にしようぞ。


竹皮の弁当包みを開くと、大きな握り飯が二つに、梅干と大根漬が添えてあった。僕と玄蕃は丸太に腰かけて那須岳を眺めながら、のんびりと昼飯を食べた。

「ところで、乙さん。ゆんべの首尾はいかがだったかね」

しばらく言葉を探してから、「上々だ」と僕は答えた。

「ほう。てえことは何か、あんたもようやく男になったと」

ひやりとした。くれぐれも用心しなくてはならない。玄蕃は勘が鋭いうえ、しばしば水を向けて僕の失言を誘う。

「何度も申すが、それがしには妻がおる。子供扱いはするな」

「ああ、そうだ。そうだったな。どうもあんたを見ていると、まだ女を知らねえんじゃねえかと思っちまう」

先ほどまでのまともな玄蕃はどこへやら、物言いから顔つきまで、下卑た玄蕃に入れ替わっていた。

おとついはまんじりともせぬまま夜を明かし、朝方に騒ぎを起こした。つまり、朝の光で稲妻小僧の刺青に気付いたお栄が権十郎に報《しら》せ、みごと召し取ったという筋書だった。

那須屋は時ならぬ大騒動となり、同宿の玄蕃が取りまとめて、那須屋の主人とおかみ、本陣の亭主、宿場役人までが連れ立って陣屋へと向かった。

武者修行中の権十郎は懸賞金など要らぬと言い、ならばその金で殊勲の飯盛女を身請けしたことにすればよい、という話になり、代官が躊躇しているとみるや、勝蔵が双肌《もろはだ》脱いで啖呵を切った。

しかし、五十両の大金をきょうのきょう、というわけにはいかない。明日には用意するとの約束を取りつけ、僕らは陣屋をあとにした。そんな次第で、僕らと権十郎は那須屋にもう一晩泊る運びとなった。

そこで、「ゆんべの首尾」の話になる。那須屋の大盤ぶるまいで、僕と玄蕃にまで飯盛女があてがわれたのだ。

玄蕃は大喜びだったが、気の進まぬままに別座敷を訪ねてみると、白無垢の夜着をまとったいたいけな娘が、震えながら僕を待っていたのだった。

ひとめ見て、誰であるかわかった。那須屋に草鞋を脱いだ折、勝蔵と権十郎の足を洗った小女だった。

た。

「お夏と申します」

か細い声で名乗ったあとは、もう物も言えず、わが手でわが身を抱きしめてこごまってしまった。

まだ子供ではないか。夜化粧を施してはいても顔立ちは幼くて、せいぜい十四か十五、それも訊ねれば二つ三つは鯖《さば》を読むにちがいないと思うと、たちまち会話の緒《いとぐち》を見失ってしまった。

宿が用意してくれた座敷は、街道に面した西向きの三畳間で、前夜に勝蔵が取った部屋の並びだった。

僕は窓の敷居に腰かけ、言葉を探しながら二階屋の軒端にさざれる星ぼしを眺めた。ときどき向こう座敷から、玄蕃と飯盛女の甲高い笑い声が聞こえた。

男と女の閨事《ねやごと》を、ああも気楽に運ぶなど、僕には一生かかってもできないだろう。たとえできたとしても、それは成長ではなく堕落にちがいない。

那須屋はお祭り騒ぎだった。なにしろ音に聞こえた稲妻小僧が、この宿屋で捕まったのだ。人の噂にもなろう、瓦版にも書き立てられよう、どうかすると芝居にもかかって、そうとなれば引きも切らずに客が訪れる。大繁盛の前祝いだとばかりに、梯子段の下には薦《こも》かぶりの四斗樽の蓋が開けられていた。

お夏が僕にあてがわれたのも、その大盤ぶるまいのうちらしいのだが、おかみが言っていた初見世だの水揚げだのという文句を、僕はよく知らなかった。いや、大方の見当はついていても、冗談だろうと聞き流していた。

星空を見ながら、御陣屋の牢にある勝蔵の姿を思い描き、東の座敷で夫婦《めおと》の盃をかわしている、権十郎とお栄のことを考えた。するといよいよ、僕がどさくさまぎれに不埒を働くような気がしてならなくなった。

「安心せい。何もせぬゆえ」

言ってしまってから、言葉の惨《むご》さにおののいた。僕が何もせずに一夜を過ごしても、お夏は遅かれ早かれ誰かに抱かれるのだ。見も知らぬ旅人に。

「どうして」

悲しげにお夏は訊き返した。

「江戸に――」

妻がいる、というすんでのところで僕は声を呑み下した。それは理由にならぬし、お夏にとってはいっそう惨い言葉だろうと思ったからだった。

杉葉を焚く蚊遣の煙が瞳を刺した。すがすがしい匂いが夜に満ちていた。

「お恥かしい話だがな、実はまだおなごを知らぬ」

しばらく物思うふうをしてから、お夏は「ハア」と気の抜けた返事をした。

「どちらも知らぬのではうまくゆくまい。おかみにはそれがしが勝手をしたと言うておく。金も払《はろ》うておく」

その先は簡単だった。お夏を妻だと思いこめばよいのだ。

背を向けて寝巻に着替え、お夏の肩を抱いて褥《しとね》に横たわった。手枕をして仰向いているうちに、木のように堅かったお夏の首や肩が、少しずつほぐれてきた。

「お栄さんが、身請けされるって」

お夏が天井を見上げたまま呟いた。それは彼女がきょうから歩み始める道の、遥かな先途《せんど》にちがいない。むろん、たどり着くことは難しいが、お栄は希望を与えたはずだった。

お栄が救け出された苦界に、お夏は沈んでゆく。これはかりはどうにもならぬ運命が切なくて、僕はお夏を抱きしめた。

比べてはなるまいけれど、僕の知るたったひとりの人よりも、それはさらに幼く、さらに薄い体だった。

頬を合わせてまどろむ耳に、新内の三味線が聞こえた。あたりがしんと静まったのは、玄蕃の弾き語りがあまりにみごとだからだった。

どうした縁でかの人に
逢うた初手から可愛さが
身にしみじみと惚れぬいて
こらえ情なき懐かしさ

どれほど抱きとめようとしても、腕をすり抜けて闇に沈んでしまう少女のまぼろしが、僕を苦しめた。

「ははァ。さては石川さん、あんたゆんべ何もしなかったな」

握り飯を頬張りながら玄蕃が言った。

「まったく、無粋な野郎もいたもんだ。何から何まで膳立てしてやっても、まだ江戸の女房に操を立てやがるか」

この男はどうしてこうもどさどさと、人の心に踏みこんでくるのだろう。おかげで、放っておけばじきに乾くはずの胸のうちは、すっかり踏み荒されてしまった。

「お夏はどうなるのだ」

僕は玄蕃に訊ねた。知れ切った話なのだが、訊かずにはいられなかった。

「お夏——ああ、ゆんべの女か」

女、という言い方はお夏にそぐわなかった。僕の腕には、薄い陶《すえ》のようなあやうい肌触りが、まだありありと残っていた。

「そりゃあ、知れたことだ。きょうかあすにも花は散るさ」

玄蕃のまなざしを追って夏木立を見上げたが、花はどこにも見当たらなかった。

「まったく、風流のわからねえやつだな。せっかく俺が話をつけてやったのに、据え膳を食わねえうえ揚代まではずみやがった。一両二両で女の借金が減るとでも思ったか。どっこい世の中それほど甘くねえ」

言い返さずに握り飯をかじった。僕は抗うだけの理屈を持たなかった。

出立の前、玄蕃に勘定の目安を訊ねたところ、「一両二分」と言われて驚いた。一両は水揚げの祝儀なのだそうだ。何もしなかったのは僕の勝手なのだし、ならばと色をつけて二両を渡すと、おかみは目を丸くして喜んだ。

おそらく過分だったのだろう。だが、それならそれで、お夏の借金が軽くなると思ったのはたしかだった。

青山玄蕃はもともと大身の旗本なのだから、遊びには相応の見栄を張ったにちがいない。それに引きかえ、僕は一両二両のまとまった金など、生まれついて見たためしもなかった。つまり、玄蕃が見栄で一両二分と差したうえに、金の値打ちのわからぬ僕が二分を乗せて二両とし、那須屋のおかみは大喜び、というわけだ。

昨夜の敵娼《あいかた》にそれぞれの握り飯を結ばせ、弁当に持たせるぐらいは当然だろう。

そう思ってよくよく見れば、玄蕃の握り飯は大ぶりで形もよく、僕のそれは団子のようにまん丸だった。

たちまちお夏の掌《て》を思い出した。細い体に不釣合いな、丸みのある子供の掌だった。ましてや口べらしのために売り飛ばされたくらいなのだから、米の飯を握ったためしなどあるまい。

「おい、石川さん。向後のために言うておくがな、女の名前なんざ、片っ端から忘れねえと身が持たねえぞ」

玄蕃の説教が僕にはわからない。わからないがきっといつか、わかる日がくるような気がした。

明神峠の頂が朱に明け初《そ》めるころ、権十郎とお栄は僕らを芦野宿の枡形《ますがた》で見送ってくれた。

地味な小袖の裾をからげ、手甲脚絆に竹の杖をついたお栄は、誰がどう見ても権十郎の女房だった。

懸賞金がどのように配分されたのか、僕は知らない。あんたは立ち合わぬがいい、と玄蕃が言ったので、陣屋の役人が那須屋を訪れた折も、その後の相談のときも、僕は知らんぷりを決めていた。

陣屋と那須屋と権十郎が分け合ったのだろうが、正体の知れた玄蕃が采配を揮《ふる》えば、従わぬ者はなかっただろう。

宿場はずれの枡形は、彼岸と此岸をきっぱりと分かつ柵に思えた。僕らは奥州路を北へたどり、権十郎とお栄は江戸に向かう。

玄蕃は立派なものだった。おのれの身の上をはかなむでもなく、よかったよかったと心から喜んでいた。そしていよいよ別れというとき、ふいに真顔になって「勝蔵を忘れてくれるな」と言った。その一言で、権十郎もお栄も泣き崩れてしまった。

しばらく行って顧みれば、曙《あけぼの》を背負って掌を合わせる二人の姿があった。僕が袖を引いても、玄蕃は振り返ろうとしなかった。

九

きぬさんへ。

便りに間があいてしまいました。何かあったのではないかと、さぞ心配したことでしょう。

でも、ご安心なさい。病も怪我もなく、すこぶる順調に旅を続けています。ではどうして心配をかけたかというと、下野《しもつけ》の芦野宿というところで、町人の悶着にかかずらってしまったのです。

なになに、悶着と言ってもたいした話ではありません。腰に十手を差していれば、何かと頼りにされるのです。それで芦野には二晩泊り、翌る日はいくらかでも遅れを取り戻そうと、白河の御城下を越して須賀川《すかがわ》、きょうは一気に福島まで足を伸ばしました。

四方を山に囲まれているせいでしょうか、湿気がこもってひどく蒸し暑い晩です。ここは板倉《いたくら》内膳正《ないぜんのしょう》様三万石の御城下、会津やら米沢やら相馬やらへの街道が岐《わか》れている要衝なので、古来御譜代の大名家が治めておられるそうです。

これまではなるたけ御城下の宿場は避けてきたのですが、くたびれ果てるわ日が昏《く》れるわで、この福島に宿を取ることとしました。

流人の押送という立派な公用なのですから、御城下に気を遣う必要などありません。もし怪しまれたなら、往来手形を見せればよい。しかし、三奉行連署のその手形は、あまりにも簡潔すぎるのです。旅の理由など何も書かれていない。ただ「道中宜敷御取計之事《よろしくおとりはからいのこと》」とあるだけなのです。

だいたいからして、流人と押送人が天下の公道を旅している、というだけでもおかしな話なのです。あれこれ尋ねられたらややこしくなりますね。それでなるたけ御城下は避けてきたのですが、いよいよこの福島城下でくたびれ果て、泊らざるをえなくなった、という次第。

流人が言うには、僕はあれやこれやと考えすぎるのだそうです。でも僕らの風体からすると、流人とその押送人には見えないでしょうが、幕府の隠密だと疑われそうな気もします。考えすぎではなくて。

ねえ、きぬさん。

僕はこまごまと気に病むたちなのでしょうか。自分ではむしろ呑気者だと思っているのですが。青山玄蕃なる流人がそう言うのですよ。「石川さん、あんたは気が細かすぎる」と。

さて、どうでしょう。自分のことはわからぬものです。

どれほど目を凝らそうと、世の中にはひとりだけ見えぬ顔がある。自分自身の顔ですね。鏡に映したところで右と左が逆様だから、けっして正体ではない。

どれほど耳を欹《そばだ》てようと、世の中にはひとつだけ聴こえぬ声がある。自分自身の声ですね。それは耳が捉えるのではなく骨に響いて伝わる音だから、実は他人が聴く声とはまるでちがう。

それらと同じ理屈で、どれほど心静かに考えようと、自分の気性などわかるはずはない。だから僕は呑気者ではなくて、もしかしたら苦労性なのかもしれない。

もっとも、それらは何から何まで、青山玄蕃のご高説なのですがね。

聞きながら僕が考えこむと、高笑いをして指を向けるのです。

「ほおれみろ、何をそんなに考えこむのだ。しょせん考えてわかる話じゃあるめえ。それに、もっと肝心なことだが、あんたが思うほど他人はあんたを見ちゃいねえ。あんたの話も聞いちゃいねえ。ましてやあんたの気性がどうだなんて、誰も考えちゃいねえよ」

玄蕃の物言いにはいちいち腹が立つのですが、そのときばかりは何やらスッと胸が軽くなったような気がしたものでした。

たとえば、町奉行所ではこの半年の間、上は御奉行様から与力、同心、小者に至るまで、みながみな僕の一挙手一投足に注目しているような気がしてならなかったのです。でも、そんなはずはありませんね。誰だって自分のことで手一杯。いくらか急な事情はあるにせよ、僕は南町奉行所与力二十五騎のうちの一騎にすぎないのです。

父上も母上も、まさか僕の敵ではない。僕を最も必要とし、僕をわが子と恃《たの》んでおられるのです。だからやはり、僕はあれこれこまごまと考えすぎていたのでしょう。

出立の夜にはまん丸だった月も、七夜を経てすっかり痩せてしまいました。

二十三夜に月待ちをすれば願い事が叶うと言います。いいかげん待ちくたびれた真夜中になって、ようやく山の端《は》に銅《あかがね》の盃を傾けたような月が昇りました。

何を願ったか、と。

それは内緒です。道中の平穏無事、父上のご本復、母上のご健康、きぬさん伸びよ肥えよ。願い事を言っていたらきりがありませんね。そして、旅をしながらわかったのですが、僕らはみな、願かけをするほど不幸ではありません。

　実は、さて何を願おうかと窓辺で月待ちをしていたら、「あんた、ばかか」と玄蕃にたしなめられました。願い事を考えている、と見破られたのです。

　ところで、その青山玄蕃をよもや流人とは思わぬ旅籠の亭主が、夕飯の前に揮毫《きごう》を求めてきました。すましていれば、玄蕃はそれくらい立派な人物に見えるのです。

　すると玄蕃は、盃をくいと乾して昏《く》れゆく空に目を向け、よそいきの声で、

「今宵は二十三夜であったな。願い事を考えておかねば」

　そしていきなり太筆を執るや、膝前に拡げた紙に「一盃一掬千載月《いっぱいいっきくせんざいのつき》」と書きました。まさしく墨痕淋漓《ぼっこんりんり》。僕も亭主も思わず「おお」と声を上げました。

　さて、どういう意味でしょうか。

　――小人は今宵も一盃の酒を掬《すく》って、永遠の月を眺めるとしよう。

　みごとな筆もさることながら、まこと時宜を得た、うまい文句を選んだものだと感心しきりでした。ところが、やはり玄蕃は言うのです。「あんた、ばかか」と。

　僕はてっきり、李白《りはく》だの杜甫《とほ》だのといった昔の詩人の一行だと思っていたのですが、玄蕃が笑って言うには、

「揮毫なんてのはな、わけのわからねえ文句をいいかげんに書いたほうがありがたがられるんだ」

　たしかに物を考えたふうはなし、筆もサッサッと運んだように思えます。だにしても、無学無

芸の業《わざ》ではありますまい。

その流人は今、蚊帳の中で高鼾をかいています。

そう言えば、きぬさん。

おとつい芦野宿の旅籠で、あなたを夢に見ましたよ。

日ごろから夢なんぞめったに見ませんし、ましてや旅の宿ではくたびれ果てて、ぐっすりと眠ってしまいます。ところがその夜に限って、あなたを袖ぐるみに抱いて眠る夢を見たのです。

蚊帳の外には星が溢れていて、杉葉を燻《いぶ》す煙が青い縞紋様を描いていて。

たったそれだけの、面白くもおかしくもない夢なのですが、ひたすら切なく悲しく、無力なおのれが情けなくてなりませんでした。

ところで、きぬさん。今、玄蕃の鼾に閉口しながらふと思いついたのですが、「一盃一掬千載月」という揮毫の文には、ちがう意味があるのではないでしょうか。

――小人は今宵も一盃の酒を掬って、永遠の月を眺めるとしよう。

そうではなく。

――一盃一掬の酒にも永遠の月は浮かんでいる。

希望を捨てるな、ということでしょうか。それとも、手にした器の大小にかかわらず幸せは公平に与えられている、という意味でしょうか。

揺り起こして訊いてみたいところですが、そんなことをしたらまた言われるに決まっています。

「あんた、ばかか」とね。

考えすぎだとは思えません。僕にはどうしても、玄蕃がわけのわからない文句をいいかげんに書いた、とは思えないのです。

一盃一掬千載月。どうかきぬさんも、手習いついでに書いてみて下さいな。そして思いついたことを、いつか教えて下さい。

僕は学塾でも道場でも、成績は人後に落ちたためしはありませんが、やはり物心ついたころから父母にあれこれ教わった家の子弟にはかなわない、と思うことがしばしばでした。実力とは別の、品性だの良識だのというところで、僕は人に劣っているのだと思います。だから「あんた、ばかか」という玄蕃の口癖は身に応えます。

長い手紙になってしまいました。鼾がおさまっている間に寝ます。

おやすみなさい。

乙より

二十三夜の月をぼんやりと眺めているうちに、すっかり目が冴えてしまった。

こんなとき、寝酒が飲めればいいと思う。玄蕃は飲むだけ飲んで高鼾、僕はいっそう眠れなくなった。

福島の御城下では目立たぬ宿を選んだ。つまり、大手筋からはずれた、間口が小さくて奥行きのありそうな、老夫婦と女中だけで切り盛りしている商人宿だった。

さしもの玄蕃も、芦野宿での騒動はくたびれたらしく、このうえ役人にあれこれ訊ねられてはたまらぬと思ったのだろうか、いつものように不満をたれることもなく粗末な旅籠に草鞋を解いた。

幾代も経ていると思える古い宿だが、若い者の気配はなくて、立ち居も不自由そうな老夫婦を限りに終《しま》うように見えた。

蒸し暑い晩だというのに、上がりかまちの囲炉裏には丸太の熾《おき》が燻《いぶ》っており、柱も梁も真黒にくすんでいた。

老夫婦はふいに訪れた十手者にすっかり畏れ入って、僕らが足を洗っている間にもまるで古ぼけた雛《ひな》のように、ちんまりと炉端に座っていた。この有様では、かえって宿役人に報《しら》せてしまうのではないかと僕は殆《あやぶ》んだ。

「マアマア、そう固くなりなさんな」

如才なく笑いかけて、玄蕃は老夫婦の向こう前に座った。

「公辺《こうへん》の御用にて蝦夷地まで参るのだがの、急ぎ旅ゆえ御殿様なり御留守居なりにご挨拶しておる間がない。よって、われらの逗留《とうりゅう》は内密に願いたい。いやはや、公用というのも面倒でならぬわ」

ひとつよしなに、と言い添えて、玄蕃は過分の心付けを老主人に手渡した。

その物言いは僕の知る二人の玄蕃のどちらでもなく、実にうまく按配されていたと思う。金を渡す間もよかった。人あしらいとはこういうものなのだろう。

「さりとて、格別のもてなしは遠慮する。ただし、うまい地酒を三合」

この人あしらいはよほどの傑物と踏んだのだろうか、そこで老主人は僕らを座敷に通すや、夕飯より先にいそいそと、筆や硯《すずり》を持ってきたというわけだ。

奥州人の気性は、よく言うなら粘り強く、悪く言えば図々しい、と聞いたことがある。つまり、短気で見栄ッ張りな江戸者はひとたまりもなくやりくられてしまうらしい。しかも、やりくられたと思わせぬところが、なお怖いという。

あれほど畏れ入りながらも、酒より飯より先に筆硯を持ってくるなど、まさしくその伝なのだろう。

丁重に揮毫を頼まれて、玄蕃は一瞬あからさまに嫌な顔をしたが、老主人はまるで怯《ひる》まなかった。

そこで、一気呵成《いっきかせい》に「一盃一掬千載月」と書いた。いきさつを考えればその意味は、「早く酒を持ってこい、いつまで待たせるのだ」とも読める。

もし僕の考えすぎでなければ、玄蕃はやりくられたと見せて、みごと一本返したというところだろう。

そうこう物思っているうちに、二十三夜の月は盃を傾《かし》げたまま高みに昇った。

青山玄蕃が学問に励んだとは思えない。武芸に打ちこんだとも思えない。旗本の御曹司に生まれたことをこれ幸いと、遊蕩の限りを尽くしてきたにちがいなかった。その結末が、このザマだ。

しかし、仮に十幾つもの齢の差があるにせよ、このさき僕がどうあがいても及びもつかぬ気がするのはどうしたことだろう。それがいかんともしがたい出自のちがい、身分のちがいというものなのだろうか。

僕が学問を始めたのは、牛込榎町の御先手組大縄地に近い寺子屋だった。三代大猷院《だいゆういん》様の発願《ほつがん》によるという禅寺は七堂伽藍を備えていて、そのうちの一堂の庫裏《くり》が寺子屋として供されていた。二間続きの上《かみ》の座敷に与力の子らがゆったりと机を並べ、同心の子弟は下の座敷に肩の触れ合うほど詰めこまれていた。隣町の西ノ丸御先手や、御持《おもち》組の子らも通っていたから、百人の上はいただろう。師匠は隠居した与力が、かわりばんこに務めていた。けっして教養ではなく、婿養子に入るための要件たる僕の学問は、その寺子屋から始まった。

兄弟が机を並べた記憶はない。兄は内職の手伝いに忙しく、弟はそもそも学問が嫌いだった。

正直を言えば、僕も学問や剣術が好きだったわけではない。だから幼い時分には、学塾にも道場にもせっせと通わずにすむ兄を羨《うらや》んでいた。

惣領は家督を襲《と》ると決まっているから、余分な学問はせず、つらい稽古もしなくてよいのだと思っていた。僕は養子の口を探さなければならないので、いずれ他家から声がかかるよう精進するのだ、と。

逃げ回る弟を捕まえて、寺子屋に連れて行くのも僕の務めだった。しかしそれも、いくらか知恵がつくと駄々をこねたり隠れたりはせず、ぷいといなくなってしまうので始末におえなかった。

もしかしたら、僕が執拗だった分だけ与之介は頑《かたく》なになったのかもしれない。しかしひとつちがいの僕には、力ずくのほかに言って聞かせることなどできなかった。僕と与之介は同じ立場なのだ。

　そんな僕らにとって、悪い手本となる男たちが、近所には幾人もあった。つまり、婿入り先がないままいつまでも生家にとどまり続けている、いわゆる「冷や飯食い」と呼ばれる人々だった。まともな養子の口があるのはせいぜい二十五まで、三十になれば後家の後添いでも探すほかはない。そうこうしているうちに男ぶりも落ちて、いよいよ縁遠くなり、四十の声を聞けばどこから見ても家族ではなく使用人のようになる。

　身分の高い家に生まれれば、格下に婿入りするという手立てもある。だが、御先手組同心には下がないのだから、冷や飯食いがいやなら、修験か虚無僧にでもなるほかはなかった。

　同心屋敷の納屋に住まう奴《やっこ》が、実は主の叔父にあたる人なのだなどという噂は、榎町の子供らにとって悪い手本どころか、怪談だった。なおまずいことに、そうした冷や飯食いの男たちはおしなべて、子供らのよき遊び相手だった。

　癇癪持ちの母は、しばしば口さがない言い方をした。学問をしないと誰々さんのようになってしまうよ、と。あるいは、誰々さんのようになりたくなかったら、さっさと道場に行きなさい、と。

　実名を挙げてそう言ったものだった。

　兄の境遇を羨まなくなったのは、十《とお》を過ぎてからだったと思う。

　ある日、道場から家に帰ったとたん、台所の板敷で塗椀の内職に没頭する兄の後ろ姿を、父と見まちがえた。

「ただいま帰りました」と手をつかえて頭を下げてもまだ気がつかぬくらい、兄は父とうりふたつになっていた。

たまたま父は仕上がった品物を納めに出ており、たいそう冷える日であったから、兄が父の綿入れ半纏を羽織っていたのだ。

僕らはひとしきり笑い合ったが、兄の心中は穏やかではなかったと思う。そしてその日をしおに、僕は兄を羨むどころか、むしろ憐れむようになった。

幕府の威信を挽回するべく、さかんに人材の登用が行われていても、それはあらまし御目見以上の御旗本か、よほど有能な御徒《おかち》衆がせいぜいのところで、御先手組同心が一躍出世を果たすなどありえぬ話だった。そんなことよりも、ささいなまちがいも犯さず、一代抱の分限をどうにかわが子に申し送らねばならなかった。

二百幾十年もの太平が続けば、武士が堕落するのは当然だ。わけても政《まつりごと》とは無縁で、常日ごろから御城の御門番が務めの雑兵など、役人の数にも入るまい。だが、二百幾十年も同じ御役を世襲していれば、好むと好まざるとにかかわらず、ほかの道は考えようもなかった。

兄は学問武芸をそこそこにとどめて、寸分たがわず父に倣わねばならなかった。そして、わずか十三歳で父と見紛《みまご》うほどに成果を挙げたのだった。

そんな兄を、どうして僕が羨めるだろう。兄を父と見まちがえたその冬の日から、僕は学問にも剣術にも身を入れるようになった。

「どうしたァ、石川さん。寝付けねえのかァ。明日に障《さわ》るぞォ」

蚊帳の中で玄蕃が言った。

「おぬしの鼾がやかましくて眠れぬのだ」

ハハッと玄蕃は寝呆けたまま笑い、わざわざ僕に尻を向けて屁をひった。蚊帳がなければ蹴飛ばしているところだ。

「あれこれ考えすぎだと言っとろうが」

僕は聞こえぬふりで夜空を仰いだ。

身分ちがいの石川家から入婿の話があったとき、父は大喜びだったが兄はむしろ塞いでいたような気がする。

けっして口には出せない僻《ひが》みが、顔色や物腰に表われていた。だがそうとわかってはいても、兄を慰める言葉がどこにあろう。

僕が裕福な町方与力の家に婿入りしたあとも、兄は一生を御門番として過ごすのだ。そして三十俵二人扶持という、一家が食い凌《しの》げるはずもない御禄米を頂戴し、それすらもたいがい札差に巻き上げられ、足らぬ分は内職で埋めて、あとは鰯の頭を勘定しながら生きてゆかねばならない。

そのような人生を全うすべく育てられた兄は、たぶん「僻み」という感情すらもよくはわからなかっただろう。吐き出すことも呑み下すこともできぬ毒を口に含んで、兄はむしろとまどっていたのだと思う。

僕の婿入りは、父にとってはこのうえない果報であっても、兄にしてみればどこか得心ゆかぬ出来事であったにちがいない。しかも貧乏に馴致《じゅんち》されている父母は、兄の立場を斟酌する器を持たなかった。

そう言えば、こんなことがあった。

婚儀も近付いた年の瀬に、僕が馬術の稽古から帰ると、奥居の縁側の陽だまりで兄が書物を開いていた。父と同様に読み書きが満足ではない兄が、書物に親しむ姿などは見たためしもなかった。

ふいに帰宅した僕に気付くと、兄はあわてて書物を閉じ、「やあ、俺にはちんぷんかんぷんだ」と笑ってごまかした。

それは「春秋左氏伝《しゅんじゅうさしでん》」の一巻だった。榎町の寺子屋で学問を始めた僕は、師匠の推輓《すいばん》で神田の東条学塾《とうじょうがくじゅく》へ進み、さらに推されて昌平坂《しょうへいざか》学問所に通った。「左伝」の一巻は学問所の教本に使用したものだった。

兄が学問を嫌ったわけではない。同心の惣領には必要なしとされ、寺子屋にもろくに通わせてもらえず、内職に精を出していたのだ。

兄がいったい何のつもりで僕の教本を手に取り、どんな気持ちで眺めていたのかは知らない。たがいに訊ねることも答えることもできず、兄弟はわけのわからぬ気まずさにがんじがらめにされて、茜色《あかね》の冬空を見上げるほかはなかった。

「やあ、蒸す蒸す。奥州は涼しいと思ったが、どっこい江戸のほうがまだしもましだ。風がそよとも吹かねえ。あんまり暑いんで蚊もくたばったか」

鼾がやんだと思うと、玄蕃が蚊帳から這い出てきて、土瓶の湯ざましをぐびぐびと飲んだ。

眠れぬのは玄蕃の鼾よりも、この蒸し暑さのせいだった。月も高い夜更けだというのに、いっかな涼しくならない。

「あんた、寝てねえんか」

「一晩ぐらい寝なくても明日の障りにはならぬわ」

玄蕃の言いぐさも、福島の蒸し暑さも、何もかもが腹立たしかった。僕は土瓶をひったくって咽を潤した。虫の集《すだ》きが耳に甦った。

「ええと、何だ。杉戸、雀宮、日光道中と岐《わか》れて佐久山。芦野で二夜、きのうは須賀川で福島、と。七泊目か。まあまあいい調子だの」

言いながら玄蕃は指を折った。

「流人の分際で僭越だぞ」

「お言葉だが石川さん。たしかに俺は流人であんたは押送人にちげえねえが、どっこい気分はあべこべだ。だったら俺が旅程を算《かぞ》えてどこが悪い」

「何だそれは。意味がわからぬ」

「流人は罪を悔いたり世をはかなんだり、残してきた家族の身を案じたりと、あれこれ考えこむんだろうが、押送人はさっさとお務めを果たすことしか頭にはあるめえ。ほれ、俺とあんたは逆様じゃねえか」

言われてみればなるほど、この旅は僕が玄蕃を連れているのではなく、玄蕃のうしろから僕がついて行っているように思える。いつの間にかあべこべになったわけではなく、初めからそうだった。

泊りの宿場はたいがい玄蕃が決めている。僕は一駅でも先に進もうとし、玄蕃は無理をしない。旅籠にしても玄蕃は上等でなければいやだと譲らず、僕は安宿でよいと抗い、結局は本陣や脇本陣とまでは言えぬが、一泊二食で三百文も取る上旅籠に泊り続けてきた。流人には分相応の木賃宿などもってのほか、他の客との相部屋さえしていない。

流人と押送人の立場があべこべ、という玄蕃の指摘は身に応えた。

旅に出てからというもの、僕はずっと苦悩している。日ごろはあまり考えぬようにしていることどもが、あれもこれも歩みに合わせて湧き出てくる。

それに引きかえ、玄蕃はさっぱりしたものだった。まるで苦労のことごとくを、千住大橋の袂に捨ててでもきたように。

「ならば、そのあべこべを明日から真ッ当にするか」

僕は意地でそう言った。

「ほう。おっしゃるのう、石川さん。刀を取り上げ、縄でくくって猿回しかえ。それはそれで面倒な始末だぞ」

「そうまではせぬ。泊りの宿場も旅籠も、それがしが決める。よいな」

ケッ、と玄蕃は嗤《わら》った。やれるものならやってみろ、と言うわけだ。

いちいち文句をつけながらも、これまで玄蕃の言うなりになってきたのは、僕より旅慣れており、世知にも長《た》けているからなのだ。だが、この七泊の旅で要領はわかった。まさか縄まではかけぬにせよ、そろそろこのあたりで、逆様の立場を真ッ当にしようと僕は思った。

「ひとこと申しておくが、路銀を節約するためではない。流人と押送人の立場を瞭《あきら》かにするのだ。務めをおえて帰参したなら、経費は一文たりとも私《わたくし》せず、すべて精算したうえ町奉行所に返納する」

僕は膝を揃え背筋を立ててそう言った。すると、玄蕃も姿勢を正して神妙になったのだが、どうもその顔つきは僕を茶化しているように見えた。

「立派な心がけだ。だったら俺からもひとこと言うておくがね、俺の家から出した餞別と公費の路銀は一緒くたにするなよ。あんたならやりかねねえ」

出立早々、千住掃部宿で半分を弥五さんに奪われたが、残りの五両はまだ手つかずのまま、僕の腹巻に納めてある。

「いや、私すれば賄賂だ」

すると玄蕃は「エッ」と大げさにのけぞって、「あんた、やっぱりばかか」としみじみ言った。

いったいどこが馬鹿なのか、僕はしばらく考えねばならなかった。

十

蔵王《ざおう》連峰が凶々《まがまが》しい黒雲に呑まれたと見る間に、たちまち稲田を騒がせて大粒の雨が来た。

日照りの夏だが慈雨と呼ぶには度を越している。風は横殴りに渦を巻いて、これでは実入りを待つばかりの稲も倒れてしまうだろう。

あたりには雨やどりする御堂も百姓家の軒も見当たらず、こうとなったら風に煽られる菅笠を背にくくりつけて、濡れ鼠になろうが髷が毀《こわ》れようが、次の宿場まで歩き通すほかはなかった。

さては先刻手を合わせた、金ヶ瀬《かながせ》の御薬師様がご霊験か。たしかに雨乞い薬師の異名をとると聞いたが、まさか旅人が雨を願うはずもない。今さら急ぐ旅でもないゆえ、神だろうが仏だろうが、祠だろうが野仏だろうがけっして素通りせず、「冀《こいねが》わくば本懐とげさせたまえ」と祈念しているだけであった。

歩くほどに風雨はつのった。黒雲は過《よ》ぎるどころか、頭上に蟠《わだかま》っていよいよ厚みを増してゆく。これは嵐だ。

昨夜は白石城下に泊り、きょうには仙台に入るつもりだったが、どうやら次の宿場で足留めである。

さて、この間の悪い旅人――神林内蔵助《かんばやしくらのすけ》は天保二年卯歳の生まれ、算《かぞ》え三十。一見したところ江戸表から国元に帰参せんとする仙台衆だが、それは本人がすこぶる几帳面な気性だからで、まことの「伊達者」ではない。

それどころか、聞くだに哀れな事情を抱えているのである。その身の上を誰よりもはかなんでいるのは本人ゆえ、けっしてそうとは見えぬよう、つとめて居ずまいたたずまいを正しくしている。よって、独眼竜政宗《まさむね》公以来、身だしなみのよさが家風である伊達家の侍に似る。

では、正体は何者かと言えば、常陸宍戸《ひたちししど》一万石の陣屋大名、松平大炊頭《おおいのかみ》様が御家来である。すなわち、御領分からすればこの下はない小さな御大名家の家臣だが、御三家水戸徳川の分家という、筋目正しい武門を矜っていた。

神林内蔵助があてどなき旅に出て七年が経つ。親の敵《かたき》を討つ旅である。

仇討ち行脚《あんぎゃ》。

きょうびそのような話があろうとは。遥かな昔話であればこそ、やれ曾我兄弟だの忠臣蔵だのと、ばんたび芝居にかかってもお咎めはない。

風雨はいや増して、身の殆《あやう》さを覚える吹き降りとなった。しばしば立ち止まって踏み堪えねばならぬほどの風が吹き、盥《たらい》を覆したような雨が背を叩く。この様子ではいずれ、街道に沿うた堤も切れるのではあるまいか、などと気を揉む。

野良から駆け帰る百姓に訊けば、次の宿場は大河原《おおがわら》、せいぜい七町八町だというが、行手は一町先も朧《おぼ》ろな白い闇だった。

道中羽織を翻して大河原の宿《しゅく》をめざすうちに、まるで冥土に向かっているような嫌な気分になった。

もしやおのれは、長い羈旅《きりょ》の果てに力尽きるか病を得るかして、くたばってしもうたのではないか。

あるいは、ついに親の敵とめぐり会《お》うたはよいものの、返り討ちに果たされて命を落としたのではあるまいか。

そんなたわいないことをつい考えてしまうほど、ふいに襲ってきた嵐は激しく、この世のものとは思われなかった。

神林内蔵助。

どうにもこの名前が悪いのだ。赤穂《あこう》四十七士《しじゅうしちし》の姓名を挿《す》げ合わせたようではないか。神崎与五郎《かんざきよごろう》に武林唯七《たけばやしただしち》。姓にそれぞれの一字を頂戴して、名が内蔵助では据わりがよすぎる。

むろん神林は父祖代々の姓であり、内蔵助の命名はかの大石《おおいし》内蔵助にあやかったわけではない。たまたま「神林内蔵助」の父親が災難に遭い、摩訶不思議なりゆきがあって、きょうび聞いたためしもない仇討ちの旅に出るはめになった。

しかしかれこれ七年も旅していると、おのれの名は偶然ではなくて、父が無念の最期を予知してわが子にわざわざさような名を付けたか、と思えてくる。

そして、ここが内蔵助にとっての理不尽の肝なのだが、事件ののち家族親類が口を揃えて、「次男坊の冷や飯食いが仇討ちをせよ」という埒もない話になった。

神林家は御馬廻役百五十石、主家たる宍戸松平家はわずか一万石の大名であるから、立派な上士である。

先祖は水戸徳川家の家来であり、かの黄門光圀《みつくに》公が御実弟の頼雄《よりお》公に分知した際、主命《しゅうめい》によりこれに従ったと伝わる。よって宍戸松平家にあっては、譜代の臣として歴代の大炊頭に重用されてきた。

宍戸松平家は本藩の水戸家同様、参勤交代を免除された定府《じょうふ》大名であった。すなわち、御殿様はじめ家臣の多くは江戸住まいである。上屋敷は関口台町、下屋敷は西に八町ばかりの高田村にあり、それぞれ大きさは分相応だが、両屋敷が近いというだけでもたいそう使い勝手がよかった。

参勤交代も国替えもないまま、御殿様は九代を算え、御馬廻役近習の神林家も安穏と十代を重ねた。

その十代目の父が七年前の花の時節に、不幸な目に遭ったのである。なにしろ天下太平の世の、平穏無事を絵に描いたような大名家に降って湧いた事件であるから、その折の混乱ぶりというたら、まるでお祭り騒ぎであった。少くとも、部屋住みの次男坊として無聊《ぶりょう》な日々を送っていた神林内蔵助にとっては、人々がただわけもなく興奮しているように見えた。

事件の大概はこうしたものである。

宍戸松平家には上下の屋敷のほか、深川の小名木川《おなぎがわ》ぞいに抱屋敷《かかえ》があった。八右衛門新田《はちえもんしんでん》と呼ばれるあたりだが、それはそもそも埋立地であるゆえの通称で、昔はどうであったか知らぬが今は町家が建てこんでおり、大名家の別邸も多くあった。

その深川屋敷の庭に、年を経てみごとな枝垂桜《しだれ》があった。満開となった春の一日《いちじつ》、身分にかかわりなく近在の人を招き、昼は茶を点《た》て、宵にかかれば酒肴をふるまうことが恒年の行事であった。

いわば定府大名のお愛想である。花にかこつけた下々への馳走であるから、むろん御殿様のお出ましはなく、重役連も顔は出さない。そして、その年の差配役が、神林内蔵助の父であった。

日も昏《く》れてそちこちに提灯がともり、宴もたけなわとなったころ事件は起きた。差配役が斬られたのである。

宵の口に何か悶着があったらしいが、肩が触れたの鞘が当たったのというほどの、たわいもない話であったという。

しかしどうやら、ことの発端はその一件であるらしく、悶着の仲に入った差配役の物言いが気にいらぬとの不満が酔うほどに蒸し返されて、甚だ身勝手な刃傷沙汰となった。

宴席から離れた裏廊下の暗がりで、酔うて目の据わった侍と父が、言い争っている姿を見た者がある。いや、ほかの証言によると、しきりに絡んでくる侍を父が宥めすかしていたともいう。温厚な父のことであるから、おそらくそちらのほうが事実と思えるが、噂は人伝てになるうち、口論のあげくに抜き合ったような話になったのであろう。父も刀を抜いていなければ、武士の面目が立たぬからである。

抜きがけに父を斬ったあと、敵は風を食らって逃げた。年に一度の無礼講のさなかである。詳しい証言はなく、聞いたところで信用はできぬ。誰も彼もが正体のないほど酔うていた。

ただ、近在の地主でその敵を知る者があった。何でも亀戸《かめいど》村の羅漢寺《らかんじ》で催される句会で見かけた顔だという。だが、佐藤《さとう》という姓と、竹亭《ちくてい》という俳号しか知らぬ。佐藤竹亭。それだけでは探り当てようもない。

むしろ、奥州訛りがあったという証言のほうが手がかりになると思えた。ところが、小名木川ぞいの近所には奥州の大名屋敷が見当たらぬ。舟で立ち寄ったとすると、本所深川の界隈は水運のための濠だらけで、敵の来し方などわかるはずもなかった。そして何よりも、事が事であるだけに当夜の客は誰もが、かかわりを避けていた。

おそらくは、花に浮かれて舟遊びをしていたどこぞの侍が、小名木川の通りすがりに上がりこみ、さらに酒を過ごして差配役に絡んだ、というところであろうか。

風体からすると、どうやら大名家の家来衆であるらしい。だとすると、人殺しとは言え町奉行の出る幕はなく、老中、大目付の幕閣が扱うのだが、敵が不明ではどうにもならず、また武家の面目があるゆえ下手人探しもままならぬ。かと言うて、うやむやにできるものでもなかった。

一体全体、敵討ちなどという話がどこから湧いて出たのであろう。頭を悩ませた幕閣か、しびれをきらした御殿様か。しかるに、武家の面目を保ちつつ事をうやむやにするには、まこともってこいの方法にちがいなかった。

ああ、思い出すだに胸糞悪い。さりとて忘れようにも忘られぬ。

父の葬《とむら》いを出したあと、菩提寺の本堂で兄と叔父たちに囲まれた。向こう一年は喪に服すゆえ、養子だの婿入りだのはないぞという話だとばかり思っていたが、そうではなかった。

兄は家督を襲《と》らねばならぬ。それはわかる。だにしても、兄にかわって親の敵を探し当て、みごと討ち果たして恨みを晴らせ、という話には耳を疑った。兄も叔父たちも真顔だった。冗談に取って笑《わろ》うてしまったほどであった。だが、兄が相続するのだが、このままでは武父に落度はなかった。よって御馬廻役百五十石神林家は兄が相続するのだが、このままでは武家の面目が立たぬ、というわけである。

たしかに内蔵助は文武に精励してきたが、まさか親の仇を討つためではない。しかもその敵たるや、「奥州訛りの侍で姓は佐藤、号は竹亭」というほかに手がかりはなかった。

芝居の中でしかありえぬ話であっても、冗談ではないのなら否も応もあるまい。のらりくらりと生返事をしているうちに、御殿様からお召しがあった。

「こたびの一件、まこと苦労である。みごと本懐をとげるよう」

それですべてが決まった。いや、すべてが終わったと言うべきか。御殿様が退席なされたあと、御用人から免状が下げ渡された。松平大炊頭の署名と花押の入った、いわゆる「仇討免許状」である。きょうびそんなものがあるのか、と内蔵助は押し戴くより先に目を瞠《みは》った。

驚くべきはそればかりではなかった。数日後には町奉行所に呼び出され、事情を訊ねられたあと「公儀御帳《おんちょう》」なる書面に署名し、指印を捺した。これで敵討ちは幕府にも公認されたのである。いよいよ今どき、こんなものがあろうとは信じ難かった。

雨風に弄ばれてようやくたどり着いた大河原宿は、どの家も雨戸を閉《た》てて静まり返っていた。旅籠の選り好みをするどころではない。とっつきの宿の戸を叩けば、じきに「へーい」と閑《のど》かな声が返ってきて、しんばり棒がはずされた。

潜り戸を通って土間に入ると、耳を聾《ろう》する風の唸りが遠ざかり、現《うつ》し世に立ち返ったような気がした。

「これはこれはご災難で。ようお着きなさいました」

初老のおかみが背中を拭き、女中は羽織の裾を絞ってくれた。上がりかまちにも囲炉裏端にも先客があって、旅籠はてんてこまいの忙しさである。

見渡せばせいぜい一泊百五十文と思える安旅籠で、とっつきの宿に一見《いちげん》の客は入らぬものだが、きょうばかりは嵐が幸いしたらしかった。ましてや大河原から仙台御城下までは十里ばかり、この時刻に足を留める客はいない。

ころあいの宿だ、と神林内蔵助は得心した。いつ果てるともない仇討ち行脚に贅沢はできぬ。

かと言うて武士が木賃宿でもあるまい。

「こんな日にはどなた様も相身たがいでございます。まずは火にお当たりなさいまし。さあさあ」

大きな囲炉裏のまわりには衣桁《いこう》が立てられて、先着の旅人たちが濡れた体を乾かしていた。浴衣がけの武士が二人、番茶を啜っている。乱れたままの髷の乾きようからすると、だいぶ前に着いたらしい。ほかの客は遠慮してか、囲炉裏端には寄らなかった。それもそのはず、二人の膝元には大小のほかに朱房の十手が置かれていた。

仙台の侍であろうか、ともに居ずまいは正しい。ならば訊ねてみぬ手はない。

「ごめん」と、内蔵助は羽織袴を脱いで衣桁に掛け、着物の裾を絞って向こう前に座った。

「それがし、松平大炊頭家中、神林内蔵助と申す。ちとお訊ねいたしたき儀がござるが、よろしいか」

同じ名乗りを、いったい幾度くりかえしてきたことであろう。

内蔵助の挨拶を受けて、侍たちはおもむろに姿勢を正した。改った名乗りに対しては、同様に名乗って応ずるが武士の礼儀である。二人に供連れはなく、格別の身分とは思えなかった。

総髪を雨でさんざんに毀《こわ》した、年かさの侍が名乗った。

「これはご無礼をいたした。それがし、公用にて蝦夷福山まで罷り越しまする、青山玄蕃と申しまする」

直参《じきさん》か。ならば物を訊いても仕方あるまいと、内蔵助は落胆した。

続けて二十歳《はたち》ばかりと見える若侍が名乗った。

「江戸南町奉行所与力、石川乙次郎にござる。お訊ねの儀とは、何事にござろう」

おや、町方与力か。ならば訊ねてみても損はあるまい。

そうは思うても、父が討たれた七年前にはまだ子供だったはずである。内蔵助はふたたび落胆した。

「実は――」

旅行李《こうり》を開け、油紙で二重にくるんだ免状を取り出す。七年前に御殿様から下された仇討免許状である。

免状

当家家来神林内蔵助

右之者　父十左衛門　無故《ゆえなく》被打《うたれ》候条《そうろうじょう》

仇敵佐藤某《なにがし》　号竹亭ト申者《もうすもの》　見付《みつけ》次第

打果本懐《うちはたしほんかい》可遂《とぐべく》　本状差遣《さしつかわす》者也

嘉永六年　癸丑《みずのとうし》三月吉祥日

松平大炊頭

「それがし、かくなる身上にござる。もしや御与力殿と同宿いたしましたのも、神仏のお引き合わせかと存じまする。何か思い当たるところはござりませぬか」

石川と名乗った若い与力は、免状を読んでもわけがわからぬ様子である。さもあろう。きょうび敵《かたき》討ちなど、芝居小屋の外にあろうとは誰も思うまい。

しかし、横あいから覗きこんだ青山玄蕃なる侍は、背筋を伸ばして頭を下げた。

「嘉永の丑の年ならば、かれこれ七年にもなりますな。必ずや本懐遂げられますよう、衷心《ちゅうしん》よりお祈り申す」

旅人たちの中から、「敵討ちだ」と声が上がった。とたんにあたりは芝居小屋さながらにどよめいた。

神林内蔵助は溜息をついた。どうして世間は敵討ちと聞いて、こうも興奮するのだろう。当人の苦労を慮《おもんぱか》ってくれる人には、会ったためしがない。

「無礼であろう。見世物ではあるまいぞ、下がっておれ」

青山なる侍が叱りつけた。女中がおそるおそる運んできた番茶で咽を湿らせ、内蔵助は騒ぎが収まるのを待った。

「笑止でござろう。きょうび親の敵討ちなどと。だが、ご覧の通り芝居ではない」

内蔵助は免状を畳んで油紙にくるんだ。どれほど大切に扱っていても、その古びようは七年の歳月をおのずと物語る。

青山が笑みをこぼしながら言った。

「いやなに、切腹のご沙汰もあるのだから、敵討ちがあってもおかしくはない」

ハテ、何を言うておるのだろう。

「冗談ではござらぬぞ」

「むろん、冗談とは思わぬ。このにやけ顔は地顔での」

そこで青山は、囲炉裏ごしに内蔵助の顔を呼んで囁いた。

「実はの、それがしには切腹のご沙汰が下ったのだが――」

「おい、やめろ」と石川なる若い与力がたしなめた。

「半端で已《や》まる話かえ。ま、早い話が切腹なんぞ痛くていやだと言うたら、蝦夷地に流される運びとなった。気の毒に、この石川さんは押送人だ」

ほう、と内蔵助はわかったような顔をして肯《うなず》いた。しかし悉皆《しっかい》わからぬ。それでもわかったふりをしたのは、青山が言わでもの恥を晒したと思ったからである。

「すると、公用と申されるは」

「さよう。蝦夷福山は松前伊豆守様御許《おんもと》へお預け、と相成った」

「あいわかった。その先は申されるな」

二人は間合いを切るように顔を引いた。

向き合《お》うてみれば、なかなか様子のよい武士である。大名家への預けなど、敵討ち同様きょうび聞いたこともない。相身たがいだと言うたつもりであろうか。

「せめて話の続きは部屋でいたせ」

与力が眉をひそめて言うた。齢が若いうえ、生真面目な男なのであろう、この罪人を扱いかねているようにも見える。

伝法な口調で青山が言い返した。

「上がったところで相部屋だぜ。寄席の高座より芝居《しばや》の舞台のほうがまだしもましだろう。だから安宿はやめろと言ったじゃねえか」

それから向き直って背筋を立て、言葉まで改めた。

「しからば、神林殿。何なりとお聞かせ下されよ。嵐に追われてこうしておるのも、たしかに神仏のお引き合わせやもしれませぬゆえ」

内蔵助は事の顚末を審《つまび》らかに語った。七年の間、いったいどれほどくり返したかわからぬ話には、すでに曖昧なところもあり、虚飾もあるように思えるが、正しく伝えるようつとめた。

「いかにも手がかりが少のうござるな」

一通り話し終えたところで、石川が町奉行所の与力らしくそう言うた。

「たしかに。身の丈は五尺二、三寸。中肉中背で顔にもこれといった特徴はない。第一、それがしが見たためしもない」

同じ台詞《セリフ》を口にするたび気分が消沈する。おのれは見知らぬ影を追うているのである。たとえすれちがったところで、めざす敵《かたき》とは気付くまい。

「姓は佐藤。と申しましても、多すぎまするな」

「さよう。わけても奥州訛りのある佐藤は、石を投げれば当たるほど」

「で、竹亭とは名ではなく、号であると。これも手がかりにはなりませぬの」

「いかにも。俳諧などを嗜む風流人であるというのみ。さような輩《やから》は剣の達者よりも多いと思えまする」

そこで、物思いながら莨《タバコ》を吹かしていた青山が、煙管《キセル》をくるりと回して言った。

「おまえさん、言いづらかろうが本当《マブ》なところを聞かせてくれ。御父上は抜き合わせて不覚を取ったか」

いや、とだけ内蔵助は答えた。そういう話にしたのは武士の面目である。父は刀の柄に手をかけてもいなかった。

「のう、内蔵助さんよ」

と、いつの間にやら青山の物言いは妙になれなれしくなっていた。だが、不快とも無礼とも思えぬ。

「句を吟ずる侍より、居合の手練《てだれ》を当たったほうがいいんじゃあねえのか」

考えなかったわけではない。父は抜き合わせる間もなく一刀で脇腹を撫で斬られており、狭い裏廊下での出来事でもあるから、居合を使う者と思えた。

しかし、剣術に居合は必須なのである。居合を修めなければ心身は成らぬとされ、内蔵助も道場では稽古のあとさきに、必ず居合の形《かた》を一通りさらったものだった。

「いや、それは難しい」

石川が内蔵助にかわって言ってくれた。どうやらこの与力は腕に覚えがあるらしい。そう思ってよくよく見れば、浴衣がけでも背筋は凛と立っており、上目づかいのまなざしは面の中から睨むようである。

「北辰一刀流の玄武館だけでも、門弟は三千人と聞きます。名の知れた道場ならどこも数百、小さな町道場まで算《かぞ》えれば、居合を使う者は数知れませぬ」

青山は言い返さずに、「ほう、そうなのかね」と答えた。どうやらこちらは荒稽古だの居合だのはまっぴらごめんの口、内蔵助よりいくつか年かさにはよくある、文政生まれの呑気者と見た。

嘉永の年の黒船来航以来、尚武の気風がとみに高まって、道場は隆盛を極めた。内蔵助はそのとば口の世代であり、一回り下と思える石川などはその気風の申し子と言うてよかろう。

内蔵助はひとつ肯いて、湿った腕を撫しながら言った。

「御与力殿の申される通りにござる。よってそれがしは、さして手がかりもないまま、奥州の街道を往還しておりまする」

「おいおい」と、青山が茶化すように言うた。「あんた、正気かえ。七年も行ったり来たりか」

そうではないが、答える気にはなれぬ。奥州羽州の本街道は言うに及ばず、東西の浜街道や山間をつなぐ諸街道、すなわち白河以北の道という道を七年かけて歩き続けてきた。

宿の主人が板敷にかしこまって、申しわけなさげに言うた。

「ええ、お客様へ。さきほど問屋場よりお達しがございまして、本日はこの大風ゆえ風呂を沸かしてはならぬと。どうかご了簡下さいまし」

落胆の声が上がった。濡れ鼠でたどり着いた旅人たちにしてみれば、熱い湯は何よりの馳走だった。

「沸かすも何も、溜め湯じゃねえのかえ」

客のひとりが、土間の隅で湯気を立てる釜を指さして言った。

「へい、さようでございますが、要は沸かし湯も溜め湯もなくて、余分な火は使うなというお達しにございます」

別の声が重なった。

「よもや、冷や飯に冷や汁じゃあるめえの」

これには一同がどっと笑った。

「いえいえ、とんでもございません。風呂の使えぬ分だけ、お膳はたんと設《しつら》えさせていただきます」

　このごろ内蔵助は、こうした安旅籠に居心地のよさを感ずるようになった。旅慣れてしまっただけなのかもしれぬが、敵討ちなどという使命さえなければどんなに楽しいだろう、などと思うこともある。

「冬には雪も積もりましょう。帰参なさるのですか」

　与力が訊ねた。剣は達者かもしれぬが、人は斬れまい、と内蔵助は思った。他人の苦労を思いやるやさしさを感じた。

「免状を頂戴すれば、本懐を遂げるまで帰参はかなわぬのです。江戸にも、むろん御領分の宍戸にも足を向けてはなりませぬ」

「つかぬことを伺うが、路銀などはいかがなされておるのですか」

　十分な御禄のうえに、あれこれ余禄も多いはずの町方与力が、どうして他人の懐具合を思いやることができるのだろう。

「雪がひどければ安宿に逗留いたしまする。先を急ぐ旅ではござらぬゆえ。そうした日にはつれづれに文《ふみ》などしたためて、兄やら叔父やらに路銀の無心をいたします」

　為替が届くまで待っていればよい。こんな暮らしに慣れてはならぬと思っても、歳月が遺恨を希釈してゆくのはたしかだった。使命を忘れれば、旅は存外楽しかった。

　風はいや増して、煙出しからは横殴りの雨が吹きこみ、梁《はり》は軋《きし》りを上げた。

「おい、亭主。よもやとは思うが、堤が切れはすまいな」

青山がよそいきの物言いで訊ねた。

「ご安心下さいまし。手前は五十四にもなりますが、白石川の堤が切れたためしはございません。仙台からもたびたび御役人様がお見えになりまして、隅々まで検分しておいでです」

亭主が自慢げに答えた。思い起こせば街道に沿ってまっすぐに、立派な堤が延びていた。

「さすがは伊達様だのう」

「へい。六十二万石はダテじゃございません」

亭主の気の利いた洒落に、人々はどっと笑った。

仙台の侍は政宗公に倣って身なりがよく、転じて粋な男を伊達男と呼ぶようになった。しかし一方では、見栄を張ることや外見ばかりで実がないというふうにも使われる。譬《たと》えのよしあしはともかく、政宗公から二百余年を経ても御家来衆の男伊達は健在で、御登城日には御行列をひと目見ようと、芝口の御上屋敷から虎御門まで、土下座承知の見物人が犇《ひし》めくという。

青山が笑いながら内蔵助を手招いた。

「六十二万石は表高《おもてだか》だがの、実は百万石を超えるらしい。加賀宰相殿は天下一の見栄を張らずばならねえが、陸奥守殿《むつのかみ》は百万石どころか、七十七万石の薩摩守殿にすら及ばずともいいのだ。あんがいのことに、体面よりも実を取るご家風じゃあねえかと、俺は睨んでいる。そうと悟られぬように、身なりだけはよくしたのだとすると、伊達政宗公はたいしたお人だの。羽織熨斗目《のしめ》の贅沢なんざ、御大名の見栄に比べりゃ高が知れている。つまり――」

青山は口元に手をかざして、いっそう声を潜めた。

「つまり、そのぶん御領分に金をかけられるってことだろうよ。お蔭様で旅人まで枕を高くして寝られるわい。ありがたや、ありがたや」

お道化て掌《て》を合わせるそばから、与力が「いいかげんにせんか」と叱った。

この二人が流人と押送人であるというのはにわかに信じ難いが、たがいの口のききようからするとたしかにその通りと思える。だとすると、仇討ち行脚と同じぐらい大時代な話である。内蔵助は二人に妙な親しみを覚えた。

そもそも旅は「行楽」である。景色を賞《め》で、珍味を食し、由緒ある神社仏閣に詣でて功徳を授かり知見を広める。楽しいからこそ庶民は、もっともらしい理由をつけてお伊勢参りや草津《くさつ》の湯治に出かける。旅立つ人々の顔はみな浮き立っている。

だからひどい嵐に見舞われても、同宿の旅人たちはこうも楽しげなのだ。これもまた行楽の一諸相と心得るからなのだろう。

囲炉裏を繞《めぐ》る三人の武士だけが、嵐を苦労に思っている。旅が行楽ではないからである。

なかなか乾かぬ着物に業を煮やして、「浴衣はあるか」と女中に問えば、「へい、二十文」とそっけない返事。安宿ならば貸し賃を取るのも当たり前だが、すでに浴衣がけの二人の手前、高いとは言えぬ。ふだんは十文のところを、きょうに限って二十文と吹っかけているにちがいなかった。

そうこうしている間にも、またぞろ雨戸を叩く者があって、亭主がへいへいと揉み手しながらしんばり棒をはずせば、相部屋で百五十文、浴衣の貸し賃二十文、おまけに風呂を沸かす手間いらずの客が、助かった助かったと飛びこんでくる。

浴衣に着替えながらも、そうした不意の客につい目を向けてしまうのは、敵討ちの習い性だった。

顔すら知らぬ。おぬしは佐藤竹亭かと、いちいち訊くわけにもゆかぬ。だが、いつかどこかでばったりと出くわすような気がする。だから二本差しと見れば目が行ってしまうのである。

「おい、酒を持て」

青山が言えば、女中が応ずるより先に「勝手をするな」と与力が叱った。

「勝手も何も、毎日のことじゃねえか」

「だからこの先は勝手にさせぬと言うたであろう」

「あんたに任せたあげくがこのザマだ」

役人と流人の口喧嘩など犬も食わぬわ。

「おぬし、いける口か」

いきなり青山が話を振ってきた。

「それはまァ、好きは好きだがそうとは言えますまい」

内蔵助は与力の顔色を窺った。まだ酒の味を知らぬと見た。

「のう、石川さん。上の相部屋でわいわい飲《や》るよりは、この炉端のほうがよほど落ち着く。まして今どき仇討ち話を聞けるなんぞ、敵にめぐり遭うより珍しいぞえ。それこそここで遭《お》うたが百年目の冥加な話だ」

まったく頭も口もよく回る男だ。だがその軽口はふしぎと癇に障らぬ。愛嬌があって機知に富んでいるせいなのだろうが、要するに人ッ誑《たら》しの手合いだな、と内蔵助は思った。

罪状はまず、口八丁でお仲間から借金を重ねたか、それとも吉原に流連《いつづけ》て揚代を踏み倒したか、そんなところだろう。

「きょうは俺のおごりだ。いやいや、遠慮はご無用。面《つら》も知らねえ敵を探すなんてえ気の毒な身の上のあんたに、俺がしてやれることはほかにねえさ。そうだろ、石川さん。敵をつきとめて助太刀でもしてやるかえ。それが無理ならせめて、憂さ晴らしの酒でもふるまうほかはあるめえ」

どうやら酒盛りの口実にされたようだが、贅沢のできぬ内蔵助にとっては渡りに舟だった。酒は好きだが三日に一度、それも一合限りと決めている。

青山が注文をすれば、待っていたかと思えるほどじきに熱燗が運ばれてきた。小鉢に赤味噌が添えられていた。

与力は青山が勧めるままに酒を受けたが、猪口《ちょこ》をぐいと空けたなり渋い顔になった。やはりまだ飲みつけぬらしい。

「無礼を申すが、石川殿はおいくつになられる」

不愉快そうに目をそむけて、「天保十二年の寅《とら》にござる」と答えた。先年嫁に行った末の妹と同い年の生まれだから、算えの十九である。ならば酒の味を知らなくても恥ではあるまい。

むしろ内蔵助は、いまだ世事になじまぬこの若侍が、世慣れた流人の押送役であることを気の毒に思った。扱いかねるのも当然であろう。

ほんの一杯の酒で、与力の顔はみるみる赤らんだ。

奥州は初めてか、と問えば、青山は日光までと答え、石川は奥州どころか泊りがけの旅もないと素直に言うた。

百姓も町人も気軽に旅をする昨今だが、武士には公用のほかは許されぬ。ましてや町奉行所の役人は、御朱引の外に用事もあるまい。

それにひきかえおのれは、奥州随一の城下町である仙台を、いったい幾度訪れたかわからぬ。やはり御家来衆が多い分だけ敵もいそうな気がするし、為替を取り扱う両替商が多くあるので、路銀の受け取りもまちがいなかった。初めの一年二年はやみくもに歩き回っていたものが、いつしか仙台が根城のようになったのである。

仙台味噌をねぶりながら、「やはり本場物はうまいの」と青山がしみじみ言うた。

辛口の仙台味噌は江戸ッ子の舌に合う。江戸の下屋敷でこしらえた味噌の余分を近在にふるもうたことから、江戸中の評判になったという。

「だがのう、神林さんよ。お尋ねの敵は、仙台の御家来衆じゃあるめえ」

「なにゆえに」

石川に酒を無理強いしながら、青山は少し言い淀んだ。

「身なりもいいが、そのぶん見栄っ張りだ。家風もたいそうやかましい。そんな伊達者が、花見のふるまい酒を飲んで酔っ払ったあげく、狼藉を働くとは思えねえ。仮によほど酒癖の悪い侍だったにせえ、名乗って出るか腹を切るかてえぐれえの格好はつけるさ」

口から出まかせかも知れぬ、と思いながらも、内蔵助は妙に得心した。敵について訊ねた仙台の侍たちも、あらまし同様のことを言った。わが家中にさなる不届者はいない、と。

「ふん。腹を切るだと。どの口が言う」

石川が絡んだ。猪口で三杯か四杯《しはい》飲んだだけなのに、毅然と伸びていた背筋はすっかり丸まって、すでにへべれけの体《てい》である。こやつ、絡み酒の性《さが》やもしれぬ。

「無理をなされるな」

内蔵助はその手から銚子を取り上げた。

「のう。おぬしは今、何と言うた。名乗って出るか腹を切るかって、おい、腹など痛《いと》うて切れぬと駄々をこねたのは、どこの誰だ」

と、これはもう一人前の絡み酒である。だいたいからして、この手合いは日ごろ鬱憤《うっぷん》を内に溜めこむたちと決まっている。

「いやはや――」

青山は乱れた髪を掻いた。

「こやつにもあれこれ苦労があるようでの。ほっときゃいいさ」

「何を申すか。苦労の種はおぬしだけだ」

マアマアと、青山が与力の背をさすった。酒にありつけたのはありがたいが、あんがい面倒臭そうなやつらだ。

内蔵助は敵討ちの仔細からおのれの身上まで、つぶさに語ってしまったことを今さら悔いた。

「で、神林さんよ。あんただってまさか闇雲に奥州を歩き回っているわけじゃあるめえ。ほかに何か心当たりでもござるのかえ」

事情を伝えた人は、みな同様に問い返す。顔も本名も素性も知らぬまま七年も親の敵を探し求めているなど、誰が聞いても信じ難い話であろう。

「いや」と、いつも通りにすげなく答えれば、青山は内蔵助をじっと見つめてから、黙って酒を勧めた。

風に飛ばされた枝や礫《つぶて》が間断なく雨戸を叩き、どうかすると鬼の手に摑まれたかと思うほどに家が揺れた。

知らん顔で番茶を啜り、女中をからかう肝の太い旅人もいれば、大黒柱に倚《よ》って不安げに天井を見上げる顔もあった。

いっそこのまま、安旅籠もろとも天に巻き上げられて、くたばってしまいたいと内蔵助は思うた。

七年は十年になり、じきに十五年になる。免状を戴いたからには、帰参は許されぬ。しかし何年たとうと本懐が遂げられぬであろうことは、ほかならぬ内蔵助が誰よりも承知しているのである。何やらこのごろでは、敵を探し歩いているのではなく、旅を続ける方便に、いもせぬ敵を尋ねているのではないかとさえ思えてくる。

仇討ち行脚と名乗って免状を披露すれば、こうして酒にもありつけるのだ。

「そう言っちゃ何だが、雲を摑むような話じゃねえのかえ」

図星をさされても腹は立たぬ。七年の間には、親身になって説諭してくれる他人も多くあった。

「のう、神林さん。もしやあんた、捨て鉢になってやしねえか。手がかりも見つからぬまんま七年も旅をかけなさるなんて、正気の沙汰とは思われねえ」

「正気でござるよ」

内蔵助は笑って往《い》なした。

「親の敵を子が討つは当然。兄が家督を襲《と》れば、それがしが討たねばなりますまい」

「おっと、神林さん。そいつは本心かえ」

「何を申される」

「あんたのことはよく知らねえが、それほど馬鹿には見えねえんだよ」

「言葉が過ぎましょう」

内蔵助は笑みを絶やさなかった。青山に真実を見通されたと思ったからだった。

「たとえば、この酒癖の悪い御与力殿にしても――」

青山はいつの間にか酔い潰れてしまった与力の寝顔に、目を向けて苦笑した。

「この齢で心形刀流の免許を得たうえ、昌平坂学問所にまで通った秀才での。だが、生まれは御先手組同心の次男坊だと。おおかたあんたもその口だろう。こいつが飲めねえ酒を無理に飲んだのも、話が見えちまったからだと思うぜ」

言いながら青山は、手枕をして眠りこける与力の体に羽織をかぶせた。

御先手組同心の部屋住みが、町奉行所与力の養子となったか、婿に入ったのか。だとすると大変な立身である。

どこかで大木でも倒れたのであろうか、地響きとともに家が揺れ、女中どもが悲鳴を上げて蹲《うずくま》った。それをしおに、富士詣での帰りと思える白装束の男たちが、声を揃えて題目を唱え始めた。

事のいきさつはともあれ、刀を抜き合わさずに斬られた父は不覚悟と譏《そし》られた。召し放ちとなってもおかしくないところを、遠縁にあたる御家老が仲に入って、神林家はどうにか保たれた。ただし、兄に従前通りの相続を許すかわり、内蔵助が仇討ちをなすという条件を付して。

むろん、敵討ちに期限などあるわけはない。とどのつまりは、部屋住みの次男坊が家名存続の贄《にえ》とされたのだった。

だから内蔵助が路銀を求めれば、兄も叔父たちも文句はつけずに送ってくれる。しかし、この果てもない旅がずっと続いて、兄が死に叔父たちも死に絶えたならどうなるのだろうと、内蔵助はおのが行く末を思う。そのころには敵討ちの旅に出たきりの内蔵助は、神林家の伝説となっていることだろう。代替わりした子供らに、金の無心でもあるまい。

やがて食う物も食わずに年老い、どこかの木賃宿でひっそりと息を止めるのだろうか。雪の峠で力尽き、俯《うつぶ》したまま埋もれてゆくのだろうか。あるいは物乞いに身を落としても、刀を筵《むしろ》の膝元に置いて、上目づかいに見知らぬ敵を探し続けているのだろうか。

「のう、神林さん。腹を切るのが武士道ならば、まともな侍なんざひとりもおるめえ。まちげえのたんびに腹を切っていたら、命なんざいくつあっても足らねえさ」

青山が腐った気分を見透すように酌をしてくれた。

「手間ひまかけてお裁きをするのは面倒だから、腹を切れ腹を切れとせっつくのだ。おいおい、面倒で腹を切らされてたまるかよ。しかも、聞いて呆れるじゃあねえか、腹さえ切れば御家は残してやる、ときやがった。こうしてやるから腹を切れてえのは、商腹《あきないばら》だろう。それこそ武士道に悖《もと》るじゃねえか。だから俺ァ、三奉行の前で尻《けつ》をまくってやった。切腹なんざ痛《いて》えからいやだ、ってな。それで話はとことん面倒になった。ざまあみやがれ」

酒をクイと呷《あお》って、青山はさもおかしそうにけたけたと笑った。

なかなか豪気な話だが、「三奉行の前で」とは聞き捨てならぬ。町奉行所ではなく、辰ノ口の評定所で、寺社奉行、町奉行、勘定奉行の一座《いちざ》掛《がかり》りで裁いたとなれば、よほどの重大事件か、さもなくばよほど身分の高い旗本、ということになりはすまいか。

深くは訊くまい。かかわらぬに越したことはないと、内蔵助は思うた。

嵐はいっかな静まらず猛り続けている。

十一

炉端で悪い夢を見た。

どこかの立派な御屋敷の花見の宴で、僕はへべれけに酔っ払っている。

池泉のほとりには妖艶な枝垂桜が今を盛りに咲き誇り、あちこちに篝《かがり》が焚かれていた。庭と言わず屋敷内と言わず、武士も町人もない無礼講の客が酒を酌み交わしていた。もう飲めぬと思うそばから、徳利やら柄杓《ひしゃく》やらが延びてきて、僕の盃に酒を満たした。

神林内蔵助の語った一夜の出来事を、そのまま夢に見ているのだと、夢の中の僕も知っていた。ならばどうにかしなければなるまいとも思っていた。

僕の席は庭に面した広敷の上座で、金屏風《きんびょうぶ》を背にした並びに、どこぞの御殿様やら奥方様やらがぞろりとお成りなのは夢のご愛嬌だった。

庭先に剣呑な声が上がって目を凝らせば、酔うた侍がやれ肩が触れたの鞘が当たったのと揉めていた。

「マアマア、穏やかに、穏やかに。町衆もおなご衆もお楽しみじゃ、無粋はおやめ下されよ」

そう言って仲に入ったのは、内蔵助の父ではなく、僕の実父だった。

「父上、父上」とあわてて止めようとしたが、腰が抜けて動けなかった。

どうやら夢の中の父は、この花見の宴の差配役を承ったらしいのだが、むろん現《うつつ》の父がそうした御役を務められようはずはなく、剣術もからきしだった。

そもそも僕の父は諍《いさか》いごとと無縁な気性で、頭を下げてすむならすませるし、まして喧嘩の仲裁などするはずはないのだ。

悶着はそれで終わった。だが、それで終わらぬと知っている僕は、どうにかしなければならぬとあわてふためいた。そこで、よろめきながら御屋敷の奥へと向かうと、廊下の先の薄闇にふたつの影が見えた。

「佐藤様、なりませぬぞ。短腹《たんばら》はなりませぬぞ」

僕が大声で呼ばわれば、佐藤竹亭はどんよりと曇った顔を僕に向けた。どうにかおもざしを見極めて、目が覚めたなら内蔵助に伝えてやろうと僕は思った。

「父上、お逃げなされ」

僕の声が聞こえぬらしく、父は「マアマア」と穏やかにほほえみながら、佐藤竹亭に歩み寄った。知らず相手の間合いに入ってしまった。

「おぬし、わしを無粋と言うたな」

「いや、何も他意はござらぬよ」

「田舎侍の浅黄裏《あさぎうら》のと、馬鹿にしおったも同じじゃ」

「いやいや、まったくもってそのような。では、改めてお詫びつかまつる」

父は頭を下げた。それは僕が父を想えばまっさきにうかぶ姿だった。父には武張ったところがかけらもなくて、それどころか武士の矜恃すらなくて、商人《あきんど》のようにやたら頭を下げる癖があった。

そもそも武士が頭を下げぬのは、隙を見せぬためなのだ。佐藤竹亭はその隙を見のがさなかった。

胴を割られた父は、アッと叫んだなり崩れ落ちた。僕は刀を抜いて躍りこみ、二の太刀を棟《むね》で受けた。闇の中に火花が爆《は》ぜたと思う間に、佐藤竹亭は廊下から庭に飛び下りて遁走《とんそう》した。

夢だと知りながらも僕は後を追った。宴の人ごみを掻き分け、抜き身を下げたまま濠ぞいの道を走った。

そして夢だから場面はあっけなく変わるのだが、牛込榎町の実家に息せききって駆けこんだ。台所の板敷で、家族が何ごともなく飯を食っていた。「父上が斬られた」と僕が告げても、手は休まらなかった。それどころか、ひとりひとりが父の膳に箸を延ばした。目刺しは母とおせんが一尾ずつ分け、飯は兄が、汁と梅干は与之介が奪った。

疲れがどっと出て、僕は炉端に横たわった。酔いもぶり返し、頭が脈打つように痛んだ。

そして目が覚めれば、嵐の宿の炉端で流人と敵討ちが酒を酌んでいるのだった。

「おや、お目覚《めざ》めかね」

玄蕃に声をかけられても、僕はしばらく夢も現《うつつ》もわからぬまま横たわっていた。

きょうは一気に仙台まで伸《の》すつもりが、思いもよらぬ嵐に見舞われて大河原宿で足止めとなった。宿場のとっつきの安旅籠で雨宿りをするうちにいよいよ雨風がつのって、泊るほかはなくなった。

ずきずきと痛む頭の中に、少しずつ現が甦ってきた。

そうだ。大河原宿に泊ると決めても、玄蕃はこんな安旅籠などごめんだとわがままを言った。だが、僕は許さなかった。前夜の福島宿で僕は宣言したのだ。この先は泊りの宿場も旅籠も僕が決める、勝手はさせぬ、と。そして、炉端に上がって体を乾かしているうちに、濡れ鼠の神林内蔵助が転げこむようにやってきた。

「そろそろお膳をお出ししましょうかね」

酒を運んできた女中が言った。それでようやく時刻を知った。

雨戸は閉《た》て切ってある。煙出しにはほのかな白い光が覗いており、囲炉裏と竈《かまど》の熾《おき》が赤い。板敷に置かれた行灯は、どれも心細げにゆらめいている。

「ここに運んでいただけるかの」

玄蕃がツンと澄ました声で言った。

「はい、そりゃもう。何ならお牀《とこ》もこちらにお取りしましょうか」

「それは助かるの。嵐の晩に欲はかけまいが、雑魚寝はかなわぬでな」

旅籠は僕らに気遣っているのだろう。なにしろ十手持ちと敵討ちだ。

枕屏風を立てればすきま風は凌げようし、素性の知れぬ旅人たちと雑魚寝をするよりはずっとましだった。

しかし、せっかく宿は僕が決めたのに、ここでまた玄蕃の言うなりになってはならないと思った。

僕は身を起こして女中に言った。

「牀は二つでよい。それがしは上で寝る」

意固地なやつだと思ったのか、玄蕃が舌打ちをした。

「逃げるぞえ」

「勝手にしろ。おぬしのかわりにこの腹を切るだけだ」

チッと玄蕃は二度舌打ちをした。

夕食はじきに運ばれてきた。

風呂の使えぬ分だけ膳を設《しつら》えると亭主が言っていたのは、あながち口先だけではなかった。

「やや、これは豪勢だの」

玄蕃が手を叩き、内蔵助も神妙な顔を綻ばせた。

蒲鉾に納豆汁、青菜と油揚げの煮びたしにひじきの白あえ。これに大根の味噌漬と切り昆布が付いて、百五十文の安宿なら大盤ぶるまいというところだが、さらに目の下五寸はありそうな大鰯の焼物が出た。

上旅籠のように鮎だの鰻だのとはゆかぬまでも、嵐に見舞われた客への心づくしが感じられた。

夢の続きではあるまいな、と僕はあたりを見回した。富士詣での講中は神棚の下で酒盛りを始めており、行灯を囲んで飯を食う何人かの影があった。大方は二階に上がったのだろう、女中たちが殆《あやう》いほど膳を重ねて梯子段を昇っていった。

「よもやとは思うが、別代金の設いではござるまいの」

箸を付ける前に、僕は内蔵助に訊ねた。

「なにケチなことを言いやがる。てめえの腹が痛むわけでもあるめえに」

蒲鉾をかじりながら玄蕃が言った。

「おぬしには訊いていない」

と、僕は顔も見ずに言い返した。

「おっと石川さん、何か悪い夢でも見なすったか。それとも、あんがいのことに酒癖が悪いか。抜き打ちにバッサリはご勘弁。つるかめ、つるかめ」

まったく、七年越しの敵討ちを目の前にして、よくもそんな冗談が言えたものだ。

マアマア、と内蔵助が囲炉裏ごしに酌をした。

「吹雪だの嵐だので足止めを食うた客に一品付けるのは、当たり前の話でござるよ。ましてや風呂がないとなれば、誰も百五十文の宿代を払いますまい」

鰯を頭からかじって、内蔵助は続けた。

「ここまで来れば海は近いし、何と言うても仙台は奥州一の城下町でござるよ」

なるほど。蒲鉾や大鰯がたいそうなごちそうに思えるのは、ずっと山間《やまあい》の旅を続けてきたからなのだ。

「仙台より先は、奥街道を北へ運ばれますのか、それとも羽州街道を取られますか」

奥街道を、と答えれば神林内蔵助はフムフムと肯いた。

「ならば、うまい魚も仙台が食いおさめでござるの。その先は野辺地《のへじ》まで海はござりませぬ」

僕は頭の中で地図を思いうかべた。たしかに仙台から先の奥州道中は、海から離れてまっすぐ続いており、ふたたび北の海に行き着いたところに、野辺地という宿場があった。いかにも最果ての、荒寥《こうりょう》たる景色を思わせる地名だった。

道中はそこから西に折れ、青森を経て三厩《みんまや》に向かう。津軽領の北の端である。しかし地図の上ではわかっていても、僕はどうしてもその野辺地だの青森だの三厩だのという場所を、想像することができなかった。この世にありもせぬ絵空事に思えるのだ。

「三厩には足を運ばれたためしがおありでしょうか」

僕は内蔵助に訊ねた。七年も親の敵を求めて歩き回っていれば、知らぬ場所などあるまいと思いきや、内蔵助は薄闇に遠い目を向けて言った。

「三厩――ああ、奥街道の涯《は》てでござるな。そこから蝦夷に渡られるのか。残念ながらそれがしは、弘前の御城下には幾度も行っておるが、さすがに三厩は知りませぬ。いくら何でも親の敵はおりますまい」

絵空事の絵すらも破り棄ててしまったように、僕の頭の中は真ッ白になった。

道の奥なるみちのくの道が尽きるところは、思い描けぬのではなくて、紙のように白いのではないかと思った。

冬は雪と氷に鎖《とざ》され、夏は夏で霧に被われ、空は見えず、白く泡立つ汀《みぎわ》に白沙が敷きつめられているのではないか、と。

「飲《や》るかい」

玄蕃がそう言って差し向けた銚子を、僕は邪慳に押し返した。

「やれやれ、絡んできたかと思うたら臍《へそ》を曲げやがるか。ところで神林さん、聞くところによると、その三厩には、松前殿の御家中が迎えにくるらしい。押送人とはそこで泣き別れさ。あばよ、っと」

玄蕃は僕をつき放して手を振った。

乱暴な物言いに肝を冷やした。だがそれにしても、どうしてこの神林内蔵助という侍は深くを訊こうとしないのだろう。きょうび大名預けなど、敵討ちと同じくらい珍しい話だろうに。

何か大きな物が屋根にぶつかって、旅籠がぐらりと揺れた。男たちのどよめきと女たちの悲鳴がひとつの声になった。

「ご安心、ご安心、この家は百年の上も経っております、どうかお静まり下さい」

奥から出てきた亭主が、提灯を掲げながら呼ばわった。

「おうおう、百年の上だとォ。ちっとも安心できねえぞ。俺ァ四十《しじゅう》でぼろぼろだ」

笑い声がどっと上がり、てんでんに声が降り落ちてきた。

「そりゃあおまえさん、百年の間どんな嵐にもビクともしなかったてえことだろう」

「そうにちげえねえが、百年目の正直だったらどうする」

「ちょっと待った。百年前ってえと、独眼竜の昔かえ」

「いやいや、政宗公はもっと昔じゃ。参府御暇《おいとま》の御行列がそこらを通ったくらいはあろうがの」

「先代萩《せんだいはぎ》のころですかね」

「さて、どうだか。あれァ何代様の騒動かしらん」

「伊達騒動はたしか、厳有院様《しだいいさま》の時代じゃぞえ」

「はあ、そりゃあ百年どころじゃないわえ。今の公方様が十四代《じゅうし》じゃによって、十代も昔話か」

「てことは、何だ、百年の上なんぞと偉そうに。ちっとも安心できぬわえ」

そこでまたひとしきり、旅籠は嵐をはね返すほどの笑い声に沸いた。

飯を食いながら僕は、世間は広いものだとしみじみ思った。三百文の上旅籠にはそれなりの旅人しか泊らない。だが半分の百五十文の宿の客はさまざまだった。江戸見物の百姓たち。富士詣での講中。行商人。旅芸人。里帰りする女子供。渡り職人。中には敵討ちも流人も、その押送人もいる。

まして最下等の木賃宿には、どのような旅人がいるのだろうか。そんなことを考えると、僕の胸は妙にときめいた。

世間は広いのだ。その広い世間のてっぺんで偉そうにしている僕ら武士は、庶人の誰よりも不自由に生きているのではあるまいか。

向き不向きにかかわらず学問と武術を強いられ、道徳にがんじがらめにされ、歯を見せて笑うことすらできない。それどころか、親が不幸な目に遭えばおのれの人生を棒に振ってでも復讐しなければならず、物見遊山の旅など一生かなわぬくせに、公用とあらば見も知らぬ遥かな土地まで脇目もふらずに歩き通さねばならない。

では、その見返りに贅沢をしているかと言うと、やはり武士の多くは貧乏をしているのだ。ほんのひとつまみのご大身にしたところで、武士の美徳とするところは節倹であるから、表立った奢侈《しゃし》は禁物だった。

つまり、武士は偉いというより偉そうにしていなければならない。何と不自由な、間尺に合わぬ人生だろう。

「おや、箸が進まぬようでござるの。安旅籠の飯は御与力様の口に合いませぬか」

内蔵助が慇懃《いんぎん》な口調で言った。嫌味にも聞こえた。僕が寝入っている間に、玄蕃があれこれしゃべって酒の肴にしていたのかもしれない。

だとしても、恥ずるところではあるまい。僕は励みに励んで、御先手組同心の部屋住みから町方与力に出世したのだ。

「いやいや、神林殿。それがしはさよう上等な生まれ育ちではござりませぬ。少々腹がもたれております」

そうではない。飲みつけぬ酒を飲んで気持ちが悪いのだ。

僕がのろくさと飯を食っている間、玄蕃と内蔵助はすっかり打ちとけたように、差しつ差されつしながら雑談をかわしていた。二人して一升の上は飲んでいるはずだが、自分が酔い潰れた手前、まさか「たいがいにしろ」とは言えなかった。

どうしてあんな悪夢を見たのか、僕にはよくわかっている。齢は一回りもちがうが、神林内蔵助と僕の境遇は似ていた。剣を磨き学を修めて、養子の口を探すほかはない部屋住みの次男坊だ。だから彼の身の上話は痛切に聞こえたし、彼の存在は僕にとって、恐怖そのものだった。

たとえば、僕の縁談がまとまるより先に、つまり同心の部屋住みであった時分に父が同じ目をついたとする。

御組頭様はこう考えるだろう。一代抱の身分とは言え実は代々が世襲している家なのだから潰すのは気の毒、ましてやこちらに落度はない。すると、とりあえず兄に家督を襲《と》らせ、弟たちに敵《かたき》を求めさせるほかはない。むろん、そうした御下知があったところで、与之介が従うはずはなく、結局は僕ひとりであてもない仇討ち行脚の旅に出ることになるのだが。

しょせん部屋住みは家の厄介であり、ひいては御先手組の厄介者なのだから、いないほうがよいのだ。

ただし――神林内蔵助のように、路銀を無心するあてはない。実家に余分な金などなく、御組頭様もそこまでする義理はあるまい。すなわち僕が仇討ち行脚に出る理由は、武士の面子が半分、厄介払いが半分なのだ。

敵討ちが昔話のように思えるのは、そもそも刃傷沙汰が絶えてなくなったからで、もし万が一にも起きたとしたら、やはり今でもそういう話になるのだろう。

僕は飯に汁をかけてかきこみ、箸を置いて、その「万が一」の顔を眺めた。

たとえ万が一であっても、起きてしまえば当然のなりゆきにちがいないのだから、早い話が富《とみ》籤《くじ》の裏返しのようなものだ。不運と言うほかはない。

「神林殿。ひとつお訊ねいたしたい」

僕は二人の雑談に割って入った。

「何なりと申されよ」

「おいおい、石川さん。鯱《しゃっちょこ》張《ば》って妙なことを言いなさんなよ」

ひとつ咳《しわぶ》いてから、僕は肝を据えて訊ねた。

「いやしくも御法を守る者として、得心ゆかざるところがござりまする。そもそも犯罪は天下の御法にて公然と裁かれねばなりますまい。仇を討ち本懐を果たすと言えば聞こえはよいが、実は御法をないがしろにした私刑ではござらぬのか。そのあたり、そこもとのご存念をお聞かせ願いたい」

僕らはしばらくの間、ひゅうひゅうと鳴る風の音を聴いていた。

「まったく、悪い酒だの」

玄蕃が呆れたように言った。

「もう酒は抜けておるわ。しらふで訊ねているのだ」

「なお悪いわい。いいかえ、乙さん。あんたが腹の中で何を考えようと勝手だが、ご本人を問い質《ただ》すてえのは行儀が悪すぎる。そんなこたァ、江戸に戻ってから御奉行様に訊け」

僕は断固として言い返した。

「むろんお訊ねする。そのためにも、神林殿のご存念を知っておきたいのだ」

「何を偉そうに」

玄蕃はうんざりと僕を見つめ、大仰に溜息をつきながら内蔵助に酒を勧めた。

「絡み酒にはちげえねえが、気性も気性での。まあ、勘弁したってくれろ」

うまそうに咽を湿らせてから、内蔵助は僕にほほえみかけた。

「そうは言うても、真ッ向から打ちこまれたのでは引き退がるわけにも参りますまい。さよう、御与力殿のおっしゃる通り、たしかに敵討ちは御法をないがしろにした私刑にござる。しかるに、御公辺《ごこうへん》にお任せすれば、悪人を捕まえて下さるのか。評定所なり町奉行所なりが、裁いて下さるのか。それがしには親の仇を討とうなどという狭い了簡はござらぬ。悪人はわが手で裁くが世のため人のためと存ずるゆえ、かように執心いたしておりまする」

抗う言葉が見当たらなかった。復讐ではない、と内蔵助は言ったのだ。悪人なのだから成敗しなければならず、なおかつそれをなすはおのが務めである、と主張したことになる。

議論の余地はない。「忠」や「孝」の道徳に拠《よ》って敵討ちが法を超えることを僕は否定しようとしたのだが、内蔵助はそうではなくて、おのれの行為は「義」の権威に拠ると言うのだ。武士があらゆる権力を握っている世の中では、大義なり正義なりが至上の徳目でなければならず、それに比べれば「忠」も「孝」も「狭い了簡」なのだった。

内蔵助の本心がどうであるかはわからない。だが武士である限り、抗弁はできなかった。僕は押し黙るしかなかった。

「ご放念下されよ。それがしは先に休ませていただきます」

僕は軽く頭を下げて炉端を離れた。

「逃げねえから安心しな」

玄蕃が笑い、僕は「わかっておるわい」と応じた。

雨風は衰える様子もなく、古い旅籠はぎしぎしと軋み続けていた。女中に誘《いざな》われて梯子段を上がれば、桟敷廊下のあちこちに水溜りができており、乾いた場所を選んで膳を囲む人影があった。

「炉端のほうがよござんしょうに」

女中は気遣ってくれるのだが、敵討ちと流人の寝物語を聞かされるぐらいなら、雑魚寝のほうがよほどましだった。

案内された寝間は、どれもこれもない長細いぶち抜きで、街道に向かって片流れになった天井からあちこち洩れ落ちる滴を、桶や欠けどんぶりで受けているという有様だった。

寒くなれば戸を閉《た》てて、八畳間が三つという広さだろうか。破れ畳は踏めば水が湧くかと思えるほど湿っていた。あたりには行灯の魚油の匂いが蟠《わだかま》っており、旅人たちはてんでんに、飯を食ったり酒を飲んだりしていたが、話し声はみな風の音に呑まれていた。

今さら炉端のほうがよいとも言えまい。何よりも頭が脈打つように痛んで、ともかく横になりたかった。眠ってしまえばどこも同じだ。

「お武家様、お武家様」と女中が潜み声で言えば、旅人たちはひどく遠慮をして、中には膝を揃えてかしこまる者もあった。

畳み上げられた蒲団を敷き、女中が牀を取ってくれた。いや、「牀を取る」というほどの話ではない。煎餅蒲団が延べられただけで、枕も腹掛けもなかった。

隣には大小をかたわらに置いて、振り分けの行李を枕にした侍が寝転んでいた。

「ごめん」と僕が声をかけると、まだ寝付けなかったものか大儀そうに顔を向けて、「お気遣いのう」と言った。嵐の晩の雑魚寝に、名乗り合うまでもあるまい。

僕は先客を真似て荷物を枕とし、道中羽織を腹に掛けて仰向いた。湿り気がたちまち背中にしみてきた。

眠気が兆《きざ》したと思ったとたん、隣から声をかけられた。

「つかぬことを伺うが――」

「仙台のご家中でござるかの」

いや、とだけ答えて僕は言葉を探した。

「江戸からの公用にて津軽まで参ります」

「ああ、御家人様でござるか。これは御無礼を致した。いやはや、難儀な晩にござりますのう」

「まことに。明日に障りますゆえ、ゆっくりと休みましょうぞ」

話しこみたくはない、さっさと寝ろ、という暗意をこめてそう言った。

たぶん、僕らのあとから嵐に追われて飛びこんできた侍だろう。

「お連れ様は別の座敷をお取りか」

「いや、炉端で寝るらしい」

面倒臭そうなやつだ。酒でも飲まぬか、などと言い出しそうな気がして僕は声に背を向けた。

「炉端で寝かせるとは滅相な。安旅籠でも家族の寝間ぐらいはあろうに」

そこで僕は思いついた。青山玄蕃はたとえ浴衣がけでも見映えがする。旗本の貫禄がにじみ出ている。心外なことに、僕は従者と思われたのだ。

傍目《はため》にそう見えるとは情けない。玄蕃は炉端で寝かせてはならぬ貴人で、家来の僕は二階で雑魚寝をするのか。

よほどかくかくしかじかと伝えたいところだが、そんなことを言おうものなら、池の鯉に撒餌《まきえ》をくれてやるようなものだろうと思って耐えた。

いや、待て。この侍が飛びこんできたときは、たしか神林内蔵助も炉端に座っていた。だとすると、玄蕃が主人で内蔵助が家来、僕はその下の足軽か小者に見られたのかもしれない。

ややあって、眠ったかと見えた侍が口をきいた。

「公用と申されると、もしや御主人様は御国目付《おくにめつけ》様ではござらぬか」

僕は狸寝入りを決めた。答えるのもばかばかしい。あの玄蕃が、幕府の差遣《さけん》した国目付とは。あらぬ想像もたいがいにしろ。あいつは腹も切れずに流謫される科人だよ。

いよいよ頭痛がつのって、顳顬《こめかみ》がずきずきと脈打った。出口のない憤りのせいか、それとも行灯から漂い出る魚油の匂いのしわざか。いや、やはり僕の体は酒を受け付けないのだろう。

国目付はたいそう偉い御役だ。御使番《おつかいばん》だの御書院番だのといった旗本から選ばれ、半年ばかり御大名の領分に滞在して諸事を監督する。

定廻りの途中で、どこぞに出向する国目付の行列を見たことがあるが、それはそれは立派なものだった。御国目付様は面懸尻懸《おもがいしりがい》を飾った馬に跨り、従者は三十人ばかりもいただろうか。まるで小さな大名行列のようだった。将軍家が諸大名に差し遣わす目付なのだから、ただの使者ではない。一大権威なのだ。

「起きておいでかな」

しつこい。雨風が怖くて眠れぬのならそうと言え。ただし、酒は断わる。

狸寝入りを見破られて眠り続けるのも卑怯と思い、「ああ」と空返事をした。

「津軽までの御公用ということは、津軽土佐守様の御目付役にござるか、いやあ、畏れ入り申す」

勝手に畏れ入るがいい。たぶん幕府の役人など拝んだためしもない田舎侍なのだろう。国目付が一人や二人の家来を連れて道中するはずはあるまい。宿は定めて本陣だろう。仮に不意の嵐に見舞われたとしても、宿場役人たちがどっと迎えに出て、本陣まで案内するに決まっている。

僕は背を向けたまま言った。

「公用につき、お答えは差し控えさせていただく」

侍はさらに畏れ入ったようだった。これでいい。ぐっすりと眠らなければ明日の道中に障る。半日の遅れを取り戻さなければならない。

そのとき僕は、腰と尻のあたりにちりちりと痛みを覚えてはね起きた。

「おや、いかがなされた」

痒い。たまらなく痒い。僕は浴衣をからげて尻を掻きむしった。

「虱《しらみ》は酒の匂いに寄りますでな」

そういう侍の言葉の端々には、きつい奥州訛りがあった。

ふと、佐藤竹亭の名が思いうかんだ。しかし神林内蔵助が七年かかって探しあぐねている敵を、僕が聞いたとたんに出くわす偶然もあるまい。

「江戸の御家人様には縁がござるまいが、安旅籠に虱はつきもの。慣れてしまえばどうとも思いませぬ」

そう言いながら、侍もぼりぼりと尻を掻いた。

たしかに僕は虱と縁がない。牛込榎町の実家は陽当たりも風通しもよいうえ、晴れた日には母が必ず蒲団を干してくれたからだろう。むろん、八丁堀の石川家はさらに清潔で、家風なのかそれとも石川の母の気性なのか、しばしば屋敷内の畳を上げて虫干しをした。

そんなわけで僕は、蚤《のみ》や虱をついぞ知らなかったのだ。貧しいなりに贅沢な育ち方をしたような気がした。

たとえ三十俵二人扶持の同心でも、大名家の足軽のような長屋住まいはない。御家人のはしくれであるからには百坪ばかりの土地と、狭いながらも玄関と勝手口の付いた屋敷を拝領する。しかも江戸の町は武家と町人が住み分けており、武家地はあらまし高台、町人地は谷地《やち》とされているから、陽当たりも風通しもよい。石川の家がばんたび畳の虫干しをするのは、八丁堀が武家地には少ない低地だからなのだろう。

闇を見渡せば、旅人たちは嵐も虱もものともせずに寝入っている。雨洩りをよけて牀をとり、女は枕屛風を立て、いやはやたくましいものだと僕は感心した。

「寝付けぬのなら、お付き合いいたしましょうぞ」

ほれ、おいでなすった。酒でも飲もうと誘っている。はっきりそうと言わぬのは、こちらの懐をあてにしているのだろう。

なるほど奥州人は図々しい。こういう言い方をされたら否《いや》とは言えぬのが江戸者だが、やりくられてたまるか。

「公用中ゆえ、深酒は慎んでおります。ご容赦下されよ」

僕はふたたび背を向けて横たわった。

国目付か。だが考えてみれば、新御番組の旗本であった玄蕃は、その御役にふさわしい格式の武士にちがいなかった。

目をとじると、いつか見た国目付の道中が思い出された。

日本橋の北は室町《むろまち》あたりの目抜きで、時候もよく、たいそうな人出だった。今にして思えば、出張にあたってわざわざ日本橋を渡って越後屋の店先を通ろうなど、旗本の見栄であったのかもしれない。

先触れの侍が人払いをし、そのすぐ後から槍を立てた行列が来た。配下の同心たちは、「下がれ、下がれ」と呼ばわりながら野次馬を制したが、お務めの右も左もわからぬ僕は野次馬のひとりになっていた。

大名行列ではないから土下座まではしなくてよいが、無礼があってはならない。しかし庶人が直《じか》に見ることのできる貴人のお練りであるから、あたりの興奮といったら、つい掛け声でも飛びそうなほどだった。

面懸尻懸で飾った栗毛馬には、旅装束に陣笠を冠った旗本が打ち跨っていた。どこのどなたかは知らぬが、まったくほれぼれするような侍ぶりだった。

「いくらか風がおさまって参りましたの。この分なら明日は早立ちできましょう。やや、いかんいかん、まずは髷を結わねば」

髪結。そうだ、明日はどのみち仙台の御城下に入るのだから、毀《こわ》れた髷ではまずかろう、と僕は思った。六十二万石のお膝元ならばさぞかし侍も多かろうし、ましてや身だしなみにやかましい伊達者の町だ。

しかし、今夜この大河原宿に泊った客は、みな嵐に追われた濡れ鼠なのだから、明日の朝は髪結も手が回るまい。

「そこもとは伊達様の御家中にござりまするか」

僕は仰向けになって訊ねた。話しこむつもりはないが、もし仙台の侍ならばあれこれ聞いておきたかった。

「いやまあ、その御家中のそのまた家来にござるゆえ、御国目付様の御供衆に何を訊かれても困り申す」

つまり、御家来の陪臣ということなのだろう。

「白石の先に主人の采地《さいち》がござっての。今年の作柄を見て参った帰りにござる。上々の出来ではござったがのう」

侍は不安げに風の鳴る天井を見上げた。実入りの時期にこの嵐はたまるまい。

明日は髷を結い直して仙台に帰るか、あるいは采地に引き返して田畑の有様を確かめるか、と思案しているようだった。

虱の食い痕をあちこち掻きながら、まだ迷っているらしい。嵐に薙ぎ倒された田圃など見たくもないのだろうが、それでは御役目を果たしたことになるまい。

「お戻りにならねば」

僕がそう言えば、侍は切なげにふうっと息をついた。

主人はおそらく伊達家の上士で、ひとかどの知行取りなのだろう。白石の先にあるという采地の作柄を視察に行き、よい報《しら》せができると勇んで仙台に帰るところで思いも寄らぬ嵐に見舞われた。気の毒な話ではある。

「このまま仙台に帰られても、お務めを果たしたことにはなりますまいぞ」

僕は重ねて言った。そんなことはむろん承知しているだろうが、昨日までの実入りがよかっただけに無念でならないのだ。

物心ついてこのかた、僕は豊年という話を聞いたためしがない。不作ならばまだしもましなほうで、やれ凶作だ無作だ、はては飢饉だと耳にするばかりだった。

実家の父は口癖のように、「蔵米取りは気楽だ」というようなことを言っていた。それはあながち、三十俵二人扶持の負け惜しみではない。御禄を現米で頂戴する御家人は作柄など他人事《ひとごと》だが、知行所を預かる旗本は不作なら収入が減る。

侍は嵐に怯えていたわけでもなければ、酒を飲みたかったわけでもあるまい。僕はおのれの浅慮を恥じねばならなかった。

「ところで――」

侍が溜息をつきながら牀についたのをしおに、僕は話を変えた。

「連れが人を探しておるのですが、お訊ねしてよろしいか」

「ああ、何やら敵討ちがどうのと、そこいらでも噂しておりましたの」

あまり興味はなさそうだが、僕はかまわずに訊いた。

「姓は佐藤、名はわからぬが俳号が竹亭。松竹梅の竹に亭主の亭でござる。居合の達者と思われます」

侍が息を詰めたような気がした。

「心当たりがおありか」

「いや、心当たりというほどではござらぬがの。仙台の御家中には佐藤の姓がたいそうおりますし、かく申すそれがしも佐藤、主人も佐藤にござる」

「俳諧など風流をする佐藤氏をご存じではありませんか」

侍は行灯のまわりで聞き耳を立てている旅人たちをちらりと見て、しばらく答えをためらった。

「それがしのごとき下賤の者には縁がないが、風流をするは伊達者の嗜みにござる。ましてや六十二万石の国持ち大名ゆえ、御家来衆も万の上はおり申す」

そこまで言うと侍は、顔を僕に向けて「そんなことより――」と声を絞った。

「余計な節介やもしれませぬが、かかわらぬほうがよろしいのではござらぬか。きょうび仇討ちなど聞いたためしもなし、ならばなおさらのこと、御公辺の御役人がかかわったとなれば、ややこしくなると思いまするぞ」

のんびりとした口調ではあるが、あんがい本音だろうと僕は思った。

伊達家といえば、天下の三本指に入る国持ち大名である。むろん気位は高い。不倶戴天の親の敵など、御家来衆の中にいてはなるまい。つまり侍は、「自分は郎党の身分ゆえ腹も立たぬが、面と向かって御家来衆に訊ねたら大変なことになる」と忠告してくれたのだ。

僕は神林内蔵助の生真面目な顔を思いうかべた。居ずまいが正しく、七年もの間親の敵を探しているとは見えぬが、その苦労たるやいかばかりであろう。

探すと言っても、ありていに訊ねようものなら御家の体面を傷つけてしまう。少くとも親の敵とは言えぬのだ。

「かかわるつもりは毛頭ござらぬ。ただ、七年も敵を探しているという人が、気の毒になりましてな」

僕らはそれきり話すのをやめた。侍は僕と玄蕃と内蔵助の関係を改めて考え直しているようであり、僕は僕でまたひとつ思慮の浅さを知った。

嵐が遠ざかってゆく。あちこち掻きむしりながら、それでも僕は眠りに落ちた。

明六ツの鐘を聞いて旅籠を立つと、いくらも行かぬうちに髪結床が店を開けていた。雨風は嘘のように収まって、宿場にはもがれた枝や雨戸やらが散らかっていた。

軒に吊られた達磨の看板は髪結の印なのだが、よくもまあきのうの風に飛ばされなかったものだ。

誰が言い出すともなく僕らは店に入った。間口一間《いっけん》の先は土間と板敷で、江戸の髪結床のように暇人が集う余裕はなく、いかにも旅人相手の小体《こてい》な店だった。

「いらっしゃいまし」

さだめし腕のよさそうな親方と、十二、三と見える徒弟が声を揃えて迎えた。

上がりかまちに藍の刺子を打った座蒲団が二枚。つまり職人は二人というわけだが、玄蕃はさっさと親方の前に腰掛けて、「いやはや、武士が三人この面で仙台の御城下には入れまい。一ッ通りの格好をつけてくれ」

親方は僕と神林内蔵助をこもごもに見やって、「ささ、どちら様でも」と言った。どうやら若い徒弟は一人前であるらしい。

「御与力殿からお先に」

「いや、そこもとから」

「それがしは今さら急ぐ旅でもござらぬゆえ、お先にどうぞ」

「ご遠慮めさるな。御城下まではご一緒いたします」

一人前の職人だとは思っても、鋏を握って板敷にちょこなんと座る姿はまだ子供だった。江戸の髪結床ならば、この齢の徒弟が武士の顔に刃物を当てるなど、とうてい許されまい。

「心配無用でございますよ。こいつは筋がようございまして、このごろすっかり目が遠くなったあたしより、よっぽど腕はたしかでございます」

へい、と徒弟が威勢よく答えた。

「おいおいおやじ、目が霞んでおるのか」

そう言う玄蕃の乱れた総髪の髻《もとどり》をぷつりと切って、親方は「冗談でございますよ」と笑った。

「ふつつかながら、代金は持たせていただく。どうぞ、お先に」

僕が言うと玄蕃も肯いた。内蔵助の苦労を思えば、宿賃も髪結代もお安い御用だ。

固辞する内蔵助を徒弟の前に座らせて、僕は土間に置かれた縁台に腰を下ろした。親方の女房らしい愛想のいい女が茶を運んできた。

後から店を覗いた旅人は、先客が三人と知ってみな踵を返した。きのうの嵐でさんざんに毀《こわ》れた髷を、仙台に入る前に結い直そうと思うのは誰も同じらしい。

だからと言って親方も徒弟も、ぞんざいな仕事はしなかった。髷を切って髪を解くと、玄蕃と内蔵助をそれぞれ水屋に導いて、ていねいに洗髪をした。

「で、石川さん。ゆんべあんたの隣に寝た、その佐藤てえ侍はよもや佐藤竹亭じゃああるめえの」

もとの板敷に腰掛けて、気持ちよさげに櫛《くし》を入れられながら玄蕃が訊ねた。髪結で「敵」と言わぬのは、いいかげんに見えてそつのない、玄蕃らしい見識だった。

「万が一にもそれはない」

僕は自信を持って答えた。

「俳諧などという風流のできる身分ではなし、居合の心得もないと見た」

正しくは勘である。とうてい敵持ちとは見えなかっただけだ。

「風流は身分でするものじゃあるめえ。居合の腕前など、刀を抜かずにわかるものかよ」

僕はムッとして玄蕃を睨みつけた。僕の出自を侮《あなど》っているようにも、僕の腕前を疑っているようにも聞こえたからだ。

「マアマア、そこもとらにはかかわりのない話ゆえ、さよう執心なされますな。どうかご放念下されよ」

徒弟が内蔵助の月代を剃り始めた。なるほど手付きがよい。剃刀《かみそり》もよほどていねいに研ぎ上げているのか、ちりちりと小気味よい音を立てた。

「月代を剃らぬ分だけ手がかかるまい」

玄蕃が言い、親方が答える。

「いえ、総髪を形にするのは、なかなかに難しゅうございます」

それから親方は、仙台にははやりすたりがないので不慣れだということを、言いわけがましく便々と語った。

「ムダを言わずに髪を結え」

玄蕃の洒脱な一言で親方は黙った。

みながみな黙りこくってしまうと、目の前の図が滑稽に見えてきた。

仏頂面の侍が、二人並んで土間の上がりかまちに腰かけている。それぞれの髪を、襷《たすき》掛けの親方と徒弟が神妙な面持ちで梳《くしけず》っている。江戸の髪結より力は強いようで、櫛の運びに合わせて二人の顎ががくりがくりと上がる。

豊かな総髪を撫で付けた青山玄蕃の、眉をひそめ目をきつくとじた表情は、覚悟を定めた由比《ゆい》正雪《しょうせつ》か天一坊《てんいちぼう》のように見える。一方の神林内蔵助は、久しぶりに髪を解いてよほど心地よいのであろう、きりりとした顔がすっかり緩んで、そのしどけなさと言ったら、まるで鈴ヶ森か小塚ッ原の獄門首のようだった。

「で、その佐藤某《なにがし》は暗いうちに宿を出て、白石の先にあるという主人の知行所に戻った、と。あいにく俺はぐっすりと寝こけていたわい。そうと知っていれァ、励ましのひとつもかけてやったものを」

由比正雪が口をきいた。

「それがしは目に憶《おぼ》えがござるが、なるほど律義そうな侍でしたのう。今ごろはどのような思いで、采地への道をたどっておりますことやら」

獄門首が溜息をついた。

「いたたっ。おい、おやじ。力が強すぎるわえ。髪が抜けるぞ」

由比正雪が文句を垂れても、親方は悪びれるふうがなかった。

「きつく結い上げるのが仙台流でございます。髱《たぼ》が緩んでおりますと、やれしまりがないだの、野暮天だのと笑われます」

それぞれが神妙な顔をしているから、ましておかしい。僕はたまらずに飲みさしの茶を噴いた。

「ご無礼」と言い残して街道に出た。たちまちよろめくほどの曙光が瞳を刺した。きょうは上天気だ。

嵐の去った大河原宿では後片付けが始まっていた。田はよほど荒れただろうが、幸い宿場のたたずまいに変わりはない。

殷々《いんいん》と渡っているのは、まさか小僧の寝呆け鐘ではあるまい。嵐は過ぎたぞ大事はないかと村人たちを慈しむ、仏の声にちがいなかった。

鐘の音を聞いているうちに、僕の心も鎮《しず》まった。

忘れがたみの颪の中に佇みながら、腹の底からふいにこみ上げてきたおかしみの正体について考えた。

髪結床の図が、どうしてあんなにもおかしくてならなかったのだろう。

客は由比正雪と獄門首。職人は饒舌なくせに頑固な親方と、どうしても一人前には見えぬ徒弟。愛想のよすぎる女房が、ちょこまかと土間を歩き回っていた。

僕の心と体は、かちかちに凝り固まっていたのだ。江戸を立ってからずっと、いや石川の家に婿入ってからずっとかもしれないが、僕はまるで舞台の上にあるようにこわばっていた。

その緊張の絶頂が昨夜だったのだと思う。嵐に追われて濡れ鼠になり、ほうほうのていでたどり着いた安旅籠で体を乾かす間もなく、敵討ちが飛び込んできた。僕は緊張に耐え難くなって飲めもせぬ酒を飲んだ。そして悪い夢を見た。目覚めて二階に遁《のが》れれば、隣の牀には気の毒な侍がいた。

外には嵐が吹きすさび、内には虱が這い回って、僕の心と体は石のように凝り固まってしまった。

そんな一夜が過ぎて、明六ツの鐘を聞きながら旅籠を立ったときは、何やら見も知らぬ別世界に歩み出したような気がしてならなかった。

髪結床に寄り、面白くもおかしくもない髪結の図を眺めているうちに、ふいにどっと、緊張がほどけたのだと思う。

玄蕃が言うには、僕は何でもかでも考え過ぎるらしい。

こういうことか、と僕は思った。流人と敵討ちが二人並んで髪を結っているなど、芝居の中にすらありえぬ図なのだろうけれど、仏の目から見れば格別の人間などはなくて、どれもこれも等しく嵐に見舞われた凡下《ぼんげ》に過ぎないのだ。

僕はこわばった首を回し、風に向いて深く息を吸い込んだ。慈悲の梵鐘《ぼんしょう》は鳴り続けていた。

「明六ツと言っちゃなりません。伊達陸奥守様の御領分では明半刻《あけはんとき》でございます」

親方が唄うような高調子で言った。かりそめにも御殿様の名を「むつ」と呼び捨ててはならないのだ。

やがて月代を剃る手間のいらぬ玄蕃が仕上がり、かわって僕が腰を下ろした。

「お武家様方は江戸からのお下りでございますな」

髷を切る前に僕の頭の鉢を確かめながら親方が言った。

「髷でわかるのか」

「へい、わかりますとも。江戸の髪結は髷を太め長めに結いますな。このごろは月代を広く剃るのがはやりのようで」

考えたこともなかったが、そういうものなのか。玄人《くろうと》の目は大したものだ。

「江戸詰の御家中でございますか」

「いや」とだけ僕は答えた。髪結は油断がならない。この店にも月に一度や二度は仙台の役人が立ち寄って、あれこれ訊ねるに決まっている。

町奉行所の符牒に、「髪結の亭主と湯屋《ゆうや》の女房」というものがある。市中の見廻りに出たなら、必ず髪結床と湯屋に立ち寄って町の噂を拾えという意味である。髪結は仕事をしながら客と話しこむし、銭湯の二階で湯茶の接待をする女房には、聞かでものの噂が耳に入る。わけても古い髪結床の親方などは、町奉行所の手先と言ってもいいほどだった。

街道を照らす朝日がまばゆい。髪を結って男前になった玄蕃は、店先に出て煙管《キセル》を使ったり伸びをしたりしていたが、そのうち子供らと遊び始めた。

「御用、御用」と玄蕃が十手を振って追い回し、子供らが歓声を上げて逃げ回る。ふと、親方は僕らの十手が気がかりなのだろうと思った。

「ご大身でらっしゃいましょう」

親方が耳元で囁いた。

「そう見えるか」

「お髪《ぐし》のお手入れがようございます」

その話は江戸の髪結から聞いたことがある。日ごろ高価な鬢付《びんつけ》油を使っていると、髪の根が太くなり艶も増すらしい。

むろん僕の髪のことではない。やはりここでも、玄蕃が主人で僕が家来と見られたのだ。

「ご当地に用はない。蝦夷地に向かう途中じゃ」

親方はほっとしたように息を入れた。

「青山殿はお子様がおいでかな」

横あいから神林内蔵助が訊ねた。玄蕃は店先で、飽かず子供らと遊んでいる。

自分の家族についてはみちみち考え続けているのに、玄蕃の家族を失念していた。人の親だったのだと思えば、宿場の子供らと玄蕃の戯れる景色が、まるでちがうものに見えてくる。

「嫡男が十《とお》ばかり、下に四つの次男と三つの娘御がいると聞いております」

ああ、と内蔵助が声にならぬ切なげな声を上げた。

昨夜、僕が二階に上がってから、二人が何をどこまで語り合ったかは知らない。だが玄蕃が、家族のことを噯《おくび》にも出さなかったのはたしかだった。

夏の光に満ちた戸口の向こうを、村の子供らが歓声を上げて駆け抜ける。その後から、朱房の十手を大げさに突き出して、「御用御用」と玄蕃が追う。いつの間にやらごていねいに、刀の下緒《さげお》を襷に掛けて袴の股立《ももだ》ちを取っていた。たとえろくでなしであっても、子らにとってはよき父親だったのだろうと僕は思った。

連子窓《れんじまど》のすきまを、子供らと玄蕃の影が駆けてゆく。

「よおし、捕まえた。お仕置をしてくりょう。やい、これでもか、これでもか」

子供らが手に手に棒きれや枝を握って、仲間を奪い返しにきた。

「やや っ、ご勘弁、ご勘弁。命ばかりはお助け」

玄蕃はお道化て尻餅をつき、子供らは大笑いしながら玄蕃を叩いた。

無礼を咎める者はいない。それくらい玄蕃の子供あしらいは堂に入っていた。

そのとき僕の胸に、牢屋敷の裏門で父を待っていた倅の顔がありありと甦った。唇を噛みしめ、眦《まなじり》を決した嫡男の顔だ。千住大橋での袂別《べいべつ》のときも、そっくり同じ表情で佇んだまま、言葉は何もなかった。

父の旅立ちを送るのではなく、金輪際の別れであると知っていた。また、嫡男とは言えおのれが跡を継ぐ家は、もうないのだとも。そうでなければ十歳ばかりの少年が、あれほど険しい顔のまま声もなく立ちすくんでいるはずはなかった。

「御屋敷ではさぞかしいいお父上でございましょうなあ」

僕はおしゃべりな親方を叱った。

「余計は申すな、無礼者」

客を退屈させぬのは髪結の芸のうちだ。そんなことはわかっているのだが、つい声をあらげてしまった。親方はびくりと手を止めて、「あいすいません」と詫びた。

玄蕃の家族は、番町の屋敷を引き払っただろうか。そののち身を寄せる先はあるのだろうか。

青山家と言えば、大名家にもつながる御譜代の名門で、同姓の一族は旗本御家人にも多い。ならば面倒を見てくれる家もありそうなものだが、罪が罪であるだけにかかわりあいを避けるとも思えた。

それに、どう考えても玄蕃は変人だ。親身になってくれる縁者がいるとは思えない。仮に僕が親類か何かだったとしても、家族の世話までは御免こうむる。

「よし、さっぱりしたわい。おまえ、たしかに筋がよいの。とうてい子供の手とは思えぬ。ご苦労」

手拭にくるんだ毛を土間にはたいて、神林内蔵助が立ち上がった。月代を青々と剃り上げて、髷をきりりと結った内蔵助はなかなかの美丈夫だった。

「おありがとうございます」

徒弟はきちんと両手を揃えて頭《こうべ》を垂れた。礼儀も正しい。

女房が湯呑を差し向けながら言った。

「この子はお武家様のお血筋でしてね。ちょいとわけがございまして、うちがお預りしました」

僕も内蔵助も、とっさに返す言葉を失った。たぶん僕らは、同じようなことを考えていたのだろう。

「わけは訊くまい」

内蔵助はそう言って、茶を啜りながら徒弟の目の高さに腰を屈めた。

「だが、これだけは言うておこう。侍と申すは因果な商売じゃ。もういちど生まれ変われるものなら、武士よりも職人のほうがよい。おまえは運がよいぞ。羨ましいわい」

何やら胸が熱くなった。徒弟は見知らぬ客のこの言葉を、けっして忘れまい。

親方の腕前は大したものだった。わけても顔と月代の当たり具合は、指先に剃り痕《あと》が何ひとつ触れぬほどだった。

昨夜の虱がたかっていはしないかと思ったが、親方が何も言わなかったところからすると、連れてはこなかったのだろう。

虱が人の血を選り好みするわけではない。身分の貴賤は人間が勝手にでっち上げたものだと僕は知った。

しかも今日の世の中では、その貴賤すら必ずしも貧富のちがいではなく、武士の多くは貧しさを通り越して借金に苦しんでいるのだ。そして親が斬られれば武士道とやらに誓って、復讐を果たさなければならない。一生かかってでも。

徒弟にどういう事情があるのかは知らないが、武士が町人に身を堕としたという心の傷を負っているのはたしかだろう。だが幸いなことに、髪結は客の身分にかかわらず同じ仕事をする。武士の苦労も耳にしよう。そのつどきっと、神林内蔵助の言葉を思い起こすにちがいない。

親方の手が早かったのか、それとも連れを待たせてはならないと思ったのか、僕の髪結は妙にさっさと終わった。

しかし手鏡に映して見れば、わが顔ながら感心するほど上々の出来映えである。親方は名人で、徒弟はいよいよ果報者だと思った。

三人前の勘定を済ませて外に出れば、玄蕃と内蔵助が向かいの飯屋の軒下で立ち話をしていた。結い上げた髷を少しでも毀《こわ》すのがもったいないらしく、申し合わせたように道中笠を手に持っていた。

　ともに男振りが上がって、まさか破廉恥罪の流刑者と七年越しの敵討ちには見えない。通行人は誰もが二人をよけて歩き、中には畏れ入って頭を下げる者もあった。

　街道の上下《かみしも》を見渡せば、嵐の痕はすっかり取り片付けられて、昨夜の荒れようなど夢のようだった。

　武士の体面を施した僕らは、夢ではない証の湿った風に吹かれながら歩き出した。

　しばらく行って振り返ると、かげろうの立つ道の先に、頭を下げるでも手を振るでもなく見送る徒弟の姿があった。

十二

きぬさんへ。

御身お変わりないでしょうか。

父上様お薬はきちんとお嚥《の》みですか。母上様も息災にお過ごしですか。

こちらの様子はお伝えできても、そちらがどうだかわからないというのは不安なものですね。でも、僕も飛脚も同じ人の足なのですから仕方ありません。

こうして便りをしたためていても、もしや何か見当ちがいのことを書いてやしないか、息災ですかなどと軽々に訊ねてはならないのではないか、などとあれこれ考えてしまいます。

では、みなさまお元気、ということで。

さて僕はいよいよ、奥州一の御城下仙台に入りました。江戸を出てから九日目、男二人の足にしては一日か二日は遅れているというところでしょうか。

それでも、いつ幾日《いつか》までという話ではなし、津軽の三廐《みんまや》までは片道一月とも聞いていますから、遅れを取ったとあわてるほどではありますまい。

下野の芦野宿に思いがけなく二夜泊り、それからはどうにか遅れを取り戻そうと急いだのですが、昨日は仙台領の大河原宿のあたりで嵐に見舞われて、早いうちに足留めとなりました。

ずいぶんいくじのない話ですね。でもその吹き降りと言ったら、しばしば屈みこんでやり過ごさねばならなかったほどで、宿場のとっつきの旅籠に転げこんだときには、ほっと人心地がついたものでした。

江戸は平気でしたか。夏の嵐は西から東に寄せてくると聞きますから、もしや一荒れあったのではないでしょうか。

実家の牛込榎町は小高い土地柄なので、風は当たっても水の出る心配はなかったのですが、八丁堀はその逆様です。僕に言われるまでもなく、きぬさんは承知していると思いますが、堀の水かさが上がって殆《あやう》くなったら、父上を御蔵の二階に移して下さい。古株の定廻りが言うには、中ノ橋の橋桁から下に三尺というのが、避難の目安だそうです。

ああ、やはりあれこれ考えても仕方ありませんね。では、江戸は平気だったということで。

大河原宿から仙台までの道中には、変わった道連れが現われました。何だか芝居めいた話ですけれど、嘘も冗談もありません。

親の敵《かたき》を七年も探し回っているという侍と同宿したのです。

おやまあ、と目を丸くするきぬさんの顔がうかびます。でも考えてもみて下さいな、きょうび流人道中も敵討ちも、乙甲《おつかつ》の話じゃないですか。

身の上を聞くうち何やら他人とは思えなくなって、嵐の夜が更けるにまかせて語りこんだという次第です。

信じられますか、きぬさん。親の敵を七年ですよ。しかも、その敵というのはほんの行きずりの酔っ払いで、いわば夜道で辻斬りに遭ったような話なのです。

名前もよくはわかりません。顔かたちも知れません。手がかりが何もないまま親の仇を討てなんて、いくら何でもひどすぎやしませんか。それで七年。いや、このさき十年二十年かかっても、敵にめぐりあうことはありますまい。

では、どうしてあてどもない旅を続けているのかというと、理由はひとつだけ。武士だからなのです。

尋常の立ち合いではなく、抜き合わす間もなく斬られたことが不覚悟、御家を取り潰されても仕方ないところを、部屋住みの次男坊が敵討ちの旅に出るということで家名がつながった。

つまり、本懐を遂げられなくてもいいのです。仇討ち行脚が続いているならば。汚名を晴らさんとしている子がいるだけで、御家は安堵される。

七年が十年。やがて二十年。本人にとっては大変な苦労でしょうが、その歳月が長くなればなるほど、忠孝の美談は厚みを増してゆく。

そしていつか旅路の果てに命を悟ったときは、本懐を遂げられなかった無念を遺書にしたためて腹を切る。それで美談は出来上がり、父親の恥と罪もすすがれる。

そんな人生を気の毒に思っても、僕にできることは何もありませんね。敵のあてがあるのなら助太刀を買って出るのもやぶさかではないが、せめてわずかな旅籠代と髪結代を寄進することしかできません。

この話、父上母上には内緒にして下さい。敵討ちだの助太刀だのと書面にすれば心配もなされましょうし、僕がありもせぬ話をでっち上げていると思われるやもしれません。それくらい、父上母上が聞けば突拍子もない話ですから。

その侍は七年もの間ずっと、南は郡山、会津、米沢、北は津軽領の果てまで、ぐるぐると敵を尋ね回っているそうです。しかしたいそう身だしなみのいい男で、そうした苦労はとうてい感じられません。僕らの後から濡れ鼠で旅籠に飛びこんできたときでさえ、伊達様の御家中かと思ったほどでした。

むろんもともと心がけのよい侍なのでしょうが、語り合ったところから察するに彼には立派な覚悟があって、いつどこで敵にめぐり会ってもただちに命のやりとりができるよう、武士の体面を斉《ととの》えていると思われるのです。

芝居の中の敵討ちといえば、白装束と定《き》まっていますね。でも敵と出会ってから着替えもできますまいし、お遍路のような白装束で仇討ち道中もありますまい。

本懐を遂げようと返り討ちに果てようと、武士の面目だけは損わぬようにいつも身ぎれいにしている。さて、どうかはわかりませんけれど、少くともそんなふうに思わせる律義な侍なのです。

もひとつ、仙台の御城下に入って気付いたこと。噂にたがわず伊達様の御家中は身なりがよく、どなたも月代《さかやき》を青々と剃り上げて、袴の筋目がぴんと立っています。仇討ち侍は仙台を根城としているうちに、どうやらそうした気風に染まって、自分も気配りをするようになった。

僕の臆測に過ぎませんが、大川にかかった長町橋を渡って御城下に入ったとたん、そう思ったのです。行きかう人々、わけても男の身なりがよい。まさに伊達男ばかり。

さて、敵討ちの話はさておくとして、僕ら三人がその長町橋を渡りおえたところで、ちょっとびっくりするような出来事がありました。

橋の北詰に肩衣《かたぎぬ》を付けた侍が幾人も立っていて、仰々しく僕らを出迎えたのです。人ちがいじゃないかしらん、と思った。

「もし、青山玄蕃様にござりましょうか」

そう訊かれたのでは人ちがいも何もありますまい。

これには当の青山玄蕃もいささか面食らったようで、エッと驚いてから「いかにも、青山にござる」と答えました。

すると、三人か四人の侍が一斉にざわりと肩衣を揺らして片膝をついた。

長町橋は仙台城下の玄関口ですから、北詰の空地のまわりはぐるりと御番所の白壁が囲んでいます。どうやら出迎えの役人たちは、朝からその御番所に詰めて僕らの到着を待ち受けていたらしいのです。いや、「僕ら」ではありませんね。青山玄蕃、すなわち流人の到着を。

「主命《しゅうめい》によりお迎えに上がりました。御乗物をお使い下されませ」

ふと見れば、御番所の玄関に御大名の乗りそうな網代《あじろ》の御駕籠が置かれている。

「いや、せっかくだが、道中を歩き詰めて御城下ばかり乗物を使うは心苦しい。遠慮させていただく」

気を取り直してそう答える玄蕃は、さすがに千石取りの貫禄です。

「では、御馬を」

頭を巡らせれば白壁の塀の先に、馬も控えさせている。玄蕃はやや考えるふうをしてから、

「お心遣いはありがたいが、今は御城下を馬で行く身分でもござらぬ」

玄蕃の身の上を承知しているのかどうか、役人はひどく畏れ入って「かしこまりました」と言いました。

さて、それからがまた大ごとです。僕の予定では、例によって仙台の御城下を通り過ぎて、五里ほど先の富谷《とみや》宿か吉岡《よしおか》宿に泊るつもりだったのです。それが思いも寄らぬ出迎えを受けて、御城下は国分《こくぶん》町の「外人屋《がいじんや》」に招かれる運びとなりました。

まさか異人の館ではありませんよ。他国から訪れる貴賓のための宿を「外人屋」と称しているのです。

さすがは六十二万石の国持ち大名、宿場の本陣ではなくて、仙台を通過する公用旅の役人や参勤交代の御大名を接遇するための館を、市中のまんまんなかに設けてあるのです。それが「外人屋」。迎えに出た侍は御目付様で、むろん自分の馬も控えさせているのですが、青山玄蕃が御駕籠も御馬も使わぬならば誇りようもなく、市中をぞろぞろと練り歩くことになります。

それにしても、仙台は美しい町です。緑が厚く、すべてが森の中にあるように思えます。かの独眼竜政宗公が城下を営むにあたり、成長が早くて建材に適した杉の植樹を奨励したのだと聞きますが、そこは伊達者の御大将のこと、何よりもみめうるわしい町を、とお考えになったのではないでしょうか。

奥州道中は御城下を貫いており、いくどか鉤の手に曲がって進みます。沿道は商家が軒をつらねていても、すぐうしろには武家屋敷の木立ちがこんもりと迫っていて、喧噪をくるみこんでいるような気がします。町全体が清浄で、静謐なのです。

歩むうちに通りは賑わいを増して、江戸の目抜きもかくやはと思われるほど。「芭蕉《ばしょう》の辻」なる十文字は、四方の角に竜虎が屋根に上がった櫓《やぐら》が建っておりまして、御城門だとばかり思っていたら、これが大黒屋、恵比寿屋、壺屋、松岡屋なんぞと暖簾を下げた呉服商でした。

しかもその辻から西を眺めますと、御城が聳《そび》えているのです。僕も玄蕃も思わず足を止めてしまって、江戸から下ってきたのにまるでお上りさんのようでした。

そこから少し行った繁華な町なみのただなかに、外人屋の大きな長屋門がありました。こうなったら否も応もありませんね。なにしろ御目付様が言うには「主命」、つまり伊達陸奥守様のお計らいなのですから、御馬や御駕籠は遠慮してもまさか宿まで断わるわけにはいきません。

またその外人屋の立派なことと言ったら、本陣どころか千石取りの旗本屋敷みたいなものです。結局、事情など何も言い出せぬまま、僕も敵討ちも玄蕃の家来のような顔をして門を潜ってしまいました。

この手紙を読みながら、ハラハラしているきぬさんの顔が目にうかびます。

だって仕様がないでしょうに。いきなり肩衣を付けた御家来衆に迎えられて、「主命により」と言われたのでは返す言葉もありません。

もし、何かのおまちがいではござりませぬか。青山玄蕃をお名指しですが、この者は破廉恥罪を犯した流人で、それがしは押送役の町奉行所与力、連れは赤の他人であてどもない敵討ち――などと、いったいどの口が言えましょう。

そうこうするうちに、いわば伊達家迎賓館とも言うべき外人屋に到着したのでは、いよいよ今さら何をか言わんや。

言ってくれるとしたら当の青山玄蕃しかいないのですが、これがまたかくかくしかじかと面倒な説明をするような人物ではありません。むしろ下にも置かぬ接遇がまんざらでもないようで、これっぽっちも悪びれる様子がない。

御玄関の式台で草鞋を解いて女中に足を洗わせ、長い御廊下を歩んで客殿に入るや、少しも迷わず上之間に腰を下ろすのです。

そしてたいそう偉そうに、

「ご丁寧なお迎え、かたじけのうござる。陸奥守様にはくれぐれも宜しゅうお伝え下されよ」

と、こうです。さすがに六十二万石の太守を「陸奥守殿」とは呼ばなかったが、御殿様のお名前を軽々と口にしただけでも、ひやりと肝の縮む思いがしました。

御目付様が言うには、

「御用とお急ぎでなければ、明朝お目通りかないます。しかるのち東照宮、御廟所などご案内させていただきまする」

気を揉ませてごめんなさい。

豪勢な馳走に与ってても心が落ち着かず、こうしてきぬさんに手紙を書いているのです。ふと目覚めれば、嵐の晩の安旅籠なのではないか、などとも考えます。

「お目通りがかなう」というのは、在国中の伊達陸奥守様のお召し、としか思えません。将軍家の直臣《じきしん》ならば仙台に勧請された東照宮を素通りはできますまいし、ならば伊達政宗公の御廟所にも参拝なされませ、と言っているにちがいないのです。

青山玄蕃の答えて曰《いわ》く、

「それはそれは、ご迷惑でなければ是非にもお引き廻し下されよ」と。

御目付様は満足げに肯いて、

「承りました。では明朝辰の刻にお迎えに上がりまする」

それだけ言って慇懃に頭を下げ、御目付様はお引き取りになりました。

ハテ、それだけか。一国の御殿様のお召しに与るというのは、さほど簡単な話であるはずはない。

玄蕃は立ち上がる気配もないので、「従者」の僕が外人屋の玄関まで御目付様をお見送りして客殿に戻りますと、上之間に大あぐらをかき、着物の片肌脱いで「暑い暑い」と扇子を煽っているのはいつもの玄蕃です。

「いやはや、面倒臭《くせ》えことになったの。陸奥守殿はこっちの事情をご存じなのか、はたまた知らねえのか。嘘はつきたくなし、さりとて説明するのものう」

思わず、「おい、勝手もいいかげんにしろ」と叱りつけますと、玄蕃は顎をさすりながら僕を見つめて、

「勝手は俺じゃあるめえ、文句があるなら伊達様に言え」

と、こうです。しかし言われてみればたしかに、玄蕃が何をしたわけでもありませんね。陸奥守様が迎えの御家来を遣わし、この外人屋に招き、明日は御城にお召しになる。相手が相手であ

るだけに、断わることができなかったのです。

いったいどうなっているのだと、訊きたくもあるのですが、また一方では御大名と御旗本の交誼など知らぬほうがよいとも思えます。僕の務めは津軽の三厩というところまでこの科人を押送し、蝦夷地から迎えに来る松前様の御家来衆に、身柄を引き渡すことだけなのですから。

でも考えてみれば、その科人の身柄は明朝辰の刻にお召し、そののちは東照宮と御廟所に参拝。となるととうてい明日中の出発はおぼつきません。

夜が更けても、国分町の賑わいが耳に伝わります。仙台は豊かな町です。

ではきぬさん、くれぐれも御身ご大切に。

乙より

「石川殿。ちとよろしいか」

神林内蔵助《かんばやしくらのすけ》は天井を見上げながら声をかけた。外人屋の上等な夜具はかえって寝心地が悪い。

「青山様はずいぶんと気さくなお方だが、もしやよほどの御大身にござるか」

町奉行所への報《しら》せであろうか、押送人は長い手紙をようやく書きおえたようである。月明りにしらじらと映えた付書院《つけしょいん》の障子に、すっくりと伸びた後ろ背が影絵になっていた。よほど学問を積んだ人であろうか、筆を執る姿は垢抜けていて、ずっと年かさに見えた。同じ町奉行所の御仲間ならともかく、御先手組同心から町与力の家に婿入るなど、並大抵のことではないのだろう。

「憚《はばか》りながら、科人の身上についてはお答えいたしかねます」

背を向けたまま石川が言った。

杓子定規の男である。絡み酒でもよいから飲ましておけばよかった、と内蔵助は思った。

「しかるに、石川殿。畏れ多くも伊達陸奥守様のお召しに与るなど、尋常の話ではござるまい」

手紙に宛名を書いて、ていねいに麻紐をかけ、石川は寝付かれぬ内蔵助に膝を向けた。見るでもなく目に入った封書の表には、「八丁堀岡崎町内　石川きぬ様　御許へ」とあった。

姑《しゅうと》か妻か。婿養子は旅先からでもこれくらい気を遣わねばならぬのだろう。

内蔵助の視線を悟って、石川は書簡を懐に収めた。

「実は、それがしも詳しくは知らぬのです。役人が妙に謙《へりくだ》ったり、畏れ入ったりしたのでは公平な仕置ができませぬゆえ」

石川の顔に嘘はなかった。

「つまり、死罪の仕置人は首を斬る者の名も知らぬ、という理屈と同じです」

冷ややかにそう言い足し、書簡を敷蒲団の下に忍ばせて石川は牀に就いた。

「やや、これは心地よい」

「心地よすぎて眠れぬのです」

褥《しとね》も衾《ふすま》も白無垢で、よもや羽二重ではあるまいが、上等の木綿地である。

枕元の行灯をともしたまま、二人はしばらく語り合った。

「たしかに伝馬町の首切り役人と同じ理屈でしょう。しかしわれわれは人ではなく罪を憎むのですから、科人の身分が高いからと言って謙ったりはしません」

お役目上それは当然のことだろう、と内蔵助は思った。しかし、だとすると江戸からの旅は、この若い与力にとってどれほど窮屈であったことか。飲めぬ酒を飲んで絡みたくもなるだろう。そのうえ仙台に入ったとたん思いも寄らぬ出迎えを受けたのでは、たまったものではあるまい。

「そこもとはともかくとして、赤の他人のそれがしまで青山様の御家来にされてしまったようで。いやはや、まるで様子がわからぬゆえ、とうとう言い出しかねてここまで来てしまいました。ご迷惑かと存じますが、お許し下されよ」

もし二人と袂を分かつなら、長町橋で出迎えを受けたあのときをおいてほかにはなかった。あまりに不意のことであったから、呆気にとられてしまったのがいけなかったのだ。

「いや、ならばそれがしも同じでござる。御目付様にはどうにか説明いたさねばと機を窺っていたのですが、やはり言い出しかねてしまいました」

説明するも何も、まったく唐突に御大名と御旗本の誼《よしみ》の話になってしまったのである。実はかくかくしかじかなどと、言い出しようはなかったのだろう。

「明日はいかがなされるか」

頭をめぐらして内蔵助が訊ねれば、石川は天井を見上げたまま少し考えるふうをしてから答えた。

「御殿様のお召しを断わるわけにも参りますまい。ましてや本人が承ってしまったのです」

「それがしはご遠慮させていただきます。嘘の上塗りはできませぬ。所用にて早立ちしたという話にして下されよ」

まるで食い逃げのようだが、それしかあるまいと内蔵助は思ったのだった。

外人屋でふるまわれた夕食は、三の膳まで付く豪勢なものだったが、嘘とは言わぬまでも誤解の末の饗応だと思えば、ろくに咽を通らなかった。むしろ平気の平左で盃を重ねる青山玄蕃に畏れ入った。

青山玄蕃の家来と思われたことは、神林内蔵助にとってさきざきの憂いとなる。飯も酒も咽を通らず、目が冴えて寝付けぬわけはまずそれである。

仇討ち行脚を続けるうちに、仙台が根城となった。このたびも妙な誤解をされなければ、街道の少し先にある二日町《ふつかまち》の常宿に入って、しばらくは御城下の探索をするつもりだった。むろん、この外人屋とは比べようもない、商人相手の安旅籠である。

仙台は大きな御城下ゆえ、書簡の往復にも路銀の受け取りにも好都合なのだが、何よりも武士が多かった。

聞くところによれば、御家来衆は三百諸侯中随一の一万家を算《かぞ》え、それらの陪臣を合わせれば三万三千余にもなるという。すなわち石高ではかなわぬ加賀も薩摩も、軍勢では凌ぐのである。

その話を聞いたとき、口にこそできぬが父の敵《かたき》は仙台の武士ではないかと思った。少くとも、広い奥州を闇雲に歩き回るよりは、仙台で噂を拾うほうがずっと利口であるにちがいなかった。

旅に一月出れば、次の一月は仙台にとどまり、また翌月は旅立つ。内蔵助の仇討ち行脚は、この幾年そうしたかたちに定まっていた。だからこそ、当地の武士から誤解を受けたことは、さきざきの憂いになると思ったのだった。敵がいるかもしれぬ仙台の御城下を、狭くしてしまった。

二人のどちらかはわからぬが、腹の虫がグウと鳴いた。

「神林殿。もしやご迷惑をおかけしたのは、こちらではございませぬか」

石川が呟くように続けた。

「それがしが御目付様に事情を申し出ておれば、こうはならなかったのです。不意のお迎えに動顚してしまいました。明日は早々にお立ちなされよ」

頭のいい侍だと内蔵助は思った。そして相手の立場を斟酌できるのは、仁の訓《おし》えを体現しているのではなくて、生まれ育ちが貧しかったゆえなのだろう。

「いや、そこもとと青山殿のご器量に甘えた拙者が悪い」

ふいに七年の歳月がのしかかってきたような気がして、内蔵助は唇を引き結んだ。

一向に睡気がささぬ。酒は酔うほど飲んでおらず、膳にもほとんど手を付けていなかったせいで腹もへっている。おまけに雨戸も障子も閉《た》て切られて、座敷はひどく蒸し暑かった。

天井は高く、筬欄間《おさらんま》が繞《めぐ》っている。襖絵は名のある絵師の作であろうか、古調な山水である。

こうした座敷に寝泊りする高貴な人は、生まれつき暑さ寒さを感じぬのではなかろうか、と神林内蔵助は思った。

外人屋にほかの客はないらしく、しんと静まっている。先ほどまでは奥座敷から、女中をからかう青山玄蕃の笑い声が聞こえていたが、どうやら宴も果てたらしい。

今夜ばかりは相伴《しょうばん》する気になれなかった。欺《だま》しや騙《かた》りではないにせよ、誤解をとかぬまま馳走になるわけにはゆかぬ。

「石川殿、起きておいでか」

「はい。明日の策を練っております」

「で、どうなさるおつもりかな」

石川は答えなかった。まだ肚は決まっていないらしい。

おそらく、御領内の旅籠か問屋場で記した姓名が、宿役人《しゅく》から仙台へと伝えられ、御殿様のお耳に入ったのであろう。さもなくば、江戸表から仙台に前もって青山玄蕃が通過する旨の報せがあったか。

いずれにしろ迎えが出たうえにお召しまで賜わるなど、その先は内蔵助の想像を超えている。むろんそれは、町方与力とは言え御目見以下の分限である石川乙次郎とて同じはずで、だからこそ二人とも青山玄蕃の従者とされたまま言いわけのひとつもできず、ここにこうしているのである。

「それがしひとりが逃げ出すようで心苦しいが――」

「いや、神林殿。みなまで言うて下さるな。そこもとを巻きこんでしまって申しわけございません」

「しかし、昨夜の宿賃から酒代《さかて》、果ては髪結代まで馳走になり――」

「同じ武士として、そこもとのご本懐に寄進させていただいたのです。どうかお気になさらず」

玄蕃がそうせよと言うたのだろう。

廊下の軋みが聞こえて、二人は寝牀から背を起こした。

「夜分ご無礼いたします」

そう一声かけて、女中が障子を開けた。

「御殿様から、これをお持ちせよと言いつかりました」

差し出された盆の上に、大きな握り飯と味噌汁が載っていた。とたんに二つの腹がグウと鳴った。

御殿様というのは、まさか伊達陸奥守様ではあるまい。御目見以下の御家人ならば「旦那様」だが、旗本ならば「御殿様」である。つまり、殿様が家来に夜食を届けるよう命じた。

「御家来衆の腹具合をお気になさるなど、ご立派な御殿様でございますねえ」

座敷に膝を進めて茶を淹れながら、薹《とう》が立っても色気のある女中は言った。玄蕃の相手をしていたのだろうか、したたか酔うているようだった。

「それに、ご無礼を申し上げますけど、たいそう面白い御方で、もう女どもはみんなしておなかの皮がよじれそうでした」

座持ちのよい御殿様というのは、さぞ珍しかろう。先ほどまでの奥座敷の騒ぎは、そういう次第であったのだ。

「ごめんあそばせ」

枕元に皿と椀が置かれた。

「もったいない話でございますがね、御殿様がお台所までよろよろとおみ足を運ばれまして、おん手ずからおむすびになられましたの。あ、いけない、いけない。内緒にしておけとおっしゃられたに」

上機嫌の女中が退がったあと、二人はしばらく褥の上にかしこまって、枕元の握り飯を見つめていた。

ひとつは塩握りと見え、もうひとつは赤味噌がまぶされている。なるほど言われてみれば、おなごの手が握った大きさではなかった。

石川が何を考えたかはわからぬが、内蔵助には玄蕃の心が伝わった。

面倒な話に巻きこんで申しわけないと、玄蕃は詫びているにちがいなかった。

「石川殿。あれこれお考えめさるな。いただかぬ理屈はないぞ」

仙台味噌の握り飯が、こんなにうまいとは知らなかった。


翌朝、神林内蔵助はまだ暗いうちに外人屋を出た。青山玄蕃には別れを告げなかったが、事情はわかってくれるはずだった。

奥州街道は御城下のまんなかを、およそ一里ばかりもまっすぐに通っている。南の柳町《やなぎちょう》で鉤の手に曲がり、北は東昌寺《とうしょうじ》の門前でまた東に折れるが、これほど真一文字に走る目抜き通りは、ほかの御城下には見られなかった。

国分町から二日町にかけては、白壁に瓦屋根を葺《ふ》いた土蔵造りの商家や旅宿が軒をつらねている。

こたびは陸羽街道を西に歩いて最上川を舟で下り、越後の村上まで足を延ばし、米沢御城下にしばらく逗留したのち福島を経て仙台に戻る、という道筋だった。一月余の仇討ち行脚である。

奥州訛りがあって俳諧を嗜み、姓は佐藤、号は竹亭。恃《たの》む縁《よすが》はそればかりである。

米沢に滞在中、さる句会に竹亭の号を称する者がいると聞き、勇んで居場所に乗りこんだのだが、会《お》うてみればまるで刃傷沙汰とは無縁の、算《かぞ》え六十七にもなる商家の隠居であった。

そんな結末でも、この七年の間では最も敵に近付いた気がした。それくらい雲を摑むような話なのだった。

二日町の常宿は、まるで家族のように内蔵助を歓待してくれる。座敷は街道を見下ろす二階の四畳半と決まっていて、ほかの客を相部屋させることもない。

それはむろん、内蔵助の身の上を知っているからなのだが、長逗留するうえに五日ごとの払いを律義に済ませるのは、格別の上客にはちがいなかった。

初めて草鞋を脱いだのが二十三。その内蔵助が三十になるのだから、亭主もおかみもずいぶん老けた。齢など知らぬが、おそらく父母と同じほどであろうと思う。

七年前から齢をとらなくなった父と、七年の間ずっとこの宿あてに手紙を書き続けてくれている母。

荷だけを置いて大崎八幡《おおさきはちまん》様にお礼参りに出ようとする内蔵助を、起き抜けのおかみが呼び止めて、二通の文を手渡した。

出立の折には本懐を祈願し、帰参すれば無事を謝する。あだやおろそかにせぬならわしである。

御城下の北西、深閑たる杉の森の中に坐《いま》す大崎八幡宮は、仙台六十二万石の総鎮守である。

伊達政宗公が京大坂から当代一流の名工を招いて造営した御社殿は、宏壮かつ豪奢で、天下広しといえどもこれにまさる御社は、二つとはあるまいと思えた。

神社と言えば鮮やかな丹塗りか、簡浄な白木と決まっている。だがこの御社は、戸も壁も縁も階《きざはし》も黒漆に塗りこめられており、さらに社殿の内外には極彩色の精緻な装飾が施されて地味にとどまらず、意匠そのものがまさしく伊達好みであった。

石畳の長い参道を歩むうちに鳥の囀《さえず》りがいや増して、杉の大樹の間から曙の光が射してきた。

政宗公は出陣に際して、この御社に武運長久を祈願し、戦が終わればまた詣でて、加護を謝したにちがいない。仇討ち行脚をたったひとりの戦と心得る神林内蔵助は、よって出立と帰参の折の参詣を欠かさなかった。

夜露を含んだ朝の気が心を洗った。昨晩は思いがけぬなりゆきで、外人屋の厄介になってしまった。そのことも御神前にて詫びねばならぬ。

併せて、詳しいいきさつは知らぬが、あの得体の知れぬ流人と若い与力の道中の平安を、祈念しておこうと内蔵助は思った。

石段を昇り、坂道を歩み、また石段を昇る。やがて森の奥に御社が顕《あら》われた。

人の気配にふと振り返れば、陀羅尼経《だらにきょう》を誦《ず》しながら大股に歩んでくる雲水《うんすい》の姿があった。

諸国の禅師を訪ねて旅する求道《ぐどう》僧であろうか。あるいは近在の禅寺の修行僧の、朝の勤めであろうか。網代笠《あじろ》を揺らし、直綴《じきとつ》の袖を翻し、ひといろの緑の中に手甲脚絆の白がまばゆい。

内蔵助は参道の脇に寄った。修行に先んじておのれが参拝してはなるまいと思ったからだった。

僧は内蔵助に追いついて立ち止まり、合掌して気遣いを謝した。内蔵助も掌を合わせて送った。

ふたたび朗々と陀羅尼経を誦しながら、雲水は御社をめざして参道を登って行った。余分な口はきかなかった。

網代笠の下の、どこか思いつめたような雲水のまなざしが胸に残った。禅僧が修行に打ち込むのはおよそ若いうちであろうに、雲水の顔には深い皺が刻まれていた。

もしや敵討ちではあるまいな、と神林内蔵助は僧の後ろ姿を見送りながら、埒もないことを考えた。

たとえばこのまま歳月が流れて、おのれがなお敵を追っているとしたら、すでに路銀を恃むあてもなくなり、雲水に身をやつすほかないのではあるまいか。そう思うと網代笠の下の僧の顔が、十五年か二十年先のおのれのような気がしてきたのだった。

仏僧が神社に詣でるものだろうか、とも思う。ましてや八幡様は武神である。敵討ちのなれの果てならば辻褄が合う、という想像がそら怖ろしかった。

内蔵助は大きな伸びをして、森に満つる神気を胸一杯に吸い込んだ。

どうにも気味が悪い。雲水が参拝をおえて帰ってきたなら、入れちがいに上がって行こうと内蔵助は思った。

石段に腰を下ろし、懐から二通の書簡を取り出した。

仙台御城下二日町　旅宿すゞ屋内
神林内蔵助殿　御許へ

小筆のなよやかな字は母の手である。一方の油紙にくるまれた大ぶりの封書は、兄からの便りであった。

まず母の書簡を開く前に、内蔵助は額に押し当てて匂いを嗅いだ。残り香などあろうはずもないが、ぬくもりが感じられるような気がするのだった。

文面はいつも変わらない。「御苦労に存じおり候」「御無理なさらず御身大切に」「御酒ほどほどに悪しき遊びなどなされ候はぬ様」「水あたり食あたりには重々お気を付け遊ばされ」――そうした文言が並べられているのだが、「本懐」だの「父の無念」だの「敵討ち」だのはただの一度も記されていたためしがなかった。

知れ切った文面を読むたびに、母だけはこの苦労をわかってくれているのだと思う。言葉に尽くせぬやさしさを感じる。

ひとめ会いたい。だが、その思いは母のほうが遥かにまさるはずなのだから、噯《おくび》にも出してはなるまい。

正直を言えば内蔵助のうちには、復讐心などとうになくなっていた。それでも懸命に敵を追うのは、母に会いたいからだった。御殿様から免許状を賜わったからには、本懐を遂げるまで江戸には帰れない。すなわち、生きてふたたび母に会わんとするならば、本懐を遂げるしかないのだった。内蔵助の仇討ち行脚は、今やその一念に支えられていると言ってもよかった。

旅籠のおかみが言うには、内蔵助が出立するとじきに母からの手紙が届き、一月の旅をおえた昨日、兄の文が届けられたそうだ。何事につけても間の悪い自分らしいと苦笑しながら、内蔵助は母の文を懐に納め、兄の便りをくるんだ油紙を開いた。

前略　卒爾《そつじ》乍《ながら》取《とり》急《いそぎ》御一報致候《いたしそうろう》
去《さる》七月十六日早朝　母上様御上屋敷
御勝手而《にて》不意ニ御《お》倒被遊《たおれあそばされ》
手当之甲斐　祈禱《きとう》之《の》験《けん》虚《むなし》ク
同日卯《うの》下《げ》刻《こく》　被身罷《みまかられ》候《そうろう》
医師之申処《もうすところ》　脚気衝心《かっけしょうしん》之《の》由而《よしにて》
取立而《とりたてて》苦痛《くつう》無之《これなく》　先《まず》ハ大往生也《なり》ト
嘸々《さぞさぞ》動顚《どうてん》之《の》事《こと》ト存候得共《ぞんじそうらえども》　葬儀等
身《み》内而《うちにて》無恙《つつがなく》相済《あいすみ》候ハ《そうらわば》　帰参ニ不及《およばず》
不取敢《とりあえず》御《お》報致候《しらせいたしそうろう》次第《しだい》
本懐遂ク事《こと》是《これ》ニ勝《まさる》供養《くよう》不有《あらず》ト心得
益々奮励被為度《なされたく》

一読して血の気が引き、二度読んで手が震えた。
思わず石段から立ち上がり、また腰を下ろし、悪い夢ではあるまいかとあたりを見渡したが、しんと静まった参道も、木の間《こま》から解き落ちる光も鳥の声も、紛《まご》うかたなき現《うつつ》であった。

それからしばらくの間、神林内蔵助は訃報《ふほう》を膝の上に開いたまま呆然としていた。母が突然に亡くなったという事実のみにとどまらず、父の無念も家の苦悩も、むろんおのれの七年にわたる労苦も、何もかもがちゃらくらになってしまったように思えた。

「いかがなされた」

声をかけられて振り仰げば、雲水がじっと内蔵助を見おろしていた。

もし神仏に姿かたちがあるのなら、すがりつきたい気分であった。

「母が亡《の》うなったのです。しかしながらそれがしは、ゆえあって江戸に戻れませぬ。親不孝をいたしました」

参道の石段に佇んだまま、雲水は去ろうとしなかった。のみならず、悲しげな息をついて内蔵助のかたわらに腰を下ろした。

「拝見してよろしいか」

いったい何を思うたのか、雲水は是非もなく兄からの手紙を奪って読み始めた。そしてしばらく、じっと動かなくなった。

「八幡様のお引き合わせやも知れませぬ。仔細をお聞かせ願えるか」

いつしか鳥の囀りが退いて、蟬の声がまさっていた。

「この太平の世に親の仇討ちなど、御坊には信じられますまい。笑《わろ》うて下され」

八幡様の霊験が顕《あら》われるやもしれぬと思い、内蔵助はことのなりゆきをかいつまんで語った。

何かを話していなければ、童《わらし》のように声を上げて泣いてしまいそうだった。武士が見栄を張るべき話し相手が現われただけでも、八幡様のご霊験にちがいない。

聞きながら雲水は網代笠を脱ぎ、まるで座禅でも組むように背筋を伸ばして目をとざした。眉が濃く、鼻梁の秀でた、いかにも奥州人の横顔であった。丸めた頭のなかばは白かった。

「たしかに八幡様がお引き合わせにござりますな」

内蔵助があらまし語りおえるのを待って、雲水はおもむろに瞼をもたげてそう言った。修行に打ちこんだ、かすれたままによく通る声であった。

「わたくしが、そこもとの探しておいでの敵《かたき》にござりまする」

何の冗談を、と笑いかけたなり内蔵助の唇はこごえた。雲水は真顔だった。

「逃げも隠れもいたしませせぬゆえ、お静まり下されよ。それがし、俗名を佐藤伝八郎《でんぱちろう》と称し、去ること七年前、江戸深川の松平大炊頭《おおいのかみ》様が御屋敷において、酔うたあげくそこもとの御父上を手にかけ申した」

すっかり夜も明けたのに、参詣人のひとりとてないのもまた御稜威《みいつ》であろうか。

「戯言ではござるまいな」

心を鎮めながら内蔵助は確かめた。

「はい。かようなこと、冗談にも申せますものか」

雲水はきっぱりと言った。だが、内蔵助は信じたわけではなかった。

何か恥ずる過去を持つ侍が世を捨てて仏門に入り、それでも悟るところなどなく死に場所を探しているのではあるまいか。そこにもってこいの仇討ち話が、目の前に現われた、というのはどうであろう。親の敵になりかわっておのれの罪障を滅し、来世を期するのである。

「では、ひとつお訊ねいたす」

「何なりと」

「もとはいずれの御家中にござるか」

雲水は木洩れ陽を眩ゆげに見上げて、少し考えるふうをした。

「主家に迷惑をかけてはならぬと思い、逐電したのです。口にできますものか」

理屈は通っているが、答えをはぐらかしたとも思えた。七年の間、奥州の御城下を訪ね回って、景色も名産品も風習などもあらまし頭に入っている。嘘を暴く自信はあった。

「奥州の御家にござるな」

これもややためらってから、雲水は「はい」と答えた。

「それにしては訛りがござりませぬの。父の敵は奥州の訛りがあると聞いておりますが、少しも耳に障りませせぬ」

参道の下《しも》からここちよい風が寄せてきた。昼ひなかの暑さは江戸と変わらぬが、朝晩は格段に涼やかである。内蔵助は杉の香を含んだ風を胸一杯に吸いこんで心を落ち着けた。

「わたくしの家は代々が江戸詰にござりましたので、お国訛りはございませぬ。あの晩は花見の客でごった返しておりましたゆえ、聞きちがいもあろうかと」

境遇は似ている。やはり江戸屋敷で生まれ育った内蔵助には、常陸のお国訛りなどかけらもなかった。

また、深川屋敷の花見の宴は無礼講で知られており、他家の侍どころか百姓町人まで客を選ばなかった。敵が奥州訛りを使ったという証言も、怪しいものである。

「俳諧は嗜まれるか」

「嗜むというほどではございませぬが」

「竹亭と名乗っておられたか」

「道楽の俳号など、いいかげんなものです。吟ずるたびに号も思いつくのです。たしかに竹亭と称したためしもありました」

それにしても、一向に参詣者の姿が見えぬのはどうしたことであろう。深閑とした参道は、神様が二人のために設え給《たも》うた舞台のように思えた。

敵の真偽はさておくとして、これだけは訊いておかねばならぬ。

「なにゆえ主家をお捨てになられたか」

雲水はひとつ肯いた。

「したたかに酔うて人を殺《あや》めたるは、主家の面目にかかわると思いました」

その一言で、ようやく内蔵助の胸に怒りが湧いた。

「それはおかしい。主の面目云々《うんぬん》と申すならば、自訴するか腹を切るかが道理にござろう。おぬしは命惜しさに逐電しただけではないか。その怯懦《きょうだ》のせいで、それがしは七年の歳月を棒に振った。あげくに母の死に目にも会えなかった」

内蔵助は立ち上がって、雲水の膝から母の訃《ふ》を報せる手紙を奪い取った。「恥を知れ」と声をあらげた。

丸腰の僧を斬るのはたやすい。だが、こやつは敵を名乗っただけで、敵と決まったわけではなかった。

ましてや、武士を捨てて父の菩提を弔っているのだとしたら、それはそれでひとつの身の処し方にはちがいない。ここで会《お》うたが百年目とばかりに斬って捨てれば、笑いものになるはおのれであろう。

「どうぞ、ご存分に」

雲水は内蔵助を見上げて言った。そのまなざしは悔悟に満ちて悲しげであり、とうてい虚言を弄しているとは思えなかった。

「そうはゆかぬ」

内蔵助はわななく拳を握りしめた。

「仙台の御役所に出頭し、見届人を得たうえで尋常の勝負をしていただく。よいな」

御殿様より仇討免許状を頂戴している限り、たとえ「見付《みつけ》次第打果《うちはたし》本懐可遂《とぐべく》」とあっても、正当な手順を踏まねばならぬ。それこそ主家の面目にかかわるからである。

「いかようにも」

雲水が神妙な面持ちで言った。

きょうび芝居の中にしかあるまい敵討ちにも、語り伝えられた手順というものがある。江戸を立つ前に、故実に詳しい主家の宿老から諄々《じゅんじゅん》と説かれた。

出会いがしらに敵を討ち果たせば、後始末が難しい。死人に口なしでは身元の照会が手間だからである。まして人ちがいとなればこちらが罰を受けねばならず、敵討ちが一転して敵持ちになるやもしれぬ。

そうした混乱を避けるためには、連れ立って最寄りの奉行所なり代官所なりに出頭して仇討免許状を披露し、見届人を得たうえで納得ずくに尋常の立ち合いをする。

いったいそんな悠長な話があるものかと思いもするが、いざそうとなれば敵にも武士の面目があって、受けて立つほかはないという。

なるほど、たしかにこうして見れば敵の顔には怖れもとまどいもない。武士道に照らせば当然のことなのである。

「では、お伴いたしましょう」

雲水は網代笠を冠り、顎紐をていねいに結んで立ち上がった。迷いは何ひとつ感じられなかった。

「その前に、お参りをせねばなりませぬ」

「ああ、さようですな。わたくしだけ手を合わせて、そこもとが素通りなされたのでは勝負が釣り合いますまい」

八幡様は武神である。二人は肩を並べて参道を歩み始めた。

霊験が顕われたのだと内蔵助は思った。しかし、だとするとこの敵は、今しがた八幡様に何を祈願したのだろう。

「助太刀はございましょうか」

歩みながら雲水が言った。よほど修行を重ねているのであろう、石段を踏む足どりは力強く、息も乱れなかった。

「いや」と内蔵助は答えた。もし返り討ちに遭えば、復仇《またがたき》は許されぬ。敵は二人を斬ったことになるが、それでも尋常の勝負なのだから仇討ち話はそこまでとなる。よってそうせぬために、助太刀を頼むのが常道とされるらしい。

父は抜き合わせる間もなく斬られた。敵は腕が立つ。

大崎八幡宮は深い森の奥に、何ごともなく鎮座ましましていた。

実に何ごともなく。木洩れ陽をまとい、蟬の声にくるまれて。

「御神前にて今いちどお訊ねいたす。そこもとはまちがいなく、わが父を手にかけたか。嘘いつわりはござらぬか」

「はい、八幡様に誓うて」

並んで掌《て》を合わせた。だが妙なことに、どれほどそうしていても神林内蔵助の胸には、報恩の言葉が何ひとつ思いうかばなかった。

七年の間、この日このときを夢に見続けていたというに。「われに本懐とげさせたまえ」と、祈念し続けてきたのに。

「それがしはやはり得心ゆかぬ。武士を捨て、国を捨てるくらいなら、腹を切るべきではござらぬのか」

「命惜しさにござります」

そんなはずはない、と内蔵助は思った。

捨てたものは国や刀ばかりではあるまい。四十もなかばと見ゆる年回りならば、妻も子もあり、親がいるやもしれぬ。家族をも捨てて、命惜しさにあとさきかまわず逃げ出すなど、いかな腰抜け侍にもできるはずはない。

「たいがいになされよ。なにゆえ腹を切らなかった」

「腹を切れば罪がすすがれましょうか」

とたんにひやりと肝が縮んだ。いつかどこかで、同じ声を聞いたような気がしたのだった。

そう。嵐の夜の囲炉裏端で、青山玄蕃は高笑いをしながら言った。「切腹なんざ痛《いて》えからいやだ」と。

言いようはともかく、もしや同義なのではないかと内蔵助は疑ったのだった。

黒漆に塗りこめられた御社は、何ごともなく鎮まっている。八幡様は物をおっしゃらぬ。二人は深く頭《こうべ》を垂れて御神前を後にした。

やはり助太刀などは無用である。本懐とげて江戸に凱旋できれば幸い、返り討ちに果てればそれでもかまわぬ。要はこのばかばかしい仇討ち行脚を、どのような結末であれ一日も早く終わらせたかった。

清冽な風が杉の梢《こずえ》を騒がせて過ぎた。


（下巻へつづく）

玄蕃と乙次郎が歩んだ奥州街道

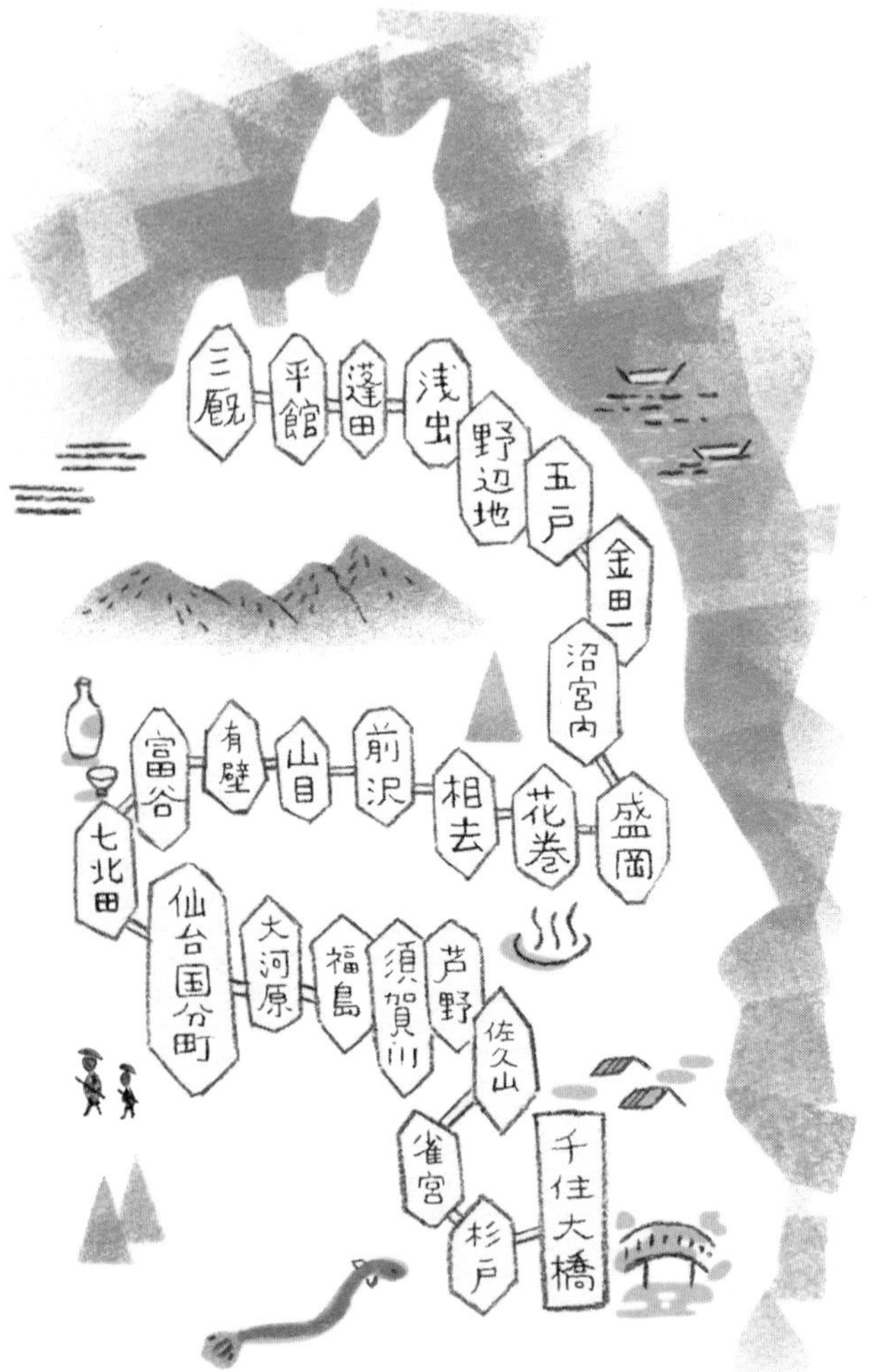

初出：読売新聞朝刊　二〇一八年七月一日〜一九年十月十三日

装画　宇野信哉
装幀　中央公論新社デザイン室
地図　石橋富士子

浅田次郎

1951年東京都生まれ。95年『地下鉄に乗って』で吉川英治文学新人賞、97年『鉄道員』で直木賞、2000年『壬生義士伝』で柴田錬三郎賞、06年『お腹召しませ』で中央公論文芸賞・司馬遼太郎賞、08年『中原の虹』で吉川英治文学賞、10年『終わらざる夏』で毎日出版文化賞、15年紫綬褒章、16年『帰郷』で大佛次郎賞、19年菊池寛賞。近著に『長く高い壁 The Great Wall』『天子蒙塵』『大名倒産』など。

流《る》人《にん》道《どう》中《ちゅう》記《き》（上《じょう》）

二〇二〇年 三 月一〇日 初版発行
二〇二〇年 五 月三〇日 四版発行

著 者 浅《あさ》田《だ》次《じ》郎《ろう》
発行者 松田陽三
発行所 中央公論新社
〒一〇〇-八一五二
東京都千代田区大手町一-七-一
電話 販売 〇三-五二九九-一七三〇
編集 〇三-五二九九-一七四〇
URL http://www.chuko.co.jp/

DTP ハンズ・ミケ
印 刷 大日本印刷
製 本 小泉製本

Published by CHUOKORON-SHINSHA, INC.
Printed in Japan ISBN978-4-12-005262-0 C0093

定価はカバーに表示してあります。落丁本・乱丁本はお手数ですが小社販売部宛お送り下さい。送料小社負担にてお取り替えいたします。